猫背の虎
大江戸動乱始末

真保裕一

JN267278

目次

第一章　大江戸動乱　7
第二章　神隠し　91
第三章　風聞始末　149
第四章　返り花　213
第五章　冬の虹　273
解説　吉野　仁　377

猫背の虎　大江戸動乱始末

第一章　大江戸動乱

一

いつのころからか、家の中では背を丸めて歩くようになった。

大田虎之助《おおたとらのすけ》は、身の丈六尺近い偉丈夫《いじょうぶ》である。父の龍之助《たつのすけ》も小さなほうではなかった。その血を引いたにせよ、父を超える背になったのは、神道無念流《しんとうむねんりゅう》の道場裏に飼われる山羊の乳を盗み飲んでいたせいだとか、剣術に精を出さず庭の大椚《くぬぎ》にぶら下がっていたからだとか、単に大飯食らいの果てだとか、二人の姉にかかると散々な言われようだった。

十六で見習い同心として南町奉行所に勤めはじめたころには、父を超える背丈があった。今では姉たちと家内ですれちがうたび、邪魔だ、場所ふさぎだ、冬でも暑苦しい、と詰《なじ》られることとおびただしい。ともに出戻りで、怖いものは何もないと豪語する姉たちだった。

その二人を生み育てた母の真木《まき》も、口喧《やかま》しさにかけては引けを取るどころか、輪をかけた切れ味の冴《さ》えを見せる。父が三年前に亡くなってからは、大田の名を貶《おとし》めるな、気骨を見せよ、胸を張れ、と叱咤《しった》の雨あられを日々降らせ、それが母たる者の務めと任じている節さえあった。

近ごろは奉行所でも、猫背の虎、とささやかれる始末である。

父は町衆から、仏の大龍《おおたつ》、と呼ばれていた。通り名からすでに差がありすぎて、母が気を揉《も》むのも致し方なかったが、その一因を母も立派に担っているのである。

その日——十月二日も、少し遅めの夕餉《ゆうげ》をすますと、父の残してくれた書斎に猫背のまま引きこもり、軍学書をひもとくと称して黄表紙《きびょうし》を読みふけっていた。家では一人になるに限るのだ。

仇討《あだう》ちの美談に酔い、せつない心中ものにほろりとさせられ、気がつけば四ツ（午後十時）を告げる時の鐘が八丁堀《はっちょうぼり》にも響き渡ってきた。そろそろ床につかねば、朝からのお勤めにさわりが出る。

虎之助は当番方の同心で、明日は宿直《とのい》に当たっていた。二十四歳の働き盛りとあって、夜中だろうと検使や捕物あらば真っ先に駆り出される。上役からは、昔の御仕置裁許《おしおきさいきょ》帳《ちょう》を調べるという例繰方《れいくりかた》の手伝いまでが廻されてくる。

そろそろ寝るか、と黄表紙を閉じて軍学書の間に隠した。母も姉も、隠密廻《まわ》りさながらに悪事の臭いを嗅《か》ぎ立てるのだ。

行灯《あんどん》の火を吹き消して、薄暗い廊下へそっと歩んだ。

母と姉たちは、珍しく居間で針仕事をしていた。普段は女中のおすえに任せているので、針のほうは口実だ。女三人で額を寄せ、一家に嫁が来てくれないゆえを話しているならば有り難かったが、たび重なる破談の根が自分らにもあると考えるような人たちではない。まぐれ当たりを望んで、別の口を探そうと目論《もくろ》んでいるに決まっていた。

君子は危うきに近寄らず。厠《かわや》へ寄って、すぐに寝てしまおう。そう考えて、そろりと一歩を踏み出した。

廊下の根太《ねだ》でも腐っていたのか、思いがけずに足元が、ぐらりと揺れた。

むろんのこと、酔ってはいない。大酒飲みをさす「虎」という名をいただきながら、猫も笑いだしてしまうほどの下戸《げこ》である。晩酌に舌鼓を打つ女三人を横目に、いつも早々と膳を下げている。今日も酒など一滴も口にしていなかった。

それでもなぜか躰《からだ》が揺れた。

根太の腐りならば、足元は沈むだけなのに、不思議にも揺れがつづいていた。急に立ったわけでもなく、目眩《めまい》ともちがった。身をあずけたわけでもない柱が、横でぴしりと軋《きし》みを上げた。次に、ごうごう、という雷めいた低い音が床下から突き上げてきた。それを地鳴りと悟った時、大地の底が抜けた。そう思えるほどの激しい揺れがきた。

床板がうねって躰が跳ねた。家鳴りが身を包んで一気に広がっていく。

地震だった。

――これは大きい。

虎之助は大慌てで両足を踏ん張った。昨年十一月、東海《とうかい》と紀伊《きい》で大きな地震が相次ぎ、数千もの死者を出した。黒船が品川《しながわ》沖に現れたこともあり、安らかな日々を願って、世は「安政《あんせい》」と改元された。が、その願いは届かず、ついに江戸にも地震が——。

「母上、姉上！」

虎之助が叫ぶより早く、身震いする襖《ふすま》が廊下に倒れてきた。家のそこかしこが悲鳴を上げた。書斎に積んだ本が畳ごと飛び跳ねる。この屋敷はいつから波間の笹舟となったのか。

もはや立ってもいられなかった。しがみつこうとした柱が、人を寄せつけまいと身震いする。腹の中で臓腑《ぞうふ》が揺すられ、のどに酸っぱいものが込み上げた。ついに天地の区別がつかなくなった。足をすべらせた覚えもないのに、廊下を転がっていた。

これほどの猛然たる揺れははじめてだった。壺の中で振られる賽《さいころ》となった。瓶《かめ》や皿の割れる音が耳を打つ。一枚二枚と雨戸が外れ落ち、屋根瓦が次々と庭にたたきつけられる。

舌を嚙《か》みそうになりながら、波打つ廊下を這《は》いずった。揺れは収まるどころか激しさを増していく。暴れ馬の背にいるかのように躰が持ち上げられた。額をしたたかに柱の角に打ちつけた。怒れる大地にもてあそばれる。

「母上、火の始末を」

薄闇の中をまろびながらも、母たちを案じた。細い悲鳴の返事が聞こえた。このままでは屋敷が押し潰《つぶ》される。

ばきばき、と太い心柱でも折れるような音が鳴り渡った。母たちを助けねばと思うのだが、揺れの激しさに躰がついていかない。

物の倒れる音と地鳴りの向こうで、すすり泣きがつづいている。冬の虫のように弱々しく這って、からくも居間にたどり着いた。母たちが畳に寝そべり、抱き合う影が見えた。男の虎之助でさえ、ろくに歩けもしないのだ。大蛇に襲われた小兎《こうさぎ》さながらに身を震わせ、ただ泣いている。

また倒れてきた障子を押しのけ、母に手を伸ばした時、ようやく揺れが収まってきた。

「新八《しんぱち》、どこだ！」

震える畳に手をつき、身を起こした。母の腕を取り、足元の障子を払いのけてやる。

「旦那、ご無事で……」

新八の、蚊の鳴くような声が聞こえた。ふらつく足音が慌ただしく近づいた。

柱の陰から姿を見せた新八は、いつもびっくりしたように見える丸い猿眼《さるまなこ》が、驚きのあまり三角に吊《つ》り上がっていた。立ち姿も腰が引け、歩きはじめた赤子のような頼りなさだった。

「おまえは、火の始末だ。家の中を見て廻れ。おれは母上たちを庭に連れ出す」

大きな地震のあとには、必ず揺れ戻しがくる。すでに屋敷のそこかしこで梁《はり》の折れるような音がしていた。いつ屋根が落ちるか、わかったものではない。

「急げ、新八」

「へ、へい……」

おずおずと柱を押して、新八が廊下を引き返していった。今年二十一の小者でも、同心づきとなって三年。捕物の加勢にも出ており、少しは性根も鍛えられている。

「姉上、立てますか。おすえさん、どこです」

虎之助はすくみそうになる首を伸ばして呼びかけた。

まだ母に抱きついていた下の姉がおずおずと顔を上げた。母は歯の根が合わないのか、木枯らしを思わせる喘《あえ》ぎをくり返していた。

「初音《はつね》姉様、揺れ戻しがきます。早く庭に」

もう一人の姉に声をかけると、取り乱したせいで千々にほつれた髪が左右に振られた。

「あたしらはいいから母上を。虎、急いで」

さすがは男勝りでならした長女で、降って湧いた難事にも気の強さを失ってはいない。初音は畳を押して身を起こすと、さっそく妹の背をたたきつけた。

「若菜《わかな》。おすえさんを探すよ。ほら、立ちなさい」

早くも気を取り直した初音は、火鉢の上に倒れかかっていた襖を押しやった。黒く焦げた唐紙を、親の敵とばかりに両足で踏みつけていく。倒れた丸行灯のほうは、油がこぼれた拍子に火のついた芯《しん》が飛ばされたらしく、幸いにも燃え広がってはいなかった。

「さあ、母上」

まだ口もきけずにいる真木を背負った。でかくて頑丈な躰に生んでくれたことを感謝し、倒れた雨戸を蹴《け》り飛ばして裸足《はだし》のまま庭へ下りた。屋根から落ちた瓦が十四、五枚は散乱している。

「火を消せ」

「怪我《けが》した者はおらぬか」

板垣根をはさんだ両手の組屋敷から、人々の叫ぶ声が届く。夕方からの小雨で湿った芝の上に母を座らせ、虎之助は夜空を見上げた。

耳をすますまでもなく、やはり半鐘《はんしょう》の音が聞こえていた。宵っ張りの江戸っ子とあらば、多くの家々で行灯を使っていたろうし、時節柄、火鉢は欠かせなかった。今この瞬間にも、おそらく江戸のそこかしこで火の手が上がっている。

「虎。手を貸しておくれ」

初音の呼ぶ声が、家の奥から響いてきた。まだ息の荒い真木にひとつ頷《うなず》いてから、虎之助は濡れ縁に上がった。

声は裏手の台所からだった。闇を見据えて廊下を折れると、倒れた茶簞笥《ちゃだんす》を取り巻く姉二人の姿が見えた。横で新八が油皿の火を手拭いでたたき消していた。

曾祖父の代から受け継がれた樫《かし》の大棚物で、見るからに重みのある簞笥だった。その下で蠢《うごめ》く細い手足が見えた。

「新八、おまえは向こうだ。ほら、持ち上げるぞ」

走り寄るとともに、茶簞笥を起こしにかかった。初音が手を伸ばしておすえの腕をつかむ。足の骨でも折れたか、おすえの胸から上がのけぞり、悲鳴が響き渡った。

新八と二人で茶箪笥を持ち上げ、姉二人がおすえを引きずり出した。痛みに泣きつづけるおすえを、またも虎之助が背負い、やっとのことで一同そろって庭に出た。

一人として言葉を発する者はいなかった。起こった事態をまだ受け止めきれず、辺りの騒がしさを茫然《ぼうぜん》と聞きやっていた。心の臓の波打ちがまだ治まらない。

「大田殿。ご無事であるか」

玄関先から色めき立つ声がかかった。はす向かいに住む加藤六郎衛門《かとうろくろうえもん》の声だった。やはり当番方を務めているが、向こうは北町奉行所の若同心である。

虎之助は芝を蹴って庭を抜け、門から走り出た。すでに多くの朋輩《ほうばい》とその身内が通り筋《すじ》に集まり、不安げに肩を寄せ合っていた。見たところ、押し潰された屋敷はないようだった。怪我人の手当てに呼ばれたらしく、裏長屋に住む町医者が目の前を走りすぎていった。

「おお、加藤殿。有り難いことに、一族皆無事であった。そちらは――」

虎之助が猫背になって歩むと、六郎衛門は四角張った顔をさらにとがらせて頷き返した。すでに床へ入っていたらしく、内着に丹前を羽織るという身形《みなり》のままだ。

「母上が足をくじいたが、なに大したことはない。それより――火の手が案ぜられますな」

虎之助の肩ほどの背しかない六郎衛門と並び、星の見えない夜空を見廻した。幸いにも、今夜の風は弱い。強く吹こうものなら、火の手は勢いを得て燃え広がる。

北の空が気になり、虎之助は猫背を伸ばした。わずか二町先の日本橋界隈《かいわい》は、無事であったろうか。

佳代《かよ》の身が案じられた。幾人もの手代を使う商家であろうと、すでに店は閉めた時刻である。夜中は身内と女中、二人の下男がいるだけ、と聞いていた。土蔵造りの店構えなので、屋根が潰れるようなことはないと思いたいが、もし近くで火の不始末でもあれば……。

「虎や……」

日本橋のほうを危ぶんでいると、真木の震え声が近づいてきた。

振り返ると、初音に肩を支えられ、白い顔をした真木が立っていた。目にはまだ怯《おび》えが色濃く残っていたが、虎之助を見るなり、しゃんと背筋が伸びた。

「悠長に夜空を見上げておる時ですか。早く御番所へ走りなさい」

叱《しか》りつけるように言われて、虎之助は息を呑《の》んだ。横に立つ六郎衛門と顔を見合わせる。

「どうか、加藤様もお早く。今の地震で町方は騒動となりましょう。家を焼かれる者も数多《あまた》となるはず。そのさなか、御番所が火に取り巻かれでもすれば、町方は支えを失い、不安は広がるばかり……。ただ驚き見やっている時ではありませぬぞ」

虎之助は頬《ほお》をはたかれた気がした。さすがは町廻りとしてならした父を支えてきた人である。起こりうる騒動を見越しての忠言を、こんな時にも口にできる。

「まさしくご母堂様の仰せのとおり。今すぐ奉行所へ馳《は》せ参じましょうぞ、大田殿」

おう、の返事がのどの奥にからまり、虎之助は慌てて胸をたたいた。

本当は、何をおいても日本橋へ向かいたかった。が、父が生きていたなら、真っ先に奉行所へ走っていたろう。

たとえまだ若くとも、南町奉行所勤めの同心である。今なすべき道は見えていた。

二

奉行所のある御曲輪《おくるわ》内へ走ろうとしたが、裏茅場町《うらかやばちょう》の長屋で火の手が上がった。

六郎衛門と駆けつけると、すでに尻端折《しりばしょ》りで走り廻る年寄与力の姿があった。地震は等しく江戸の町々を襲ったはずで、火消し人足が集まってくるのを当てにはできない。

火の勢いはまだ弱く、虎之助も水桶を抱えて炎に向かった。長屋の男たちも、飛び散る火の粉を払うのに懸命だった。屋敷に引き返した新八が鳶口《とびぐち》を持ち出し、火消しばりに長屋の壁を壊しにかかった。

組屋敷の与力同心、さらには長屋の男衆までこぞっての立ち働きで、どうにか火は消し止められた。そこに揺れ戻しがあり、また大地が震えた。八丁堀に悲鳴が走り、男どもが身構えて暗夜を睨《にら》みつける。

「屋敷の中に戻るな。こいつは、まだまだ大きく揺れるぞ」

髪を乱した与力の一人が叫んだ。昨年の大地震でも、揺れ戻しによって家々が潰れたという話があった。

「後藤《ごとう》様。一刻も早く奉行所へ参るべきか、と」

揺れ戻しが収まると、虎之助は勢い込んで南町奉行所の年番与力に進言した。

「おう、むろんそのつもりぞ。おぬしは人を集めよ。見ろ――」

袖《そで》まくりの後藤銀太夫《ぎんだゆう》が、太い指を西の空に突きつけた。赤い炎がちらつき、宵闇を染め上げていた。奉行所のある西の地にも、火が躍り上がっている。

虎之助は胸の隅までが焦げつく思いで夜空を仰いだ。日本橋の南で火事となっている。――どうか山吹屋《やまぶきや》は無事であってくれ。

「よいか。おのおの勝手に走ろうものなら、炎に巻かれかねぬぞ。ここは一団となって駆ける。直ちに火事装束《しょうぞく》で集まれ、と伝えよ」

虎之助と新八で八丁堀に声をかけて廻った。六郎衛門も、北町奉行所の与力と同心を集めにかかった。考えることは同じと見えて、早くも火事装束に身を包んだ男たちが駆け寄ってきた。

身内に怪我人のなかった与力六人、同心八人、その小者十六人――がまず集まった。

虎之助の火事装束は、初音が母から託され、わざわざ代官屋敷の四つ辻《つじ》まで持ってきてくれた。手早く火事羽織と兜頭巾《かぶとずきん》を身につける。これで、どうにか格好はついた。

「ここが働き時と心得なさい。抜かるんじゃないよ。ほら、しゃんと背を伸ばしな」

ぱん、と背をはたかれて送り出された。父に似て、初音は形《なり》も掌《たなごころ》も大きいほうで、その勢いに嫌でも猫背が伸びる。

本当ならば、初音もこうして夫を送り出していたはずなのだ。が、嫁入り後も夫の女遊びは治まらず、ついには馴染《なじ》みの女に子を生ませた。しかも遊ぶ金ほしさに同心の身を笠《かさ》に着て町方を脅したと聞くや、その事実を上役に告げたうえで、すっぱりと実家に戻ってきた。仏の大龍の娘として、夫の行いを許せないと思い詰めたのだった。

下の姉の若菜は、夫と子を流行病《はやりやまい》で亡くすという不幸に見舞われ、家に帰ってきた。それでも家族の前で辛《つら》い顔を見せようとはしない。二人ともに、ただの口うるさいだけの喧屋《やかましや》ではなかった。

「皆の者、炎を越えて参るぞ。心してかかれ！」

後藤銀太夫の号令に、虎之助も腹の奥から声を絞り出した。

半鐘の音が四方で響き、また辺りが騒がしくなっていた。赤く焼けた火の粉が、血の色をした雪のように次々と天から舞い落ちてくる。虎之助も見習い同心の時分に、町火《まちび》消人足改《けしにんそくあらためやく》役の与力について火事の場に幾度か立ち会った。多少の心得はあるにしても、町ごと覆い包む業火に向かったことはない。今は江戸のそこかしこが火の海となっていよう。

後藤銀太夫を先頭に、八丁堀から西へ走った。通り沿いには、潰れかけた家々が目についた。東へ西へ逃げまどう者が引きも切らず、火の爆《は》ぜる音と悲鳴が重なり合う。頑丈そうな土蔵造りの商家までが、壁を崩して傾く有様だった。

四ツをすぎて木戸の閉まる時刻だったが、自身番《じしんばん》や木戸番の姿は見当たらない。人助けに走り廻っているのだろう。裏店《うらだな》が潰れでもしたのか、着の身着のままの者が道にあふれ出していた。

このまま真《ま》っ直《す》ぐ進めば、佳代たちの住む日本橋数寄屋町《すきやちょう》へ通じる。が、新場橋《しんばばし》を渡ると、南へ向きを変えた。心惹《ひ》かれる思いで、虎之助は走った。どうか無事であってくれ。

桶町《おけちょう》の一帯に差しかかると、近づくことさえできない火の勢いだった。

「お武家様、どうかお力をお貸しください」

道筋から走り出た町人が、与力の一人に取りすがった。羽織の片袖が破れている。

「どけい、邪魔だ」

取りすがられた与力が、手にした十手《じって》で打ち据えるような仕草を見せた。町人がそのまま地べたに這いつくばる。

「娘二人が……まだ潰れた長屋の下に……」

「今は町衆皆で力を合わすのじゃ。我らは奉行所へ急ぐところぞ」

別の与力が横から苦しげに声を押しやった。すでに町の男どもが潰れた屋根に取りつき、声を合わせて持ち上げようとしていた。それでも人が足りず、飛び出してきたのだった。

「新八、手を貸すぞ」

黙って見ていられずに、虎之助は足を踏み出した。が、そこを引き戻された。後ろから肩をつかむ者がある。

「大田殿。奉行所とて、いくら人手があっても足りぬ時ぞ」

吟味方に上がったばかりの同心だった。よせ、と首を振り、諫《いさ》めてくる。

「助けを求める者は山ほどもいよう。この場だけですむと思うか」

走る先々で手を貸したのでは、いつになってもたどり着けない。今は奉行所に急ぎ、お役目を果たす。それが多くの町衆を救うことにつながる。目の前の一人を助けるために、もっと多くの死者を出す気か。そう諭《さと》されていた。

道理としては頷けた。理屈はわかる。が、いざ目の前で苦しむ者を見ると、気持ちのほうが先走る。若さゆえの短慮か、根が単純にできているせいか。

いいや——理屈にあらがいたがる心情があった。上役の目を気にして、今は奉行所に走るべき、と度量の狭さが言わせてはいないか。町の者に手を貸したところで出世にはつながらない。そう疑ってかかったのでは、人が悪すぎるだろう。

生前に父がよくこぼしていた言葉が耳に甦《よみがえ》った。——奉行所の中には、町方を軽んじる者がなくはない。手を貸すのではなく、取り締まり、支配するのが務め。そう高みに立ったのでは町の者に嫌われ、役目も果たせなくなろうに。

父の思いのすべてを悟れたわけではなかった。ただ、見捨ててはおけない。人としてそう思えた。あふれ出ずる思いに引きずられては、人としてまちがっているのか。

見つめる仲間の目にも、迷《い》いが見えた。睨み合うように立っていると、後藤銀太夫が両者を分けて進み出た。

「時を無駄にするな。手を貸したい小者は、ここに残ってもよい。虎之助は我らと急ぐのじゃ。それで、よいな」

間を取り持つような裁きだった。虎之助は頭を下げた。

「ご厚情、痛み入ります」

「有り難き幸せにございます」

新八もひざまずくや、地べたに座り込んだ男を早くも抱き起こしにかかった。我も、と三人の小者が新八につづいた。ここで見すごしたのでは男がすたる。そう誇り勇むかのような顔つきだった。

「新八、必ず娘を助けて、すぐさま駆けつけよ」

「承知」

潰れ家に駆け寄る新八らを見送り、虎之助も走りだした。この先も、今と同じ煩悶《はんもん》に身を焼かれるだろう。その時々に何ができるか、自信がなかった。ひそかに思う人にさえ、今は役目があるため、手を貸せずにいる。

炎に巻かれる町屋の間を駆け抜けた。兜頭巾で隠したはずなのに、耳までが火焔《かえん》の熱にあぶられた。家々が火に呑み込まれ、紙屑《くず》のように焼け落ちていく。躍り上がる炎を前に、身内の名を懸命に呼ぶ男がいた。地に泣き崩れる女をよけて、与力たちが先を急ぐ。目をつぶる思いであとにつづいた。

町衆の叫びと熱風を背に受けて、鍛冶橋御門《かじばしごもん》に到達した。揺れる川面《かわも》が炎を照り返して真っ赤に染まり、見附門《みつけもん》を支える石垣までが崩れていた。

嫌な軋みを立てる橋を渡った。門番は抜き身の槍《やり》を携えていた。御曲輪内を守れというお達しが出たのだ。が、門の向こうにも赤い龍を思わせる火の手が幾筋も立ち昇って見えた。

「南町奉行所、与力同心とその配下にございます。お通しを」

後藤銀太夫が進み出て喘ぐように告げた。すでに息が上がっている。門番が槍を引き寄せ、身を正した。

「この先にも火の手が迫っております。どうぞお早く」

年寄与力から次々と潜《くぐ》り戸《ど》を抜けた。門の裏に設けられた枡形《ますがた》の地に走り出ると、燃え盛る炎の巻き起こす辻風が頬に打ち寄せた。大名小路《だいみょうこうじ》と呼ばれる大通りに居並ぶ屋敷が、火に包まれていた。南を望むと、そこだけわずかに暗い闇夜が見通せた。

「おお、奉行所は無事ぞ」

誰かが叫んだ。我先にと男どもが走りだす。

南町奉行所の門は開いていた。築地《ついじ》は崩れていないし、落ちた瓦も多くはなかった。が、すぐ裏手で紅蓮《ぐれん》の炎が夜空を焦がしている。鳥取藩主の上屋敷が燃えているのだった。

「おぬしらは火消しに向かえ」

後藤銀太夫の命を受け、残りの小者が裏へ向かった。宿直の足軽や中間《ちゆうげん》らも、延焼を食い止めるため、すでに出たあとだという。

虎之助らは詮議所《せんぎしよ》の前に設けられたお白洲《しらす》の横を走り抜け、玄関へと駆け入った。

「皆の者、よくぞ、参った」

御用部屋の前に進むと、火事装束に身を固めた池田播磨守頼方《いけだはりまのかみよりかた》が宿直の当番方と待ち受けていた。町奉行は、奥の役宅に住まう決まりである。馳せ参じた一人一人を見廻し、意気のこもった眼差《まなざ》しになった。

「後藤銀太夫はじめ与力同心、駆けつけましてございます。こたびの地震により、町方の長屋家々は崩れ、数多の火災燃え広がり、町衆皆放心の極みに落とされしと相します。我ら、お役目を果たすべく参りました」

「苦労である。直ちに年番与力、並びに市中取締掛《がか》りに町会所掛りは、寄合座敷で評議に入る。ほかは、大名屋敷の助けに向かえ」

奉行の池田頼方が席を立つと、与力らも慌ただしく腰を上げた。虎之助は一人、後藤銀太夫の背に膝《ひざ》立ちで素早く近づいた。

「後藤様。今しばらく——。僭越《せんえつ》ながら、ぜひともお諮《はか》りいただきたき議がございます」

振り向いた後藤銀太夫が太い眉《まゆ》を寄せた。出すぎた真似《まね》とわかっていたが、不安が胸の内をあぶっていた。

「申せ」

「お奉行様の仰せられし評議とは、お救い米の支度についてもふくまれておると思われます。されど、今走り抜けてきた日本橋界隈の商家を見る限り、土蔵の多くが崩れておりました。町会所の籾蔵《もみぐら》も同じ憂き目に遭《お》うておらねばよいかと――」

「おお……。そなたのお父上は、町会所掛りも務めておられたな」

「はい。亡き父は火事と知るや、まず府内に置かれし籾蔵を案ずるのが常でした」

寄る年波に勝てなくなったか、父は亡くなる三年ほど前、ある捕物の際に足を痛めた。それを機に自ら町廻りを返上し、町会所掛りに役替えとなった。

飢饉《ききん》や大火などによって困窮した町衆を助けるため、幕府は向柳原《むこうやなぎわら》に江戸町会所を設けて府内に蔵を造り、囲い米を備えていた。

最近では四年前の嘉永《かえい》四年正月、たちの悪い風邪が市中を席巻《せっけん》した折、米がいちじるしい高値をつけた。その日の飯にも困る者が増え、ついには打毀《うちこわ》しが相次いだ。町衆を落ち着かせるため、幕府は囲い米を振る舞うことを決めた。

町方の治めは、南と北の奉行所が請け負う。だが本来は、町方による自治が決まりで、町役人《ちょうやくにん》と呼ばれる名主《なぬし》や月行事《がちぎょうじ》がそれぞれの町から選び出され、名代《みょうだい》としての務めを果たしている。その任は、町触れの伝達から、届け出の取り次ぎに、諍《いさか》いの仲裁役まで、奉行所の下請け仕事と言っていい。

名主の中にも、町会所掛りがいて、奉行所の命を受けたうえで、囲い米を町衆に施す役目を担っているのである。

「もし籾蔵の土蔵までが崩れておれば、米を求める町衆が押し寄せるやもしれません」

向柳原の江戸町会所も、番方《ばんかた》が警固についてはいた。が、近くにある浅草御蔵《あさくさおくら》ほど、兵は割かれていなかった。ましてやこの地震である。火でも迫ろうものなら、警固も手薄になる。

町会所掛りとなってからの父は、火事のたびに籾蔵を案じ、痛む足を引きずっては自ら出向いていたものだった。その姿は目に焼きついている。

「よくぞ気づいた。よし、おぬしは当番方の中間を率いて、向柳原へ走れ。籾蔵に群がろうとする町衆なくとも、直ちに炊き出しをおこなうので慌てるな、と触れて廻るのだ。おっつけ、ほかの同心らも参るであろう。北とも諮り、深川《ふかがわ》と霊岸島《れいがんじま》、神田筋違橋《かんだすじかいばし》にも人を走らせる。池田様にはわしから進言しておく。——すぐに走れ」

虎之助は御用部屋から駆け出ると、奉行所内に残っていた中間をかき集めた。都合十人に、玄関先の壁に並べてある槍と刺股《さすまた》を持たせた。ちょうどそこに、新八らの小者が駆けつけた。

「首尾はどうであった。娘を助けたろうな」

「はい。多少の傷は負っていましたが、どうにか命は」

古参の同心についていた小者が、鳶口を手に煤《すす》で黒くなった頬を和ませた。後ろで新八も誇らしげな頷きを見せている。たったふたつの命でも、今は救えたことを喜ばずにはいられない。

だが、我が身に言い聞かせるためにも、虎之助は告げた。

「新八、おぬしも槍《やり》を持て。これから向柳原の町会所へ向かう。囲い米を守らねば、もっと多くの命が奪われると思え。よいな」

道すがら助けを求められても、もはや手出しはできなかった。家を失った人々を落ち着かせるためにも、何より炊き出しの支度が求められる。男どもの顔が炎を前にしたよりも張り詰めていく。

中間が集められたと気づいた当番方の同心までが、玄関前に集まってきた。

「我も行くぞ。よいな、大田殿」

若同心の仲間が自ら槍をつかんで意気盛んに吼《ほ》えた。三人、四人と増えていく。難事であるからこそ役目を果たしたい、と念じる男どもが勇み立っていた。年番与力でも、その覚悟を止めることはできないだろう。虎之助は心強い加勢を得たと思って頷き返した。

直訴が認められて、総勢二十名となった。目を見交わし合い、直ちに奉行所を出立した。

大名小路の火焔はなおも勢いを増し、見附門の奥に見える暗い空が赤く炎を照り返していた。夜でなければ、これほどの火の手は上がらなかった、と今さらながら不意の地震に悔しさがつのる。

またも日本橋界隈を走りすぎた。山吹屋の方角を望むと、幸いにも火の手は見えなかった。頼む。無事であってくれ。今は無理でも必ず助けに向かう。後ろ髪を引かれる思いを胸に封じ込めてひた走る。

槍と刺股を持った同心と中間の群れを見て、捕物と思ったのか、町の人々が一斉に道を空けた。やけに大きく揺れる一石橋《いっこくばし》を渡り、本町《ほんちょう》へと向きを変えた。

左手の内神田《うちかんだ》に、天を焦がすほどの炎が立ち昇っていた。親とはぐれたのか、幼子が泣き叫び、通りをさまよい歩いてゆく。

――すまない。今は手を貸せぬ。どうか生き延びるのだぞ。

心の中で声をかけつつ、北を目指した。

神田川沿いの広小路には、炎から逃れてきた町衆が集まっていた。力なく地べたに座り込む者。動かぬ幼子を抱きしめる女。行き倒れのように横たわる老女を見ても、駆け寄る者は一人もいない。涙ながらに念仏を唱えているのは、身内を亡くした一家だろうか。

大火のたびに、江戸では幾千もの命が失われてきた。この地震と火事で、万に近い死者が出るのではないか。江戸の町そのものが壊滅の瀬戸際に立たされている。もはや開府以来の災禍は疑いなかった。

浅草御門から神田川を越えると、左衛門河岸《さえもんがし》に逃げてきた人々をかき分けて走った。町会所は築地が崩れ、幾百もの瓦が散乱していた。建ち並ぶ籾蔵は形をなしていなかった。土壁が大きく割れ、中の米俵が地内《じない》に飛び出しているものまであった。

町衆はまだ我が身を守るのに必死で、ここに籾蔵があり、その多くが潰れたことすら目に入っていない。番方の兵は築地の裂け目に人を配するのみで手一杯となり、潰れた籾蔵を守る者は数えるほどしかいなかった。

「さすがは世に聞こえし名奉行の池田様ぞ。助かり申した。お手をお借りいたす」

番方の兵は、安堵《あんど》のあまりに泣きだしそうな顔になった。町役人はまだ一人も駆けつけておらず、炊き出しの支度などまったくの手つかずだった。

「我ら同心も警固につきますぞ」

虎之助は通りをはさんだ町屋から目を戻して告げた。居並ぶ番兵の中には、今になって打毀しを恐れて身を震わす者がいた。夜の立ち番とあって、虎之助より若い者が多いのだ。皆が等しく動転していた。

何をすべきか。父なら如何《いか》にしたであろうか。虎之助は空廻りしそうな頭に手を当てた。走る間に、なぜ考えてこなかったのか。思案を重ねながら、当番方の中間を呼び寄せた。

「よいか……おぬしら中間を二組に分けよ。ひとつは壊れた築地の直しにかかれ。残りは、明日の朝からこの町会所にて炊き出しを施すと触れて廻れ」

承知と言って立ち去りかけた中間を引き戻した。

「待て、待て。もし徒党を組む者あらば、奉行所が引っ捕らえるとも伝えよ。いや、ただ触れて廻るのみでは、町方を落ち着かせるには事足りぬな。よし……助けを求める者には手を貸してやれ。何より今は町衆を安堵させねばならぬ」

「承知しました」

そこにまた揺れ戻しがきて、中間らが慌てて地に這いつくばった。

虎之助も身を伏せたくなったが、ここで町方同心が怖《お》じ気《け》づく様を見せては士気にかかわる。仲間の同心も油断なく辺りを見ていた。猫背になりかけていると悟り、腹に力を込めて胸を張った。

こんな時、頼りになる手先がいてくれたら……。弱音が首をもたげかける。

父には、松五郎《まつごろう》という手だれの御用聞き——岡っ引きがついていた。咬《か》みつき犬の松と呼ばれた男で、本所深川《ほんじょ》で知らぬ者はないほどだった。

父が町廻りから退《ひ》いたのを機に、松五郎は深川筋の親分として一家を構えた。女房が切り廻す小料理屋の支度金は、二十年にわたって支えてくれた礼にと、父が出してやったものだと聞いた。今はほかの町廻りを助けているが、あの男ならば地廻りにも顔が利くし、多くの手下を使うこともできた。若い新八や、奉行所づきの中間が束になっても敵《かな》わぬ腕を持つ。

これから虎之助が同心として役目を果たし、頼りにできる者を育てねばならないのだ。今は一人でも踏ん張るのみ。

虎之助は番方の兵と槍を構えて警固についた。北と東に火の手が見えた。やがて浅草御門のほうから、炎に追われた町衆が左衛門河岸に押し寄せてきた。幾千もの人々が夜の不安に追い詰められ、亡霊のような覚束《おぼつか》なさで集まってくる。

「夜明け前には炊き出しを振る舞うぞ。まずは火を消し止めよ。川沿いは怪我人のために空けておくのじゃ。子どもらはひと塊に集めて、手の空いたおなごらで守れ」

虎之助は居ても立ってもいられず、町衆の前に飛び出した。額と首筋を血で染めた男と目が合った。そこに一切の心根が感じられなかった。人が群れているから、流れに任せてただ歩いているのだ。

「皆の者、囲い米はたっぷりと支度してある。明日の米を案じずともよい。近くの火を消し止めるのが先ぞ」

飯があると触れ廻ったところで、身内を亡くした者の心に届くものか、と思えた。自分は何もわかっていない。虎之助は唇を嚙んだ。飯さえ与えておけば、人は安堵できるというものではない。ともに飯を食う者がいてはじめて、人は明日を生きる力を得られる。

愚にもつかぬことしか言えない自分が、悔しく哀しかった。もっと悔しく哀しい思いを引きずる者らを前に、言葉が出てこない。形《なり》はでかいくせに、己の小ささを思い知ら

か。

なかった。もし当番の名主が来られないとなれば、番兵と町方同心のみで何ができるの

武家の男の一人であるため、賄いは女の仕事と決め込み、米を炊いたことなど一度も

年嵩《としかさ》の番兵に呼び止められた。またしても頭を殴られたような思いになった。

「大田殿。そなた、米は炊け申すか」

された。ますます猫背になる。

腹をすかせた町衆に、握り飯すら出してやれないおそれがあった。町の者頼みの奉行所なのだ、と痛いほど身に染みた。町方支配が聞いてあきれる。同心という立場など、災禍の時には何ほどの役に立つものか。

虎之助は泡を食って川沿いの通りに走った。怪我人と子どもを守る女たちに声をかけて廻った。

「夜明けには炊き出しを振る舞いたい。我ら男では埒《らち》が明かぬ。名主とともに手を貸そうという者はいないか」

町方の者もいると言っておかねば、武家を恐れて名乗り出る者はいないと思えた。槍を手に大声を上げる男を見やる者はいても、歩み出てくれる女はいなかった。同心仲間が驚いたようにこちらを見ていた。虎之助は槍を捨て、声を限りに呼びかけた。

「おなごの手がいる。名主だけでは炊き出しの支度ができぬのだ。ここにいる子らのためでもあるぞ。名乗り出てくれる者はおらぬか」

人にどう見られようと、気にしてはいられない。誠の心を込めて訴えかけた。

「お侍様、あたしが人を集めましょう」

乱れた髪を後ろでまとめながら、一人の女が歩み出てきた。目にわずかな怯えがあるのは、まだ地震の恐怖があるからで、ひときわ大柄な町方同心を前にしたからではない、と思いたかった。

「まことかたじけない。江戸おなごの心意気、しかと受け取らせていただきますぞ」

虎之助は身を正して女に頭を下げた。

「ご覧よ、若いお侍様が頭を下げておくれだよ。偉いお人だねえ。さあ、手空きの女は、あたしについて来なよ」

気っぷのいい誘いの声に、一人二人と応じて集まってくる者があった。これでどうにか炊き出しができる。

女に頭を下げるのなら、いつも母と二人の姉にしていて慣れっこだった。ひとつも偉くなんかはない。ただ、猫背も悪いものではないらしい——そうはじめて思えるのだった。

三

半刻《はんとき》ほどして町会所掛りの名主が駆けつけ、納戸の奥から大鍋《おおなべ》が担ぎ出された。集まってくれた女は二十余名に及び、見事な手さばきで井戸から水を汲《く》み上げ、片端から米を研ぎにかかった。

最初の鍋が湯気を上げはじめたころには、東の空がうっすらと明るみを帯びてきた。辺りは棚雲が重く垂れ込めたかのように煙《けぶ》って見えた。まだ幾筋もの白煙と炎が江戸の町々に立ち昇っていた。

動乱の一夜が明けた。

揺れ戻しがつづくために、町衆は道に筵《むしろ》や板を敷いて座り、身を休ませる者が多かった。それぞれの無事を噛みしめるかのような静寂が人々を包んでいた。

昇りゆく朝陽が町の痛ましさを照らし出すとともに、再び動きはじめる男らがいた。屋根の下にいるであろう身内を救おうというのだった。壁を持ち上げようとするかけ声が、静かな町にまた響き渡る。

握り飯が次々と作られていく中、奉行所からの使者が到着した。

「大田虎之助様、お奉行様がお呼びにございます」

こちらの首尾は、すでに一度新八を走らせ、知らせは上げていた。その新八は、町会所掛りの同心二名を引き連れ、戻ってきたばかりである。

奉行所は、夜のうちに江戸市中へ町触れを出していた。

炊き出しと怪我人の手当てを急ぐ。家をなくした者のためにお救い小屋を建てる。売り惜しみと買い占めを取り締まる。物価と手間賃の引き上げ禁止。国々から職人を呼び寄せ、市中の再建に当たらせる。それらの触れを出すことで、幕府が町方を安らげるべく動いている、と広めるためだった。

そのうち物価と手間賃の引き上げ禁止は、お題目にすぎなかった。大火のたびに材木は鰻《うなぎ》登りに値を上げ、大工や人足は懐を潤わせるのが常だったからだ。買い占めに走る商人はあとを絶たず、奉行所の動きはいつも後手に廻る。そもそも自治が決まりなので、幕府はただ睨みを利かすのみとの真実が、その裏には横たわっていた。

これで本当に町衆を安堵させられようか。迷いを胸の内で転がしていると、使いの足軽がさらなる言葉を継いだ。

「おつきの者と駆けつけよ、とのことにございます」

虎之助は眠い目をこすりつけて首をひねった。奉行所に雇われた中間でなければ、番所内には入れなかった。虎之助づきの小者までが呼ばれることは、滅多にない。

「旦那《だんな》、これは新たなお役目と見て、まずまちがいは――」

新八が疲れ切っているはずの頬をゆるませて、真ん丸い猿眼を巡らせた。

「この難事に笑うやつがあるか」

「けど、このあっしまで呼ばれるなんて、ありますかね。急ぎましょう、旦那」

虎之助は心を静めて頷き返した。

十六で見習い同心として勤めはじめ、二十歳の時に当番方に配され、早四年。そろそろ次の役目を、と自分でも待ってはいた。

同心はその掛りによって、役得が変わる。父が長年勤めあげた町廻りは、奉行所でも花形であり、多くの付け届けを期待できる仕事だった。

が、父はつねづね虎之助に言っていた。

——町衆がおらねば、この江戸は立ちゆかぬ。役方の中には、生けず殺さずにするが一番、と語る者もあるが、それはちがうぞ。町が賑《にぎ》わってこそ、江戸も徳川の世も栄えていくと思え——。

町廻りとなれば、受け持つ町衆からの付け届けがある。中には、小さな罪で奉行所に呼び出されたくないため、金を渡して訴状のもみ消しを頼む者もいた。町方は自治が決まりであるから、内済《ないさい》という内々での和談ができれば、それに越したことはないのだった。

父は地主や大店《おおだな》らの富民から付け届けをもらっても、ほかは常から気安く相談に乗っていた。ゆえに仏の大龍と呼ばれ、大田家の暮らし向きも楽なものとは言えなかった。

町廻りにつく小者も同じで、多くの役得がある。町人と役方を結ぶ務めを担うからだ。新八も、いずれ虎之助が町廻りになれると見込んでいたろう。

正直に言えば、虎之助も早く町廻りに、と願っていた。佳代の実家の山吹屋は乾物問屋で、少なくない借金があると聞いた。その助けができたなら、所帯を持つことも叶《かな》うかもしれない。

この地震で、町廻りの同心に不幸でもあったのか。が、虎之助はそう考えた自分の不徳を恥じた。齢《よわい》二十四の若さでは、とても町廻りを任されるはずがない。経験が不足している。

分を超えた望みを振り払い、ひとまず新八と奉行所へ急いだ。

大名小路の火は消し止められていたが、まともな屋敷はひとつとしてなく、目を覆いたくなる惨状だった。

老中首座にある阿部伊勢守正弘《あべいせのかみまさひろ》の上屋敷は大きく傾き、築地が倒れて道をふさいでいた。若年寄の遠藤但馬守《えんどうたじまのかみ》邸は灰となり、堀をはさんだ松平相模守《まつだいらさがみのかみ》邸にいたっては屋根しか残っていなかった。今も瓦礫《がれき》を分ける若衆が動き廻り、戸板に載せられた亡骸《なきがら》が道へ運ばれていた。

大名小路がこの惨《むご》たらしさでは、政《まつりごと》の明日が案ぜられた。ただでさえ、米国の船団が江戸湾に現れて開国を迫る、という大事の中にあった。

地震を言い訳に、開国の要求を引き延ばそうと図る手は取れるかもしれない。だが、東洋の大国である清《しん》は、英国によって蹂躙《じゅうりん》された。米国もいずれ武力で我が国を踏みつけにしてくる、とも考えられた。

品川沖に急ごしらえで台場を築き、多くの大砲を据えてはいたが、この地震で江戸の守りは風前の灯火《ともしび》と成り果てただろう。そのうえ老中らに何かあろうものなら、国の治めにまでほころびが出かねない。まさに国難の一大事だった。

不安を抱えながら奉行所の門を抜けた。新八はやはり潜り戸の前で留め置きとなった。

寄合座敷へ通されると、火事装束の後藤銀太夫が当番方の年寄同心を引き連れて、上座に着いた。

「お呼びにございましょうか」

「池田様は急ぎご登城なされた。その命を受けて、この後藤銀太夫、年番与力として、そなたに新たな務めを言い渡す」

そら、きた――。心の臓が、きりりと疼《うず》いた。

「大田虎之助、そのほう、よくぞ町会所を守り、炊き出しの支度を万端抜かりなく果たしてくれた。その功、篤《あつ》しと見て、今より本所深川方臨時の市中見廻り役を申しつける」

虎之助は畳に手をついたまま、目をさまよわせた。臨時廻りは、長く町廻りを務めた古参の同心が就く掛りである。経験あってこその業《わざ》を生かし、町廻りを助けるのが務めで、虎之助のような若同心が就ける役目ではない。

言葉をなくしていると、後藤銀太夫の眉が大きく動いた。

「早とちりをするでない。そのほうに、臨時廻りが務まるものか」

そうですとも、と相づちを返したくなるが、たとえ馴染みの年番与力とはいえ、軽口を返していられるような場ではなかった。

「時が時であるから、臨時の臨時よ」

「さらなる臨時の見廻り役でございますか」

「そのとおりだ。地震と火事のあととなれば、市中に不届き者が横行しかねぬ。本所方は橋の傷み具合を見て廻るので手一杯という。番方は武家屋敷と役所を守るのが務め」

奉行所には、本所見廻り方の与力と同心が合わせて三名いた。が、川と運河が縦横に走る本所深川に架かる橋を見廻るのと、鞘番所《さやばんしょ》と呼ばれる仮牢《かりろう》を持つ大番屋に詰めるのが役目で、町廻りとは少し務めの中身がちがった。

「本所深川に潰れ家と火事がことさら多いとの知らせもある。奉行所内でやりくりして、見廻り役を増やすことと相なった」

「それを、このそれがしに――」

「しばらくは非番もなしに働いてもらわねばならぬ。若手で、馬並みの立ち働きができる男となれば、まずおぬしをおいて、ほかにはおらん」

功を認められたというより、図体《ずうたい》を見込まれての役目だった。が、贅沢《ぜいたく》を言っていられるような時勢ではない。市中には住まいをなくした者がさまよい、多くが明日の米にも困るはずだった。

後藤銀太夫が横に控える年寄同心に目配せを送った。

紫の袱紗《ふくさ》が開かれ、中に緋房《ひぶさ》の十手が収められていた。それを手にした後藤銀太夫が、虎之助の前に差し出した。

「ついでに言えば、仏の大龍の息子として、おぬしなら少しは本所深川界隈で顔も利こう。これをあずける。しかと受けよ」

虎之助は十手を押しいただき、手元に引き寄せた。父の七光りであろうと、憧《あこが》れてやまない十手を手にできるのは本望だった。

「重ねて言うが、おぬしは臨時の臨時ぞ。張り切りすぎても、探索のほうには手を出すでない。そっちは蜂矢《はちや》に任せておくのだ」

蜂矢小十郎《こじゅうろう》は、本所深川を受け持つ定町廻りであり、虎之助より十五も歳上《としうえ》で、その間ずっと今の役目にある古参だった。

「まずはその十手とともに鳶口を持ち、町衆に手を貸すのが仕事と心得よ。よいな」

「はい。しかと務めさせていただきまする」

虎之助に仕える新八にも、手札《てふだ》と房なしの十手が下された。願っていた役目に、新八は目頭を潤ませ、年寄同心に頭を下げた。

十手を持って八丁堀に勇んで駆け戻った。疲れと眠気はどこかに消えていた。

虎之助の話を聞くなり、母の真木は顔を覆って喜びにむせび泣き、姉二人は先を案じてむつかしい顔へと変わった。

「これで亡きお父上に顔向けができるというもの。されど……おまえにどこまで務まるものやら」

ただ喜ぶだけではなかったのは、親としての本音でもあったろう。

「大田家の恥になるような失態はしないでおくれよ」

「死ぬ気でお勤めを果たしなされ。わかってますね」

若菜がやんわりとした言葉の中にも激励を込め、上の初音はいつもながらに手厳しく言った。

「さあさ、お父上の黒羽織に着替えなさい」

真木が小走りで奥に下がり、着替えを取り出してきた。ひと月ごとにそっと陰干ししていたのを、虎之助は知っていた。この黒羽織を必ずや息子が受け継いでくれる。そう母は信じていたにちがいない。

町廻りの同心のみに、着流し姿が許されている。袴から着流しに替えて、帯に十手と刀を差した。三つ紋付きの黒羽織に腕を通すと、身の内がきりりと引き締まる思いだった。

「馬子にも衣装とはよく言ったものね。まあ、それなりに見えるじゃない」

若菜が小鼻を上に向けて笑った。父に似て、いくらか呑気《のんき》な物言いをする。初音は母に似たたちで、ちくちくと小言や憎まれ口をはさみたがる。

「ちょいと袖丈が短いかしらね。いい歳して、また大きくなったんじゃないだろうね」

初音が睨みを利かせながら首をかしげると、横で母がひらひらと手を振った。

「このほうが、いかにも新米らしくていいわよ。ほら、もっと胸を張りなさい」

「待ちなさい――。火事騒ぎでちょいと物騒かもしれないけど、縁起物だからね」

初音が火打ち石を手にして、清めの火を熾《おこ》してくれた。

「さあ、お行き。たんと働くんだよ。町方みんなが、お役人を見てると思いなさい」

母に猫背を押されて門を出た。

木戸前に、新八がひざまずいて待っていた。平時の出世であれば晴れがましさも湧こうが、今は江戸を襲った災禍の只中《ただなか》にあり、新たな役目の重みがずんと肩にのしかかる。

「旦那、おめでとうございやす」

聞き覚えのある声に振り返ると、尻端折りに黒羽織の小男が控え、虎之助の前で中腰になった。

「あら、松五郎……」

真木が驚きの声を上げ、初音が門前へ走り出た。

「おまえ、女房と子どもは無事だったかい」

「へい。大旦那が守ってくれやしたんでしょう。店も何とか焼けずにすみました」

「そいつは何よりだった。わざわざ祝いに来てくれるとは、さすがの早耳だな」

虎之助は、咬《か》みつき犬と呼ばれた小男の、研ぎ澄まされたような眼差しを見つめた。

「蛇《じゃ》の道は蛇《へび》と言いますんでね。けど、この松五郎、ただ祝いに来たんじゃありやせん」

「あら、じゃあ何しに来たんだい……」

若菜が目を丸くすると、松五郎は腰をかがめたまま上目遣いになった。

「むろん臨時とはいえ、町廻りのお役目を賜るとは、まことに祝着至極。さぞや亡き大旦那も草葉の陰でお喜びでしょう。されど、口で祝いの言葉を述べるぐらいは三つの子にもできること。この松五郎、ぜひ昔のように、また大田の旦那に力添えをさせていただきたい。そう念じて駆けつけた次第にございます。ここはなにとぞ、お頼み申し上げます」

立て板に水の口上を述べ、犬と呼ばれる訳となった乱杭歯《らんぐいば》をむき、にっと笑った。

「松五郎、おまえ……」

また真木がたもとで目尻をぬぐった。

虎之助は深く息を吸い、松五郎の前に歩んだ。

「気持ちは有り難いが、いいのかい。今はほかの町廻りに頼られている身だろうが」

「何を仰せですか。この話をあっしの耳に入れてくれたのも、さる同心の旦那でして。仏の大龍といやあ、今も町廻りの間じゃ、畏《おそ》れ多きお人として通っておりやす。そのご子息に手を貸さずば、咬みつき犬の松五郎、末代までの恥となるは必定。なあ、新八よ」

新八にすれば、目の前の松五郎こそが畏れ多き人であり、目途《もくと》とする親分でもあった。心強い味方を得られたという顔で頷いている。

虎之助は鬚《ひげ》の伸びかけたあごをさすった。

「断っておくが松五郎、臨時の臨時で、探索は古参の蜂矢様にすべてお任せせよと言われている。市中に騒乱なきよう走り廻るのが役目であって、辛いばかりの務めであるぞ」

「これまた何を仰せでしょうか。なるほど蜂矢様も長らく本所深川を廻っておいでで、このあっしもお世話になったこともございやす。けど、仏の大龍の世継ぎが町廻りに就いたと聞けば、町衆こぞって大田の旦那の前に列をなすに決まってます。そう察しがついたからこそ、この松五郎、駆けつけさせていただきやした」

松五郎のやけに厳しい目つきを見れば、役得の高を言っているのではない、とわかった。

世話になった旦那の息子が、臨時の臨時とはいえ、町廻りとなった。この時勢であり、町衆が頼ろうと寄ってくるのは疑いない。が、なにぶん息子はまだ若い。支える新八も同じ。

虎之助に恥をかかせてはならない。その一念で、駆けつけてくれたのだ。むろん、母や身内の前で、虎之助が頼りないから参上した、と言うわけにもいかない。

松五郎の気配りを悟り、鼻の奥がつんと熱くなった。それだけ父が、役目を超えて松五郎に目をかけてきたのだと知れた。

「ありがとよ、松五郎。おまえの心意気、受け取らせてもらおう」

頭を下げたくなるほどに有り難かったが、それでは同心として示しがつかない。松五郎も、そんな見てくれの作法などは望んでいない。もっと遠くに、彼の望むものはある。そこに近づきたい、と心底思った。

「嬉しいじゃないか……。頼むよ、松五郎」

真木が優しい声音で言った。松五郎の本意を母も悟ったのだった。姉二人も静かに見つめている。

虎之助は猫背を伸ばすと、腰の十手に手を添えた。

「松五郎、新八、鳶口を持て。まずは新大橋《しんおおはし》東詰の籾蔵へ急ぐ。今夜も家には帰れぬと思え。いいな」

「へいっ」

男二人が覇気に満ちた声で応じた。虎之助は大きく胸を張り、八丁堀の通りを先に立って走りだした。

四

どこかで女が声も嗄《か》れよと泣き叫んでいた。今日何度目になるかわからない揺れ戻しに、地べたが大きく身震いをくり返す。

このままもっと大きな地震となり、大地がぱっくりと割れてひと思いにこの身を呑んでくれたら、どれほど楽になれるだろう。

佐吉《さきち》は、冷えた道端に横たわったまま、再び狂いだした大地の揺れに身をゆだねた。

怒りに任せた身震いをつづけながらも、地べたは死人のような冷たさだった。女と子が泣き、念仏を唱える声が湧き、家屋の崩れる音が鳴り渡る。

いっそ江戸の町すべてが焼き尽くされてしまえばいいのに、朝を迎えるとあらかた火は見えなくなっていた。火消しは現れず、町の男らが髪を焦がし、一心不乱に家々を壊し廻っていたのは覚えている。本当に余計なことをするやつらだった。おかげで、佐吉のほうに迫っていた火の手は消えた。これで業火に取り巻かれて、おふじとゆりのもとへ行くことは叶わなくなった。

——佐吉つぁん、立てるかい。

——どこが痛むんだい。ほら、しっかりしなよ。

地震の当座は、誰かが声をかけてくれた。が、生きる気力を根こそぎ奪われた佐吉は、声も出せずにただ座り込み、迫り来る炎を待った。今は転がる屍《しかばね》と見て、誰一人近づく者はいない。

これでいい。もはや一歩も動けなかった。このまま二人のもとに落ちてゆくのだ。

人とは本当に不思議なものだ。昨夜の地震がとてつもない大きさとわかったとたん、躰が独りでに動き、命より大切と胸に刻む店から這いずり出ていた。もう少し遅れていたら、崩れ落ちた屋根と梁に押し潰されていたろう。

自分に守るべきものは、店しかなかった。今度は逃げずに立ち向かってみせる。そう心に誓ったはずだったのに……。

またも店は跡形もなく消え、藪蚊《やぶか》より生きる値打ちもない男一人が長らえていた。

――おふじ、ゆり。またおれは惨めに生き延びちまったよ。

佐吉は、食べ散らかした鯛の残骸みたいに、見る影もなく骨組みも崩れた店の跡をぼんやりと眺め、死ぬことさえできなかった自分を笑った。

五年前――。

不始末に端を発した業火が、佐吉のすべてを奪っていった。おふじと二人で屋台からはじめて六年の時を経て、ようやく三間町《さんげんちょう》の外れに小さな店を持てた。

天ぷら屋ってのは、何をおいても火の始末に気をつけるんだ。雇いの炊夫《すいふ》や女中に口すっぱく語っていたのに、よりによって身内が下手《へた》をしでかすという皮肉さだった。

職を持たずにいる弟を案じるおふじの心根を思い、雇い入れたのがそもそものまちがいだった。清次《せいじ》は、見よう見まねで何とかなるという思い上がりが直らなかった。人を斜めに見る目つきに、世間と板前仕事への見下しが薄っぺらく張りついていた。膝詰めで諭しもしたが、上っ面で頷いておき、いつもおふじに佐吉への不平をこぼしていたという。

まだ揚げ方を任せるには早いと言った佐吉の鼻を明かしてやろう、と甘く考えたのだろう。夜中に一人で店に残り、勝手に油を使った。火など怖いものかと言いたがる幼さがあった。

佐吉が気づいた時には、厨《くりや》の天井を赤い蛇のように炎が這い廻っていた。逃げにかかった清次を追おうとした隙に、火炎を吐き散らす龍と化して、またたく間に二階を呑み込んでいった。

あの時も、佐吉は行く手をさえぎる火柱の中に飛び込めなかった。この先に、命より大切な二人がいるとわかっていたのに、躍り狂う炎を前に手足が動かなかった。泣いてわめくしかない佐吉を、隣の豆腐屋夫婦が引きずり出した。おふじとゆりを閉じ込めたまま長屋が崩れ去るのを、阿呆《あほう》のようにただ見るしかなかった。

すべてを失い、佐吉は死を選ぼうとした。焼け跡から拾い出した包丁を見つめていると、豆腐屋の旦那が飛びついてきた。手をはたかれて、包丁が飛んだ。

——うちもすべてを失ったよ。てめえ一人で死ぬなんてのは虫がよすぎら。おれがひと思いに殺してやる。

驚く間もなく、焦げついた包丁が振り上げられた。ここでもまた躰が勝手に動いていた。

——見ろ。あんたはまだ生きたいんだ。躰のほうがそう叫んでるんだよ。だから、おれの前から跳んで逃げたろ。妻と子のあとを追うなんて、いつだってできる。ちがうかい。

豆腐屋も八年を費やして構えることのできた店を失った。子のない夫婦にとって、店は我が子も同じだったろう。

火事を出せば、番所のお咎《とが》めがあって当然だったが、逃げ出した清次に非があり、姿を消したことがその証《あかし》と見なされて、佐吉は放免された。だが、建て直された長屋に住めるはずもなく、二人の弔いをすますと、今川町の老舗料理屋に拾ってもらい、住み込みで働きはじめた。

　たった五年で暖簾《のれん》分けの話をもらえたのは、贔屓《ひいき》筋の強い引きがあったからだった。人にも恵まれていた。死ぬ気で働いたのを認められるという運があった。

　おふじとゆりの墓前に知らせ、店開きにこぎ着けたのが三日前。豆腐屋夫婦に一番客となってもらい、祝いの酒をいただいた。長くつづいた冷たい夜の先に、やっと薄陽が見えるような思いだった。

　そして、また――すべてを綺麗《きれい》さっぱり失った。

　六間堀町《ろっけんぼりちょう》は見渡す限りの焼け野原だった。残された家もまともに建っているものはひとつとしてない。またも裸同然で放り出された。

　二度目とあっては、もはや立ち上がる気力もなかった。懸命に接《つ》ぎ木をして保っていた心の芯は、地震に揺さぶられて、ぽっきりと折れた。なのに、どうしてこの身を焼き払ってくれなかったのか。地への恨みだけが、どろどろと腹の奥で渦を巻いていた。

「おい、こいつはまだ、またたきしてるぜ」

　頭の上で人を呼ぶような声がしていた。

「聞こえるかい。声を出せないなら、またたきで答えるんだ。動かないのは、手かい。それとも足かい。……ええい、じれってえ、胸と腹を見せてみな」

　大きな躰をした男がかがんできた。余計なことをしないでほしい。払いのけようとしたが、その手を反対につかまれた。

「何だい、動けるじゃねえか。ほら、おれにつかまれ。新八、戸板を持ってこい」

躰に似合って声まで大きな侍だった。押しやろうとしたが、こういう肝心な時に限って躰は動いてくれない。

持ってこられた戸板にそのまま載せられた。こんな焼け野原の町屋になぜ侍がいるのか。着流しに黒羽織の侍だった。町廻りの同心にしては、少し若すぎる。

「身内はどうした。潰れた家の中じゃねえだろうな」

かまわないでくれ、と言う代わりに首を振った。早合点した侍が神妙そうに目を寄せた。

「そうか、独り者かい。命拾いしたな。ここいらは、まだあちこちで火がくすぶってる。今、海辺《うみべ》新町のほうでお救い小屋を建ててるところだ。医者もいるし、握り飯も配ってる。焼け出された町衆も集まりだしてる。そこなら少しは心強く思えるだろうよ」

この侍は何を言っているのか。焼け出されて家を失った者がいくら集まっていようと、心強さとは無縁だった。医者にかかるつもりもなければ、握り飯を食う気力もない。そもそもこの先、生きていくつもりもなかった。

うっすら目を開けると、何も知らないお天道様の陽射しが眼に痛いほどだった。小名《おな》木川《ぎがわ》の縁《へり》につづく家並みも多くが焼けて、道は汚れた身形の者らであふれ返っていた。何千人が路頭に迷っているのか。そんな中、こざっぱりした姿の町人が歩き廻り、集まる人々に並べと呼びかけていた。握り飯を配っているらしい。当座の飯にありつけて、わずかでも安堵にひたれる者が妬《ねた》ましかった。

戸板が下ろされ、腕を取られて冷えた地に座らされた。

「いいかい。しばらくの間は、差配や名主の名を言えば、飯をもらえる。この先どうするかは、腹をふくらませてからだ。ひもじさや寒さは、考えることまでお粗末にする。まずは無理してでも腹ごしらえだ。ほら、食え」

侍があごを振ると、横に走ってきた若い者が、白い握り飯を差し出してきた。佐吉が受け取らずにいると、若い者がそっと横に置いた。見るからに安物の沢庵が二切れ、申し訳ばかりに添えられていた。

「気をつけねえと取られちまうぞ。じゃあな。達者でな。何とか生きていけよ」

図体のでかい侍が人助けをして満足そうな顔になり、颯爽《さっそう》と羽織をひるがえした。若い者が戸板を背負ってあとを追っていく。

大火のあとには、ご公儀によってお救い小屋なるものが支度される。家をなくした町人が、徒党を組んで打毀しに走ったのでは困る。お情けにもならない掘っ立て小屋をあてがい、不服を溜《た》め込む者がないよう見張るための姑息《こそく》な手立てだった。

この握り飯も、町名主らが幕府に納める町入用《ちょうにゅうよう》（今で言う税金）を積み立て、そこから買い集めておいた米だったはずだ。

何のことはない。町人が家賃の中から少しずつ、この握り飯のための金を支払っていたわけだ。そのくせ、さも幕府による施しと見せかけている。偉ぶる侍どもの薄汚いやり口だった。

見たところ、町人に手を貸す町方役人は、今し方の若い侍しかいないようだった。おおかたほかの侍は、武家屋敷での人助けに忙しいのだろう。

ふと目を落とすと、横に置いた握り飯がなくなっていた。気配に振り返ると、半裸の幼子が握り飯をむさぼっていた。佐吉と目が合うなり、動きが止まった。

「気にすんな。たんと食え。たらふく食って、おまえは生き抜け」

声をかけてやると、幼子はどんよりと曇った目のまま返事もせず、傷だらけの素足で走り去った。

逃げるその背を見送りながら、死んだゆりの歳を数えていた。生きていれば、今の子より大きくなっていたろうか。

ゆりはおふじに似て、赤ん坊のころからよく笑う子だった。夜泣きもほとんどしなかったので、屋台の商いにも連れていけた。おふじの背で夜更けだろうと機嫌よく笑ってみせた。夜泣き蕎麦《そば》ならぬ、夜笑いの天ぷら屋との評判さえ頂戴できた。

——泣くのは疲れるでしょ。だから、あたしは笑うことにしてるの。

早くに両親を亡くしながらも、おふじは苦労を語らず、同じ境涯の佐吉を笑顔で勇気づけてくれた。二人の笑みに後押しされて、何とか歩いてこられたようなものだった。

この五年は一人歯を食いしばり、虚《むな》しさに負けまいとしてきたが、それももう終わる

泣き顔を寄せ合う人々の中に、おふじとゆりの姿を探す自分がいた。無駄なことだった。この命さえ絶てば、すぐにも愛《いと》しい二人に会える。

焼け出された人々から目をそらそうとして、はからずも息が止まった。

川縁に建つ崩れかけた商家の前に、多くの者がござを並べて休んでいた。その中に、見覚えのある横顔が目についたのだった。

佐吉は腰かけていた瓦礫を押して膝立ちになった。

あの顔は……。

計らざる成り行きに、足が動いた。見れば見るほど、清次に似ていた。

世間を見下したような取り澄まし顔。意味もない薄笑い。さも真っ当そうな頷き方……。

五年も前に逃げたあいつが、こんな間近にいるはずはなかった。差配人を通して、清次の人別帳《にんべつちょう》を追ってもみたが、そのまま今川町に残されていた。人別なく江戸を離れたとなれば、そうそう戻ってこられるものではない。だが……。

米国の艦隊が品川沖に現れ、幕府はいくつもの台場を急いで造り上げた。仕事を任された諸藩は、多くの人足をかき集めたと聞く。力仕事目当てに、人別を田舎に残したまま、銭を求める男が次々と江戸に入っていた。その中にまぎれて舞い戻ったとすれば――。

清次によく似た横顔の男が、商家の前から離れて歩きだした。確かめずにはいられず、佐吉は痛む足を引きずった。走ろうとしたが、肝心な時ほど躰が動いてくれない。ずっと冷たい地に横たわっていたせいで、下手な仕掛け細工の人形みたいにつんのめり、膝から崩れ落ちた。

慌てて身を起こして先を見やると、清次らしき男の背はどこかに消えていた。あきらめきれずに四つ辻まで走った。辺りを見廻したが、あてどなくさまよい歩く者が多く、目当ての男は見つけられなかった。

まさか本当に清次だったのか……。

佐吉は冷えた躰をさすり、男が話し込んでいた一家へと歩み寄った。

「失礼ですが、今ほど話をしていた男は、よくご存じの者なのでしょうか」

物静かに呼びかけたが、訝《いぶか》しむ目が集まった。急に近づいてきた見知らぬ男を用心しているのだった。

「いえね、あっしの知り合いに、よく似ていたものでして。昨夜の地震で身寄りを亡くし、頼りとする者の当てがなくて困ってるんです」

泣き落としに近い話をでっち上げて、殊勝に頭を下げた。すると、狙いどおりに不憫《ふびん》がるような目に変わった。主人らしき男が口を開く。

「——実を言うと、まったく見知らぬ男でしてね」

「どこの誰と言ってましたか」

短く首を振られた。一家の目には、得《え》も言われぬ戸惑いが映し出されていた。

「では、何をお話しだったんで――」

「それが……信じていいのかわからず、どうしたものかと思ってたところでして。何でも、昨夜の地震のせいで深川にも津波が押し寄せるとか」

「本当ですかい」

「何でも今の人は昨年、駿河《するが》のほうで大地震に遭い、危うく命拾いをしたそうで。昨夜の地震の大きさからして、まずまちがいはない、と言うんです。品川、高輪《たかなわ》は言うに及ばず、大川《おおかわ》にも逆流し、神田明神下《かんだみょうじんした》まで押し寄せるだろう。浅草まで逃げたほうがいい、と……」

佐吉は川のほうへ目を向け、首筋を揉んだ。あり得そうな話ではある。

思いついて、身を寄せ合う一家を見廻した。

「身も知らぬ者に教えて廻るとは、感心な男だ。そこで休むお隣さんにも、教えてやっていたんでしょうね」

彼らの横には、みすぼらしい身形の親子が小さく固まっていた。近くの長屋が潰れでもしたのだろう。

「いや……あの者らでは、もう失うものがないだろうからね」

主人らしき男が、隣の親子を憐《あわ》れむように見ながら小声になった。大店を構える自分らと、あんな者らを一緒にしないでくれ、と言いたそうな目だった。

なるほど、清次によく似た男は、長屋住まいの者には話しかけなかったと見える。

「ありがとうございました。もう少し、近くを探してみます」

佐吉は短く頭を下げて、その場から立ち去った。

あえて根無言《ねなしごと》を触れ廻っている、と見ていいだろう。あの一家の住まう商家はまだ崩れてはいなかった。津波の流言に惑わされて浅草へ逃げるとなれば、家財道具の多くは残されたままとなる。一家が離れた隙《すき》に、それを根こそぎ奪っていく気なのだ。

ますます清次だったのではないか、と思えてくる。

人別なきまま、まともに稼ぐのは難しい。あの男なら、下種《げす》な手合いと徒党を組み、この難事につけ込んだ荒稼ぎを狙ったとしても頷ける。姉と姪を殺しておきながら、今なお逃げつづける男に相応《ふさわ》しいやり口だった。

きっと清次だ。頼むから――清次でいてくれ。佐吉は祈った。

あいつがまだこの江戸にいるとわかれば、こんな自分でもまだ生きていける気がする。そうとも。死んでたまるか。火事と地震がすべてを奪ったのではない。あの男が佐吉の生きる道を断ったのだ。

握り飯をもらう列に佐吉は並んだ。まだやり残したことがある。それを果たすまでは、断じて死ねなかった。

五

深川の町屋は、得体の知れない化け物が端から踏み潰していったかのように、ほぼ跡形もなくなっていた。焼け野原にぽつぽつと崩れ家が見えるのみ。この界隈はひときわ揺れが大きかったらしい。つい昨日の夕方までは活気に満ちていたはずの町が、一夜にして簓《ささら》となり、炎が根こそぎ灰にしていったのだった。

自分の知る町が、どこにも残っていない。虎之助は涙を隠した。市中を歩くごとに捨て置かれた亡骸が目につき、心がぼろ布のように絞られていった。

昼すぎになって、ようやく町会所掛りの名主が新大橋東詰の籾蔵に集まり、炊き出しが始められた。御用達《ごようたし》の商人らも手代を送ってきた。握り飯と沢庵を積んだ籠《かご》長持を背負い、御用幟《のぼり》を手にして名主らが町に散った。が、行く先々で殺気立つ町衆が群がり、身の危険を覚えるほどだった。

「慌てるな。握り飯はまだたんとある。長持が空になっても案ずるな。歩ける者は新大橋端か、海辺新町へ向かえ。そこにたっぷり米を炊いてある」

声を嗄らして呼びかけたが、なにぶん人手が足りていなかった。次の握り飯がいつ廻ってくるか、虎之助もわからないのだから、群がる人々を説き伏せられるはずもなかった。

それでも十手をかざすと、多くの者がおとなしくなった。脅しつけるような真似はしたくないが、騒動となったのでは手に負えなくなる。幾人かの荒者を群衆から引きずり出すという無理もした。

するとと松五郎が素早く、眉を寄せた諌め顔ですり寄ってきた。

「旦那。手出しはあっしらでいたしやす。旦那は決して手を出さぬように願います」

いくら時が時でも、町方役人が手荒な振る舞いをしたのでは、ゆくゆく評判を落としかねない。損な役回りは我ら従者にお任せを、と言ってくれていた。

確かにそのとおりで、町廻りはでんと構えているに越したことはなかった。

「ほら、列を乱すなよ。勝手をするやつぁあ、奉行所がしょっ引くことになるからな」

松五郎が咬みつき犬の本領を発揮して吠え廻った。そうしておいて、新八が中間を率いて人助けに走る。虎之助も手を貸し、お救い小屋の前へと怪我人を運んだ。

「ちょっとよろしいでしょうか、旦那」

新大橋東詰に建ち並ぶ籾蔵前で、一人の名主に呼びかけられた。昨日からの災厄に、目の先が定まっていない顔だった。

「実は……とんでもない代物を見つけたと申す者がおりまして」

「何を見つけた」

「それが——籠《かご》に入れられた亡骸なんです」

場所は、北森下町《きたもりしたちょう》にひっそりと古墓《こぼ》を守る長桂寺《ちょうけいじ》の裏手だった。六間堀から東に延びた堀に架け替えを忘れ去られたような小橋が架かっており、そのたもとの草むらにひと抱えもある籐《とう》籠が置いてあった。

地震と火事に襲われ、家財道具を籠に詰めて逃げようとしたものの、その重みに負けて歩けなくなり、やむなく途中で捨て置いた者がいたのだろう。籠を見つけた者は、そう考えたという。試しに中を開けてみたところ――男の死体が膝を抱え込むように納められていたのだった。

虎之助は名主に請《こ》われて、橋のたもとに連れていかれた。

本来なら臨時の町廻りの仕事とは言えなかった。が、定町廻りの蜂矢小十郎は人助けに奔走中で、その手先もつかまらずにいた。そのうえ松五郎も、ほら見たことか、と曰《いわ》くありげな目配《めくば》せを送ってきた。

旦那は仏の大龍の倅《せがれ》ですぜ。素姓を知れば、まず旦那を頼りとするに決まってる。そう語っていたとおりに、早くも物騒な相談が持ち込まれたのだった。

死体が見つかったとなれば、検使のために奉行所から当番方の者を呼ぶのが常であった。が、この地震と火事で、名主一人で検使役を務められる、とのお達しが奉行所から出されていた。籠に入れられた亡骸であり、地震のために亡くなったものかどうかは疑わしい。

松五郎とその手下の若い衆が手を合わせて、なんまいだぶと唱えてから、豆腐をすくうような細心さで亡骸を持ち上げた。籠の横に敷いた筵の上にそっと寝かせてやる。

虎之助も手を合わせて、死体を見下ろした。歳のころは三十四、五か。面高の鼻筋が役者のように通り、痩《や》せぎすの男だった。頭の後ろに赤黒い口を隠し持つ妖怪《ようかい》を思わせるほどの大きな傷があり、すでに血は固まっていた。

「地震で梁が頭の上に落ちてきたか。それとも、どさくさまぎれに――やられたか」

松五郎が鼻の頭を親指で弾《はじ》き、もの問いたげな横目を向けた。さあ、旦那はどう見定めますかね。早速、町廻りとしての器を量られていた。

「そうだなあ……。どさくさまぎれなら、こんな籠に入れて運び出すもんだろうか。潰れた屋敷の中に置いときゃいいはずだ」

「けど、家が潰れてなきゃ、置いとくことはできっこない」

松五郎が指南役を気取るかのように、ばっさりと斬り返してきた。

「でも、見な。この先一帯は、潰れ家に焼け跡ばかりだ。こんな橋のたもとに置いとくより、どこだっていいから亡骸を放り出しておくに限るとは思わないか」

「いやいや、ごもっとも。けどまあ、あとひとつ、亡骸を運ばなきゃならねえ理屈があるとすりゃあ、この男がどうしてもこの界隈にいちゃならねえ立場の者だった、そういうことも考えられるでしょうね」

虎之助は返事に困って、口をへの字に曲げた。昨日からほぼ一睡もしていないのは、松五郎も同じである。けれど、とっさにあらゆる知恵を絞るのが町廻りの務めだと言われたようなものだった。

たとえば、この近くに住む者が、籠に入れられていた男から金を借りており、昨日がその催促の日に当たっていた。そういう事情があれば、亡骸を近くに捨て置くことはできなかったろう。仕方なく籐籠に入れて運び出したところ、たまたまこの橋を通りかかったところで揺れ戻しに遭うかして、籠を置いて逃げ出した。松五郎はそう読んでいた。

新八も猿眼をひそめて思案顔だ。

「どっちにしろ、この男が何者か、それを探るのが先だ。見てみなよ」

虎之助は十手の先で籠を示した。被蓋《かぶせぶた》の裏側に縫い取りがあり、そこに紋所《もんどころ》のようなものが記されていた。籐籠を作った者の印であれば卸《おろし》先がたどれるし、この籠を使う店の目印ならば持ち主に近づけよう。

どうだ、と松五郎に目で問いかけた。

それくらいの見通しはできて当たり前、と言いたげな目で頷かれた。愛想のかけらもない。

「まずはこの印を書き写して、籠から男の素姓を探ってくれ。頼んだぞ」

松五郎に任せておけばいいとわかっていたが、形だけでも指図を与えておいた。

紙に印を書き付けた手下が、四方へと走っていった。死体の始末は、名主に任せた。

身元がわかるまでは、この裏の長桂寺にあずかってもらうしかないだろう。

ひとまず糀蔵まで戻ろうとしたところ、奉行所づきの中間があたふたと駆けてきた。

「お知らせいたします。猿江町《さるえちょう》の名主、庄兵衛《しょうべえ》が助けを求めに参りました。その日稼ぎの者どもがおおよそ百余名徒党を組み、商家の米蔵に迫っているとのことにございます」

奉行所が最も恐れていた事態だった。ひとつでも打毀しが起これば、噂《うわさ》は野火となって市中に広まり、騒乱へと育っていく。

「行くぞ、松五郎、新八」

声をかけるや、松五郎が待ったをかけた。

「旦那。あっしらだけで何ができます」

むろん疲れて足の重い男三人では、いくら十手を振り廻しても、百余名の荒くれ者を止められるか不安はあった。

「近場の武家屋敷に助太刀を頼んでみよう。ほかに手はない」

それが無理なら、あとは指をくわえて見るしかないのだった。

人々が群がる川沿いをひた走った。下屋敷の並ぶ通り筋には、蔵役人やその家臣とおぼしき侍の姿があった。早くも人足が呼ばれ、倒れた築地の修繕に余念がない。

諸藩の下屋敷は、本国から送られてくる米や産物を蓄えておく蔵屋敷としての役割を担っている。そのため、敷地に蔵をいくつも持つ屋敷が多い。

「南町奉行所町廻り同心、大田虎之助という者にございます。この先の猿江町で窮民徒党を組み、商家の米蔵を襲っているとの訴えが出ております。見すごせば、お大名様方の下屋敷にも押し寄せるやもしれませぬ。番方に人は走らせましたが、とても間に合うとは思えず、やむなくお声をかけさせていただきました。難事の中とは思われますが、町方のため、人を割いていただくこと叶《かな》いましたなら幸いにございます」

無茶と無礼を承知でひと息に告げて、深く頭を下げた。この蔵も危うくなる。そう訴えれば、少しは聞く耳も持ってくれよう。

男たちがにわかに顔色を変え、瓦の落ちた屋敷へと駆け入った。しばらく待つと、槍を手にした若い者五人が走り出てきた。遅れたもう一人が鉄砲を手にしていた。

「ご厚情まことに有り難く、お奉行様にもお知らせし、必ずやまたお礼に参上仕《つかまつ》ります」

あらためて礼を告げてから、六人の新たな手勢と小名木川を越えた。地震で横木が折れたか、渡るそばから橋のそこかしこが不気味な音を立てた。道を埋める人々が何事かと目を留める。

猿江町に火の手は及んでいなかったが、表通りの商家はここでも土壁が崩れ、多くの屋根が傾いていた。群がり哮《たけ》る群衆は見当たらなかった。ただし、駆けつけた侍を見て蜘蛛《くも》の子を散らすように逃げる男らがいた。

道には潰れた俵が転がり、散らばる米をかき集める童が十人ほど。米蔵を襲った連中は、てんでに逃げたあとらしい。店の看板は垂れ下がり、割れた板戸が捨て置かれていた。

多くの町衆が遠巻きにする中、店先を壊された商家の前に走り寄った。中から肩を落とした男がとぼとぼと歩み出てきた。奥をのぞくと、そこにもまた散らばる米を集める男たちがいた。商家の身内と手代だ。

「家人に怪我はなかったか」

虎之助はまず命を案じた。地震につづく災厄に、主人は悔しげな歯嚙みの奥から声を押しやった。

「どうにかこうにか……。何十人いたかわかりません。我らは家をなくした、店が無事だった者は施行《せぎょう》をせよ、と石を投げられて――」

大火や風災のあとでは、裕福な商人がそれぞれの町で施しを行うのが常だった。普段儲《もう》けているのだから、商人は施行をして当然。これは打毀しではない。勝手な理屈をつけて、米を奪っていったと見える。

「知った顔はあったか」

「いえ、身内を守るのに精一杯で……」

松五郎の指図で、新八と手下が道にたむろする町衆の間を廻った。その間に虎之助は、手を貸してくれた下屋敷の侍に頭を下げた。

「まだ騒動はつづきましょう。どうぞご用心ください」

「そなたらも、充分に気をつけなされ」

反対に町廻りの身を案じられた。奉行所が少ない人手で町を治めているのは誰もが知っている。

下屋敷に戻る一団を見送ると、手下を引き連れた松五郎が近づいてきた。やはり、知った顔を見た者はいないという。徒党を組んだ連中も、顔を知られた近場で打毀しはまずいと考えたのだろう。あるいは、盗み取った米の分け前にあずかるつもりで、口をつぐむ者が多かった、とも考えられる。

「それと……旦那、ちょいと気になる話を小耳にはさみやした」

「また悪い噂か」

「津波が来る、と触れ廻る者がいるようなんです。しかも、その中身がやけに詳しすぎるようでして」

――品川、高輪は言うに及ばず、大川にも逆流して神田明神下まで押し寄せる。駿河で大地震に遭った身なので信じてほしい。今すぐ浅草へ逃げたほうがいい。

虎之助は目をこすって天を見上げた。昨年十一月に東海と紀伊で立てつづけに起こった地震では、海沿いの町に津波が押し寄せたと聞く。昨夜の地震も確かに桁《けた》外れの大きさだった。

地震の前に実は鯰《なまず》が騒ぎだしていた。涸《か》れ井戸から水が湧き、おかしいと思っていた。その手合いの話は、あとになってよく聞くものだった。津波が押し寄せると騒ぐ者がいたところで、おかしくはない。だが……。

「確かに気になるな。噂を信じて浅草へ逃げる者が多くなれば、そのぶん深川界隈から人が消えるって寸法か」

「そのとおりでして」

松五郎が下から顔をのぞく眼差しになった。辺りの人目がなくなれば、空き家に忍び込んで楽に盗みができる。土蔵造りの商家はほとんどが壁を崩し、わずかな人手でも打毀しができそうだった。悪事の臭いがふんぷんと漂ってくる。

「戻るぞ、松五郎。急ぎ蜂矢様に知らせを上げる。姑息な悪党どもが、深川に出廻るかもしれんぞ」

六

新大橋東詰の籾蔵に取って返し、蜂矢小十郎づきの小者を探し当てて知らせを上げた。奉行所と番方にも手空きの中間を走らせた。

「虎よ。その噂、わしの小者も仕入れてきたぞ。ここまで噂が広まっているとなれば、どうやら半端者の仕業とは思えぬな。しかし、どうにも手が足りん」

初冬であるのに、汗みどろで駆け戻ってきた蜂矢小十郎は、鬚の浮いたのどを掻《か》きむしり、地団駄を踏むように足を揺らした。

「ならば、せめて町屋に近いお屋敷に触れて廻るのはいかがでしょうか」

「お大名方の下屋敷に加勢を頼む気か」

「はい。実は先ほど、窮余の策として松平伊賀守《まつだいらいがのかみ》様の下屋敷をお訪ねしたうえ、無理を言って人手をお借りいたしました」

「何と……。前のご老中の下屋敷の門を、おぬしはたたいたのか」

信濃上田《しなのうえだ》藩主の松平忠優《ただます》は、この八月まで老中の座にあった。開国すべしと広く語る忠優は、海防参与の職にあって攘夷《じょうい》を主張する水戸の前藩主――徳川斉昭《なりあき》にうとまれたあげく、老中職を退いたと聞く。黒船の余波が、幕府の中にも大きく波紋を広げているのだった。

「番方は大川を越えた先まで足を伸ばすゆとりはなく、手一杯とのことにございます。しかし、町屋が襲われれば、近くの武家屋敷にも無法者が押し寄せましょう。諸藩の下屋敷に扶持米《ふちまい》を置く蔵が多いことは、町の者も知っております」

「待て。差し出がましい願いを触れ廻ったのでは、お奉行様にも迷惑がかかりかねぬぞ」

「これこれと事の次第を語り、ご用心を、とお伝えするのみにございます。あらかじめ話を通しておいたならば、もしもの時に手を貸していただけるものと信じます」

近くに無法者が群れ集えば、下屋敷から警固の兵が出ることになる。槍や鉄砲を持った侍を見れば、充分な脅しとなろう。

「ほかに妙手は浮かばぬか。――仕方あるまい。手分けして廻るぞ」

今はできることが限られていた。蜂矢小十郎は一度固く目をつぶると、石でも呑むような顔つきになって言った。町会所掛りとして籾蔵に来ていた年寄同心にも声をかけてから、武家屋敷へ走った。

虎之助は、富岡八幡宮《とみがおかはちまんぐう》の南をあてがわれた。その海沿いには、越中島《えつちゆうじま》調練場をはさんで、多くの下屋敷が建ち並んでいる。

永代橋《えいたいばし》に近い佐賀町《さがちよう》では、家々が左右に倒れて道をふさいでいた。潰れた屋根の上を越えて走った。運河に囲まれた中州のような北川町《きたがわちよう》に入ると、地面のあちこちから砂が噴き出し、一面が水を被ったようになっていた。土台から斜めにかしいだ家が多い。

焼け野と化した中島町《なかじまちよう》を抜けて、大島町《おおしまちよう》へ向かいかけた四つ辻で、虎之助は足を止めた。一人で道を横切ろうとした男の顔に見覚えがあったのである。

「おい。また会ったな、そこの兄さん」

声をかけても、男は辺りを見廻すでもなく歩いていく。後ろから肩をたたくと、暗がりから日向《ひなた》へ出たような目で振り返った。

「こんなところで何してる。人探しかい」

「あ、これはお役人様……」

目を白黒させてから、男が気忙《きぜわ》しそうに頭を下げた。

「――今朝方は、お世話になりました」

六間堀町の近くで、屍のように横たわっていた男だった。あの時は今しも息絶えそうなほど弱々しく声すら出せずにいたが、どうにか今は両の足で立っていた。目に驚きはありつつも、その立ち姿にはわずかながらも覇気のようなものさえ漂って見えた。

人とは、気の持ちようで、こうも変われる。

「大きな声じゃ言えねえが、ここいらはちょいと物騒になりそうだ。人を探してるなら、早くすませたほうがいいぞ」

「お気をかけていただき、ありがとうございます」

おう、と頷き、虎之助が走りだそうとすると、後ろで焦《じ》れったそうに見ていた松五郎が、ふいに男の前へ進み出た。

「待ちな。あんたも、ちょいと脇に物騒なものを持ってるじゃねえか」

松五郎が手を伸ばして、男の襟元をつかみあげた。はだけた胸元に、煤で汚れた手拭《てぬぐ》いがはさまれていた。その形から、中に硬い物がくるまれているとわかる。

虎之助はひそかに唸《うな》った。厚い丹前の上から、中に隠し持った刃物を見分けるとは、目端が利く。いや、鼻が利くと言うべきか。

咬みつき犬に凄《すご》まれて、男が殊勝に腰を折った。

「いいえ、滅相も……。てまえは深川元町菊水亭《きくすいてい》から暖簾分けをさせていただいた、板前の佐吉と申す者にございます。開いたばかりの店は跡形もなく潰れましたが、どうにかこの包丁だけは無事に見つけることができました。板前の命とも言えるこの包丁、こいつさえあれば、またやり直していくことも叶うと信じ、こうして持ち歩いております……」

汚れた手拭いにくるんだ包丁を守るかのように手を添え、佐吉がまた頭を下げた。慣れ親しんだ包丁を見つけ出したことが、何かしらの覇気を呼んだのだとすれば、手助けした甲斐《かい》もあるというものだった。

「そうかい、見上げた心意気だ。皆があんたのように気骨を持っていられたら、江戸の町も必ず元の華やぎを取り戻せるってものよ、なあ」

「ありがとうございます」

佐吉はやけに静かに言い、目を伏せた。立ち直っていくにはまだまだ時がかかる。気安く言わないでもらいたい。そう心のどこかで不服を秘めたような口ぶりに聞こえた。心根の傷の深さは、袖振り合ったぐらいの縁では語り合えもしない。

達者でな。今度は気安く声にはせず、佐吉の背に心で呼びかけると、虎之助は痛手を受けた町屋の大通りを再び走りだした。

突然門をたたいた町方同心に、下屋敷の留守居役は皆、はじめは驚き、次に眉間《みけん》を皺《しわ》めて先を案ずる顔に変わった。町屋の不穏さを悟り、彼らとしても危ぶみを覚えていたようだった。

榊原式部大輔《さかきばらしきぶたいふ》の下屋敷を出たところで、辺りの騒がしさが伝わってきた。

「旦那、ついに来やしたぜ」

松五郎が鼻をひくつかせて大通りへ駆けだした。新八が血相を変えてあとにつづく。

遅れて虎之助も富岡八幡宮の門前へ走り出た。

　この界隈は裏町までが焼け野原となり、八幡宮の社殿が間近に見えた。くすぶる煙も残り、かすみの立つ通り筋に人がさまよい歩いていた。広がる焼け跡を越えて、哮《たけ》り立つ声が轟いてくる。

「今が世直しの時ぞ。我らにつづけ！」

「それ、世直しだ。米を寄越せ！」

　わずかに家々の焼け残る大島町のほうからだった。八幡宮の境内に難を逃れてきた人々が、ぞろぞろと様子見に出てきている。

「これは相当集まってますぜ」

　松五郎が蹈鞴《たたら》を踏み、息を呑んだ。乱れ狂う祭りのかけ声めいた大音声《だいおんじょう》が、地鳴りのように響き渡る。

　けちな盗人連中が徒党を組んでいるのではなかった。最初は噂を広めた無法者がどこかの米蔵を襲いだしたのかもしれない。だが、地震と火事ですべてをなくした町衆が、その流れに我もと与《くみ》していったのだろう。

　江戸の貧しい人々の中には、表立って大火を望む者が、時に出る。この府内には小藩の大名より裕福に暮らす大商人もいれば、その日の米に困る者もいた。火事は等しく財貨を焼き尽くし、江戸に生きる人を丸裸に戻す。大火は世直しの元となる。そう信じて火事を喜ぶ不届き者はあとを絶たない。

一所懸命に働いても、日々の稼ぎは知れている。その鬱憤が積もり積もって弾け、人々を打毀しという騒乱に走らせる。

「松五郎、新八。覚悟を決めな」

「けど、旦那。百や二百じゃありやせんぜ」

「だからって、黙って見ていられるか」

勝算も目星もなく、虎之助は渦に引き寄せられるように群衆へ歩んだ。

焼け野原をふたつに分かつ大通りには、火事場見物よろしく多くの町衆が集まっていた。おこぼれにあずかろうという魂胆で、打毀しに加わる軽はずみ者が増えていきそうな勢いだった。

燃え落ちて柱だけとなった鳥居の先に、拳《こぶし》を振り上げる男らが群がり揺らめいていた。米俵を荷車に載せて逃げようとする者がいる。が、たちまち飛蝗《ばった》の死骸に蟻が群がるがごとく人々が囲み、荷車の動きが止まった。俵が地に落とされて米が散らばり、そこにまた見物人が歓声とともにどっと押し寄せる。心の箍《たが》が外れたかのような騒ぎぶりだった。

こうなったら刀を振り廻して叫ぶしかないか……。

今から五十年ほど前、この西の永代橋が深川八幡祭りのさなかに落ちた時、橋に向かおうと押し寄せた人々を下がらせるため、一人の番方が刀を振り廻してその動きを止めたと聞く。

不意の地震に怒り狂った数百の町衆を相手に、たった一人で何ができるか。

父ならどうしたろうか、と考えた。町方は自分らで騒ぎを収めるのが決まりで、奉行所はその手助けをするにすぎない。そう開き直って見すごしたとは思いにくい。死ぬ気でお勤めを果たしなされ。母や姉の声までが耳に甦り、その場の大音声を押しのけていった。父も雲の上から見ていると思えた。同心としての正念場に早くも立たされていた。

「静まれ、皆の者。炊き出しの米は充分にあるぞ。明日にはお救い小屋もできる。この場は直ちに立ち去れぃ」

すべてが灰になった町中で声を嗄らして叫んでみたが、世直しを唱える叫声《きようせい》にかき消された。刀を握ってみたものの、どこからか石礫《つぶて》が飛んできた。

「旦那、ここは下がりましょうや」

松五郎に袖を引かれた。多勢に無勢もここに極まれり。世直しの声は廃墟《はいきよ》の町をさらに焼く炎と化し、激しく燃え広がっていた。

ここは退くしかないのか。ぐっと無念を噛みしめた時、耳を聾《ろう》する轟音が鳴り渡った。鉄砲の筒音《つつおと》が二発三発と空を揺らした。

焼け残った町屋の奥から槍を構えた兵士の群れが現れ出《い》でた。近くの下屋敷から番方の者が駆けつけたのだ。

また筒音が爆《は》ぜて、男どもの悲鳴が広がった。大通りを埋めていた町衆が、我先にと瓦礫の町へ逃げはじめた。飛び道具に恐れをなし、散り散りに走っていく。

「お縄をいただきたくなければ、もう群れるでないぞ。打毀しをあおる者は、奉行所が引っ捕らえると思え」

逃げる町衆の背に呼びかけた。奉行所が今も町方のために働いている。そう少しでも伝えておきたい。

鉄砲を撃った番方の一団は、町衆を追いかけはせず、ゆっくりと焼け野に囲まれた大通りへ進み出てきた。

「旦那、あれを……」

松五郎が駆け寄り、十手を向けた。その先を見ると、走り逃げる者たちの中、一人の男が立ちつくしていた。つい先刻、この界隈で出くわした佐吉という板前だった。まだ近くにいたらしい。どういうわけか、今はその足元に紺の刺子《さしこ》を羽織った男が倒れていた。

虎之助は逃げる町衆をかき分けて、通りから動こうとしない佐吉の前へ駆け寄った。

「どうしたんだい、佐吉よ」

声をかけたが、返事はなかった。一人だけ今なお大地震に見舞われているかのように身を震わせ、佐吉は足元で苦しげに呻《うめ》く男をただ見下ろしていた。

「おい、大丈夫か、撃たれたのかよ」

何も言おうとしない佐吉を見限り、虎之助は地に倒れた男をのぞき込んだ。

「こいつは……」

横たわる男の腹が真っ赤だった。

だが、下屋敷の番方が撃った銃のせいではなかった。苦しげに身を折る男の鼻先には、血染めの包丁が転がっていた。

「松五郎、医者だ。医者を見つけ出して、すぐに連れてこい」

七

睨んだとおりに読みは当たった。佐吉は脇に隠した包丁を押さえ、ひめやかに笑った。

清次はやはり破落戸《ならずもの》として江戸に舞い戻っていたのである。——津波が来るから浅草に逃げろ。ありもしない根無言を流したのは、やはり深川の町から少しでも人を減らし、その隙に盗みを働くためだったのだ。

佐吉は潰れた店の壁をひっくり返し、使い慣れた包丁を取り戻すと、小脇に隠して海辺の町をさまよい歩いた。清次は疑いなくこの界隈に姿を現す。血眼になって行き交う男の顔を片っ端から睨んでいった。

ところが、大島町の近くで、世直しを叫ぶ人の群れに出くわした。

永代橋の東はどこも酸鼻を極めた有様で、まともに建つ家は数えるほどしかなかった。嘆きと悲しみは寒々しい一夜を経て、行き場のない怒りへ育っていったと見える。人々は皆、傷だらけの拳を固めて口々に世直しを叫び、群れ立ちはじめたのだった。

これでは、根無言を広めた姑息な盗人《ぬすびと》連中も、尻をまくって逃げ出すだろう。せっかく清次を見つける手がかりを得られたというのに……。

いや、姑息な輩《やから》となれば、打毀しの群れから少し離れた商家を襲おうとするかもしれない。そう思い直して、世直しを叫ぶ群衆に背を向けようとした時だった。

清次がいたのだ。

いきり立つ人々をやりすごそうとするように、道筋を横切っていく男がいた。粋《いき》がって肩を揺すりたがるその後ろ姿が、まさしく清次のものだった。

ありきたりな恨み言では表しきれない雑念《ぞうねん》を腹に閉じ込めて、佐吉は走った。懐に手を差し入れて包丁を握りしめた。清次の背中を追っていく。

おふじとゆりを見殺しにした人でなしだ。実の姉と姪を焼き殺しておきながら、罪を償うどころか、江戸から逃げ出した非道者が今、目の前にいた。

おふじ、ゆり……。おまえらの仇《あだ》を討つ時が来た。

佐吉は、苦しかったこの十年をともに知る包丁を小脇に構え、人ではない男の後ろに迫った。

そこで、あり得ないことが起きた。気配に気づかれたのか、清次がこちらを振り向いた。おふじ、ゆり、見ていておくれ、と包丁ごとぶつかって——息が止まった。

清次とは似ても似つかぬ若者が、そこにいた。なぜなのだ。確かにこの目で清次を見た。妻と子を殺した男を見あやまるはずがない。だが、目の前にいるのは、のっぺりとした牡牛のような顔をした男だった。

足が止まらず、男に当て身を食らわすようにしてぶつかった。包丁を握る手を瞬時に引いたつもりだったが、鳥の腸《わた》をさばくにも似た手応《てごた》えが伝わってきた。

男が苦しげに呻き、地に崩れ落ちるとともに、低い空で轟音が弾けた。つづいて群衆が一斉に逃げ出しはじめた。躰をぶつけてくる者がいたが、佐吉は動けなかった。足元に見知らぬ男が倒れ、苦しんでいた。

「しっかりしろ、傷は浅いぞ。松五郎、医者はまだか」

横から図体のでかい侍が走ってきて、地べたで苦しみもがく男に呼びかけていた。どこかで見た侍だった。

「やい、佐吉。なに馬鹿なことをしやがる」

ああ、そうか……。お節介にも手を差し伸べてくれた若い同心だった。つい半刻ほど前にもこの近くで呼び止められ、肝を冷やしたものだった。そうか……この男も清次が広めていた根無言を耳に入れ、海辺の町を見廻っていたのか。

「おまえが探してたのは、こいつか」

佐吉は問われて首を振った。探していたのは、清次なのだ。この男ではない。

「なら、なんでこんなことをしやがった」

自分でもわからなかった。どうしてこの男が倒れているのか。老人のようなしわがれ声がのどをついて出た。

「清次だとばかり……。あいつが、おふじとゆりを見殺しに……。江戸に舞い戻ってきやがったからには、許してはおけねえ……」

「人ちがいをしやがったのかよ」

今になって足が震えてきた。地べたが急に砂を噴き出し、その中に身が埋もれていくような思いだった。見ず知らずの男を、この手で刺した。それも、この苦しい十年を一緒に乗り越えてきた包丁で……。

立っていられず、その場にへたり込んだ。そこに、四角い狛犬《こまいぬ》のような顔をした小男が、十徳《じっとく》を着た初老の男を連れてきた。医者らしい。

「見たところ、傷はそう深くない。助けてやってくれよ、頼むぜ」

図体の大きな若同心が医者に告げてから、佐吉の前に立った。なぜかはわからないが、同心の目元が赤くなっている。

「立ちやがれ、おい。何があったかは訊《き》かねえよ。あんた、女房と子を亡くして、一人で何とか生きてきたんだろうな。けど、昨夜の地震でまたすべてを失った。女房も子も持ったことないおれでも、わかるよ、あんたの無念は。けど、天地を恨んだところで、失った者は戻りやしない」

利いた風なことを言っていた。こいつに何がわかるのだ。おふじと爪《つめ》に火を灯すようにして暮らした日々を、この男は知らない。心をとろかすようなゆりの笑顔を知りもしない。

「立ちやがれ。神妙にお縄を頂戴しろ」

狛犬のような顔の男が、佐吉の腕をつかんで後ろ手に縛った。そのまましばらく放っておかれた。

医者の手当てが終わったらしい。戸板が持ってこられ、男がどこかに連れていかれた。やがて図体の大きな若同心がまた佐吉の前に戻ってきた。横から腕をつかまれた。

「さあ、立てよ。歩くんだよ。ほら」

言われるがままに足を運んだ。

ゆり……。父を笑ってくれ。おふじ、本当に情けない夫だよな。

妻と娘に詫《わ》びつつ、背を押されるままに歩いた。やり直すどころか、とうとう間抜けな罪人に堕《お》ち果てていた。

誰かを恨むことでしか生きていけそうにない、と信じた思いの浅はかさが、群衆の中に清次の幻を見せていたのだった。一人では虚しくて死ねそうになく、一緒に死んでくれる者を探していたのだと思えた。情けなくて、涙も出ない。

「なあ、佐吉よ。あんた言ったよな。この包丁は自分の命も同じだと」

横で若同心が包丁を手にまだ勝手なことを言っていた。

近くの自身番に連れていかれるのかと思ったが、地震で潰れでもしたらしく、跡形もない町をやけに歩かされた。

「命を粗末にできる時かよ。ほら、しゃんと立て。その恨みに眩《くら》んだ目をしかと見開き、よぉく見るんだよ」

なぜか手首を縛っていた縄が外された。

若同心を見つめ返すと、あごを振られた。言われたとおりに辺りを見た。家をなくした町衆が道という道を埋めていた。何百……千を超える人々が集まっていた。

とんかん、と金槌《かなづち》の音が響いている。その方角を振り返った。丸太の柱が立て込む中、大工らしき男が十人ほど働いていた。持ち込まれた板が次々と壁や床になっていく。

これが話に聞いた、お救い小屋か。

「多くの者が家を失い、大切な人を亡くした。見ろよ、そこで働いてる名主や大工の中にも、身内を亡くした者が大勢いる」

十手が目の前に差し出された。大鍋に白米が炊かれ、髪を乱した男や女が握り飯をこしらえていた。その前には、炊き出しを求める人々が静かに列を作る。

「ほらよ。こいつは洗っておいたぜ。もう人の血は残ってねえから、受け取れ」

ひと振りの包丁を差し出された。陽射しを跳ね返して、刃金が光る。

「おまえは生きてる。この包丁を使うなら、ここで、だと思うぜ」

この若同心は何を言っているのだろう。いかにも育ちのよさそうな顔が、にわかに引き締められた。

「幸いにも、あんたが刺した男は深手を負っちゃいなかった。命に別状はないそうだ。

いいかい、よく聞け。あんたは打毀しに走った破落戸に襲われかけて、やむなく刺した。仕方なかったとはいえ、人様に怪我を負わせた償いのために、ここで働いてもらう。逃げたら、江戸中ひっくり返してでも、おれが必ず捕まえてやる。覚悟しておけ」

「旦那……」

若同心の横で、狛犬が目を丸くしていた。

「人手がいるだろ。奉行所だって、いちいち詮議してる暇なんかあるものか。誰が困る」

「確かに……。おい、佐吉よ。板前なら、温かい味噌汁《みそしる》でも作ってみせろ。皆、喜ぶぜ」

狛犬が汚い歯をむくようにして笑った。

「そうだな、おれが味噌や菜っ葉を集めてやる。新八、行くぞ」

もう一人の小者に声をかけると、若同心はさっさとその場から消えた。

佐吉は狛犬のような男に背を押され、炊き出し番をする名主の前に連れていかれた。

「おう、助太刀とは有り難い。こっちは慣れない仕事で、てんてこ舞いだよ」

飯粒を額につけた初老の男が、やけに馴《な》れ馴《な》れしく背をたたいてきた。

佐吉は前掛けを渡され、握り飯を作る女たちの間に押し込まれた。

「何してんだよ、握り飯ぐらい作れるだろ」

小太りの女に腕をこづかれた。言われるがままに、飯を握った。おふじと二人で屋台を担いだ時は、こうして握り飯も出したものだった。一口で食べやすいように小さく握り、中の具に凝ったもので評判を取った。

「だめだめ、もっと大きく握るんだよ。みんな腹すかせて死にそうなんだから」

ここでは小綺麗な握り飯など求められていなかった。不格好でもいいから、次々と突き出されてくる人々の手に、なるたけ早く飯を渡してやるのが最善なのだ。

「ほら次、持ってきて。こっち、塩が足りなくなったよ」

女が袖で汗をぬぐい、炊きあがった飯がでんと山積みされた。

そのうち、味噌と菜っ葉が運ばれてきた。今度は大鍋の前に引っぱられた。

また誰かに背を押された。仕方なく井戸から水を汲み、青菜を手早く洗って包丁で切っていった。とんとんとん……。人を刺した時とは比べものにならない心地よい響きが耳を打った。包丁が喜んでいるような音だった。

大鍋一杯の味噌汁を作り上げた。女たちが欠けた茶碗《ちゃわん》や椀《わん》を持ち寄り、味噌汁が振る舞われた。

「ありがと、おいちゃん」

声に気づいて、目を留めた。歳のころ六つぐらいに見える女の子が佐吉の前にいた。生え替わる途中らしく、前歯の一本が抜けている。瞼《まぶた》の裏に、死んだゆりの笑顔が通りすぎていった。

「痛くないの」

何を訊かれたのか、わからなかった。横にいた母親らしい女がいたわりの目を向けた。

「額に大きな傷が……」

「なに、大したことはありません。——お椀に限りがあるから、すぐに返しておくれよ」

「うん」

女の子が頷き、湯気の上がる椀を両手で大事そうに抱えながら歩いていった。気がつくと、早くも長い人の列ができていた。温かい味噌汁を求めて、小競り合いをする男たちまでいた。そこに町名主が割って入り、さらに騒動が広がっていく。

ここには飯の匂いと血の臭いが入り交じっていた。悲しみと恨みばかりが大きく、笑顔はない。涙を堪え、今はただ生き抜くために多くの人々が集まっていた。

そうやって生き抜いていった先に何があるのか。佐吉にはまだわからなかった。

八

大島町での打毀しは、そのすぐ南に建つ忍《おし》藩の松平下総守《しもうさのかみ》の下屋敷にまで押し寄せたという。

虎之助が用心を告げに走ったこともあり、忍藩の留守居役は、番兵に数少ない鉄砲を持たせて、警固の数も増やした。そこに打毀しの群衆が集まりだした。騒動に乗じて屋敷の米蔵に押し入ろうとした粗忽者《そこつもの》もいたため、見せしめとして八人を捕らえてから、大通りへ出て鉄砲を撃ったのであった。

虎之助は、蜂矢小十郎の命を受けて、奉行所から当番方の足軽と中間を呼び、捕縛された八人を忍藩の下屋敷まで引き取りに行った。

「大田殿といいましたな」

八人に縄をかけて立ち去ろうとしたところ、玄関先で忍藩の家老に呼び止められた。まだ三十前の、すべやかな頬をした若侍だった。

日置新左衛門《ひおきしんざえもん》と名乗りを上げると、家老自ら虎之助の前に歩んできた。

「そこもとの忠言なくば、我が屋敷も打毀しの徒党に襲われておったやもしれぬ。礼を言う。かたじけない」

「いいえ、畏れ多いことにございます」

「うちのような小藩では、幕府からの拝借金も下りてきそうにはない。米を奪われては大事《だいじ》であった……」

虎之助は驚きを隠して目を足元に落とした。

忍藩は譜代名門のひとつだった。大名には、江戸城内での控えの間が決められ、それが家と藩の格式をも表す。忍藩主は、将軍にも具申できる溜間《たまりのま》詰《づ》めの大名として知られていた。それほどの名門でも、幕府から手を差し伸べられることはないらしい。

「この深川を頼むぞ」

思いがけず、日置新左衛門が正面から目を据えてきた。

「ここしばらく、幕府は頼りになりそうもない」

恐ろしいことを、日置はあっさりと口にした。

虎之助は目で問い返した。幕府が頼りにならないとは、どういうことか。

「わからぬのか。悲しいことに、ご老中らは次の将軍を誰にするかで、いがみ合っておる」

ペリー来航の直後に、十二代将軍の家慶《いえよし》が身罷《みまか》っていた。その座を継いだ家定《いえさだ》は病弱で、子がいなかった。この先も世継ぎを望めそうにない、と言われている。

日置が庭先に歩み、歯の間から息を吐くように言った。

「老中首座の阿部様が、本日その座を降りると仰せになったことは聞いておるか」

虎之助は素直に驚き、目を見張った。

「いいえ……」

「阿部様のお屋敷が焼け、お身内にも亡くなられる方が出たそうだ。消沈のあまりに首座を降りると言いだされたと聞くが、実は引きずり下ろされたというのが真実だという」

その裏にも、次の将軍がかかわっている、そう言いたそうな口ぶりに聞こえた。

次の将軍と目される者は、二人いた。

一人が、水戸の前藩主――徳川斉昭の七男で、前将軍の家慶に見込まれて御三卿《ごさんきょう》の

もう一人が、将軍家定のいとこに当たる、紀州家の藩主——徳川慶福《よしとみ》。こちらはまだ十歳。

一橋家《ひとつばしけ》を継いだ慶喜《よしのぶ》、十九歳。

老中首座の阿部正弘は、福井藩主の松平春嶽《しゆんがく》と縁戚《えんせき》だった。春嶽の兄は、先に一橋家を継いでおり、その縁から二人は水戸の慶喜を推していた。

一方、慶福を推す大名の筆頭は、彦根藩主の井伊直弼《いいなおすけ》である。家定が将軍となって以来、早く将軍継嗣《けいし》を決めるべし、と幾度も老中に進言したと聞く。

「開国は、もはや致し方なしと見る者が幕府には多い。その中で、水戸様があくまで攘夷を叫ばれているのも、ご子息を将軍に据えるための策と見る者までいる。つまり、慶喜様が継嗣と決まれば、開国の件では自説を引き下げてもよい、というわけだ。阿部様も、そのために水戸様を海防参与に招くという無理を押し通されたらしい」

身内から将軍が出ることほどの誉れはない。水戸徳川家にとっては、まさしく悲願と言えたろう。

「幕府はしばらく、開国と次の将軍に気を取られて、町方には遠く目は及ばぬであろう。そこもとらがしかと束ねていかねば、江戸の町は立ち直れぬと思ってくれ」

新たな将軍が決まれば、その者を強く推した大名が引き上げられていく。たとえ地震が起ころうと、黒船が迫ってこようと、江戸城内での権謀術数が終わることはない。

虎之助の耳の奥で、世直しを叫ぶ人々の声が木霊《こだま》した。

お救い小屋も炊き出しも、町入用の積み立てから出されていた。そもそも町会所が作られたのは、時の帝から、天明《てんめい》の大飢饉に苦しむ民を救う手立てをせよ、と勅命が下されたからだった。田畑は荒れ、打毀しが相次ぎ、多くの餓死者が巷《ちまた》にあふれた。その際、幕府は一万両を出したが、あとは町に頼りきった施しなのである。

あのやむにやまれぬ世直しの声は、無念ながら江戸城内に届きはしないようだった。

「頼みは、そこもとら町方役人ぞ」

日置新左衛門の言葉が胸に染みた。虎之助は身を正して腰の十手に手を添えた。

「心してお役目を果たさせていただきまする」


忍藩の下屋敷を出ると、夕陽が江戸の町を赤く染め上げていた。

この地震と火事で多くの命が失われた。今なお苦しむ者らは幾万といる。それに比して、手を差し伸べる役人の数はあまりに少ない。

虎之助はあらためて思った。町廻りは、臨時もふくめて南北の奉行所合わせて二十四名にすぎない。よくぞこの人手で、町方が治まってきたものである。

それも、差配人に地主に名主といった町役人が自身番に詰め、揉め事の仲裁に入り、不穏の芽を摘んできたからだった。今も彼らはお救い小屋を建て、炊き出しを振る舞い、怪我人の手当てに走り廻っている。我ら同心は、そのささやかな手伝いをしているにすぎなかった。

——町衆がおらねば、江戸は立ちゆかぬ。

父の言葉が今また鮮やかに思い出された。

万年橋《まんねんばし》に近い大番屋《おおばんや》に、八人の罪人を送り届けた。ちょうど蜂矢小十郎も今川町で暴れていた破落戸六名を引っ捕らえてきたところだった。虎之助と同じく昨晩からほぼ寝ていないため、土壁のような顔色をしていた。

お互い、仕事はいくらでもあった。籐籠に入った亡骸の身元もまだつかめてはいない。いつになったら日本橋の様子を見に行くことができるだろうか。

佳代の身をまた案じていると、そこに奉行所づきの中間が飛び込んできた。

「旦那、旦那……。材木町《ざいもくちょう》に人が集まりだしているとの知らせです」

虎之助は蜂矢小十郎と疲れきった顔を見合わせた。

「川徳《かわとく》って問屋で施行米を振る舞うとの風聞《ふうぶん》が広がっております。しかしながら、川徳は酒問屋でして……。造り酒屋とちがって米は一切置いてません」

またも流言が広がっていた。施行米がないとわかれば、不平を力ずくで訴えようとする者が出かねない。

「蜂矢様。あとをお願いいたします」

「何を言う。おれも行くぜ」

当番の若同心に罪人を託すと、蜂矢小十郎は帯にはさんだ十手を抜いた。

「気を抜くんじゃねえぞ。いいな、大虎《おおとら》」

父の通り名を真似た言い方だった。臨時の臨時とはいえ、少しは働きぶりを認めてくれたのかもしれない。

虎之助も十手を握った。もう片方の手で着物の前身頃をつまみ、一心不乱に走りだす。

松五郎は手下を率いてもう先を行っていた。新八があとから追いかけてくる。

大川の向こう岸に、鮮やかな茜《あかね》雲を引きずって陽が沈もうとしていた。

第二章　神隠し

一

地の下に隠された大鍋の底が抜けてしまったのかもしれない。

また大きな揺れ戻しに襲われて、千香《ちか》は手の中の、たんまりと重い赤ん坊を放り出して、地にうずくまろうとした。ところが、なぜか思いに反して、小さな命を抱え直していたのだから癪《しやく》にさわる。

大川の岸辺にたむろする群衆が一斉にざわつき、また悲鳴が広がった。千香も泣いてわめきたかったが、赤ん坊に先を越されたせいで、幾度もその場で空足《からあし》を踏んでいた。

この子を放り出してしまえば楽になれる。わかっていたが、やはり人目は気になった。そもそも子を抱く姿からして危うげに見えたろう。夕暮れ迫る川辺とはいえ、家を潰《つぶ》された者がほうぼうで身を寄せ、辺りは嫌というほどに混み合っていた。

やがて揺れが収まり、道を埋める人々が安堵《あんど》の面輪《おもわ》を見交わし合った。川風に押されてどよめきが消えて静まり、千香も息を整え直した。胸がちくちくと針で刺されたように痛む。

腕の中ではまだ幼子が、小枝より細い指を固く握り、声も嗄《か》れよと泣いていた。今になって急に母を求めるかのような泣き方に思えた。手にした赤子の身がさらに重みを増していく。

本当に馬鹿なことをしてしまった。

今さらながら、悔いの疼《うず》きが身を貫いた。

この子さえいなければ……。人の気も知らず一心に泣く赤ん坊が恨めしかった。千香は再び当てもなく川辺を歩きだした。

早くどこかへ捨ててしまうに限る。地震のあとなので、親を亡くした幼子ならいくらでもいた。橋のたもとに子が捨て置かれていれば、きっと誰かが拾ってくれる。

母を求めて泣く子を殺《あや》めることなどできっこない、と端《はな》からわかっていた。生まれ育った家では、鶏を絞める際にも父母とも長く手を合わせていたものだった。生きとし生けるものに感謝せよ。死んだ祖母の口癖は、今も胸に刻まれている。ましてや人の子なのだ。

人は生きるために、生き物を食らう。でも、人を食らう鬼になれるはずもない。それでも、この子がいたのでは、自分の生きる道が削られていく、と千香には思えた。

番頭の利平《りへい》が何気なく語ったひと言から、この子の存在を知った。利平はわざと何気ない振りを装ったのだろう。店主の妻である千香を見る目の中に、主従の垣根を越えて近づこうとする気配を、ずいぶんと前から肌で感じていた。

——旦那《だんな》様は林町《はやしちょう》のほうに……いえ、佐々源《ささげん》さんは亀沢町《かめざわちょう》でしたっけか。

慌てて言い直したふうを装いつつ、あえて隠し事を匂わすかのように見えた。主人の妻に差し口をしようという本意が、千香には読めなかった。

利平は、六年前に夫の伝次郎《でんじろう》が地本《じほん》問屋を開いたころからの使用人だった。歳《とし》は若くとも、今では番頭として鶴屋《つるや》を切り廻《まわ》しているとの自負が目についた。夫はこのところ、店には顔を出すだけになっていた。

それほど伝次郎は、生まれたばかりの赤ん坊に夢中だったのだろう。

夫の子を生んでやれなかった悔しさはある。でも、まだ嫁いで六年。千香は二十五になったばかりで、充分に若い。あきらめるのは早すぎたし、伝次郎も同じように言ってくれていた。商売人である夫の口の上手《うま》さは承知しながらも、千香はその言葉を疑わなかった。

ところが、まるで笑顔や口数を出し惜しみするように、夫は家で押し黙ることが多くなった。そのくせ、時にそわそわと腰を浮つかせる様を見せた。出かける際には、足取りまでが軽やかに見える日がつづいた。女の臭《にお》いが夫の肩先から漂ってくる気がした。

利平の目と口ぶりから見当をつけて、千香は人を雇った。近くの裏店《うらだな》に住む七郎《しちろう》という男が、岡っ引きの手伝い仕事をしていると小耳にはさんでいた。

下っ引きの中には、人の隠し事を探り当てると、口止め料をせびる食わせ者がいると聞いたが、七郎は仏の町廻りと言われたお役人に使われていた一人で、信用が置けると評判だった。

苦もなく女の居所は知れた。本所《ほんじょ》と深川《ふかがわ》を分ける竪川《たてかわ》を越えた先の林町だという。そんな近くに……。

千香は、差し出された書き付けを四つにたたむと、伝次郎が決して開けることのない簞笥《たんす》の奥深くにそっとしまった。

様子を見に行く勇気がなかったのではない。妻が妾《めかけ》のもとへ乗り込むのでは、伝次郎が売る黄表紙そのままの滑稽《こっけい》話に思えて癪だったからである。人の笑いものになるくらいなら、見て見ぬ振りをして耐えるほうが、まだ潔く思えた。

その日から千香は、心の表紙を閉じて夫に向かった。同じような苦しみを胸に隠した女は、きっと巷《ちまた》にあふれている。いくら男が身勝手でも、妻としての務めをおろそかにするのは恥と考えた。自棄《やけ》を起こして夫に当たり散らすようでは、一人の女としても負けてしまう気がした。

夜ごと骨を薄く削る思いで、夫の帰りを甘んじて待った。折れそうになる心を支えて、日々をやりすごした。それも昨夜の地震までだった。

本所元町《もとまち》の店とは別に、千香夫婦は相生町《あいおいちょう》の四丁目に小さいが一軒家を借りていた。その日も伝次郎の帰りは遅く、ちろちろと燃え立つ炎に砂をかけるようにして夫を待った。

四ツの鐘が耳に届き、簞笥の奥にしまった紙切れに心が引き寄せられかけた時、地震が襲った。この世の終わりが来たのかと思った。

見栄っ張りの伝次郎は、少し無理して家を新築した。それが幸いしたのかもしれない。激しい揺れが収まって、女中のおこうと外へ飛び出してみると、両隣の古屋はともに潰れ、舞い上がる埃《ほこり》で辺りが煙《けぶ》っていた。その惨状を目の当《ま》たりにして、生き延びられた運のよさに、千香は涙があふれた。

次に頭を占めたのは、夫の安否だった。店はとうに閉めた時刻である。版元や馴染《なじ》みの紙屋と酒を飲みに行ったか。それとも……。

考えまいとするたびに、箪笥の奥にしまった書き付けの厚みが増してくるようだった。潰れた家から人を救い出そうと近所の男が集まりだす中、千香は今になって激しく揺れはじめた心を持てあました。

命拾いした女同士で道に座り、夫の無事を祈りながら帰宅を待った。三軒隣に住む小間物屋の主人が、店を案じて元町へ走った。そのついでに、両国橋《りょうごくばし》に近い鶴屋まで足を伸ばしてくれた。どちらの店も無事で、火の手も迫ってはいないという。それでも夫は帰ってこなかった。

きっと林町だ……。女といるにちがいない。

丑三《うしみ》ツ時《どき》に五寸釘を打つにも似た思いで、女の暮らす家が潰れてしまえばいい、と一途《いちず》に念じる自分がいた。胸に穿《うが》たれた恨みの深さを知り、我ながら目が眩《くら》む気がした。虫も殺せぬ女を装っていた自分を知った。

ついに我慢しきれず、まだ揺れ戻しの恐れがあると止めるおこうを振り払い、家の中に駆け入った。自分の暗い胸の内を手探りする心持ちで、簞笥の奥から書き付けを引っぱり出した。

そのまま千香は、竪川に架かる二ツ目橋を越えて林町へ急いだ。

建て込む長屋がいくつも潰れ、一丁目では火の手も見えた。逃げまどう多くの人々をかき分け、所番地を探し歩いた。

書き付けを頼りに路地を折れると、崩れた家々の並ぶ一角があった。ここでも男たちが屋根板を引きはがし、潰れ家の下から人を救おうと懸命になっていた。この先には進めそうにもない。そう悟ってあとずさりした時、右手で子猫の欠伸《あくび》のような泣き声がかすかに聞こえた。耳をすますと、赤ん坊の泣き声だった。

「誰か、ここに……」

あの時なぜそう声を出し、人を呼んでいたのか。今でも千香はわからない。ただ女を憎むばかりに、生まれた子のことを失念していた。惨《むご》たらしい辺りの光景に胸をつかれ、後先を考えられずにいたせいもあったろう。

どうした、この下に誰かいるのか、静かにしろ、と叫ぶ者がいた。いるぞ、この下だ。屋根を持ち上げろ。男たちが駆け寄ってきて、柱と屋根板がひっくり返された。

千香が立ちつくしていると、赤ん坊を胸に抱いた若い女が太い梁《はり》の下から救い出された。我が身で子を必死に守っていたのか、女は額から赤黒い血を流し、幽霊も裸足《はだし》で逃げ出すほどの酷《ひど》いご面相になっていた。

「助かったぞ。あんたの知り合いか」

「いえ、知りません、あんな人は……」

千香は身震いとともに首を振り、目に見えない何者かに追われるがごとく、慌ててその場から逃げ出した。

江戸市中が阿鼻叫喚《あびきょうかん》の巷と化したような一夜が明けても、伝次郎は戻らなかった。
千香は不安に駆られて、朝一番に元町の鶴屋へ走った。
小間物屋の主人が言ったように店はさほどの傷みもなく無事で、番頭の利平がいつも
の殊勝そうな取り澄まし顔で出迎えた。使用人を指図し、地震で散らかりきった店内を
片づけさせているところだった。
「ご無事で何よりでした……。旦那様がお見えにならないので、今そちらまで使いを走
らせようと思っておったところにございます」
「主人は昨日、いつごろ店を出たのです」
「七ツ半（午後五時）には出られました。得意先への集金とうかがっておりましたが
……」
そう聞いていたが、どこにいるかは見当がつくというもの。またも利平の目と口ぶり
に、どっちつかずの心許《こころもと》なさが漂った。が、すぐに千香を正面から慕わしげに見て言

った。

「旦那様のことですから、集金先で人助けでもなさっておいでなのでしょう。直ちに心当たりを探させます。どうぞおかみさんは、ご自宅で旦那様の帰りをお出迎えなされますよう、お願いいたします」

林町のほうにも自分が足を運んでみます。そう言われたのだ、と千香は思った。

ここは利平に任せるほかはなかった。実家の持つ土地を分けてもらい、この鶴屋を開いたにもかかわらず、千香は得意先について何も知らずにいた。夫を探そうにも、心当たりはひとつしかなく、手出しのできない自分が恨めしかった。妻として、ろくに役目を果たしていない気にさせられた。

昼をすぎても、夫は戻らなかった。

もしや女の家で夫も地震に遭っていたのか……。千香は首を振って思い直した。利平が確かめに行ったはずで、たとえ伝次郎があの屋根の下から女につづいて助け出されていたにしても、どういう形であれ、知らせが届いただろう。

あるいは、怪我とも言えぬ傷を言い訳に、女が夫を引き止めている、とも考えられた。女房気取りで伝次郎の世話をする女の姿が幾度も目の先をよぎるようで腰が浮いた。じっと待っていることはできなかった。

「おかみさん、どちらに……」

おこうに呼び止められたが、千香は行き先も告げずに再び家を出た。

竪川に沿って延びる通りを歩いていくと、地震のせいなのか町がくすんで見えた。長屋が倒れたために多くの者がござや筵《むしろ》を道端に敷き、鍋や米を持ち寄っての炊き出しがはじまっていた。

知り合いを探し歩く者も多いようで、狭い道には人が連なり、千香の姿は目立たなかった。昨夜の四つ辻《つじ》を折れて進み、それとなく人の顔を見ていった。

あの女は潰《つぶ》れた一軒家の前に板を敷き、そこに棒を突き立てて筵を渡し、雨露をしのぐ屋根のようなものを造っていた。その中をのぞき込んで、千香は合点がいった。女は筵の下で片肌を脱ぎ、赤ん坊に乳をやっていたのである。

母としての姿を突きつけられたようで、胸に嫉妬《しっと》の赤い炎が燃え立った。本来ならば、自分があああして伝次郎の子に乳をやっているべきなのに……。

昨日は夜の暗さもあったし、女は額から血を流してもいた。陽射しの下で見る女は若く、瘦《や》せぎすの千香よりもふくよかで、その福々しさがより生身の躰《からだ》を感じさせる女だった。美人と言えるほどの器量はないが、男好きのする顔立ちに思えた。

伝次郎はこういう生臭さを漂わせた女が好きだったわけなのか。そこに得意先の仲立ちで、一人の女と知り合った。商売の先を見越したから、伝次郎は千香を娶《めと》ると決めたのでは……。女の姿を見た時、今日までのわだかまりが一気に解けるとともに、その解けた糸が今度は千香の身を縛りつけてくるようだった。

渡した筵の前で千香が立ちすくんでいると、女がふいに顔を上げた。千香を見て、黒目がちの小さな目をまたたかせた。

「もしや、昨夜《ゆうべ》のお方では……」

耳をくすぐるような細い声だった。何を言われたかわからず立ったままでいると、女は赤子に乳をやりながら小さく頭を下げてきた。

「蘇芳《すおう》色の上品な袖長《そでなが》を羽織った美しいお人、と聞きましたから」

言われてはじめて千香は、昨夜から着物を替えていなかったことに気づいた。

「あなた様がお声をかけてくださらなかったら、あたしとこの子はここで命を落としていたと思います。本当にありがとうございました……」

そこでまた頭を下げかけた女が、急に手を額の横に当てて顔をしかめた。そのこめかみに、赤い糸を引くようにして血がひとすじ滴り落ちた。

「あんた、まだ動いたらいけないよ。傷がふさがってないみたいだからね」

千香は一歩、子を抱く女に近づいた。それとなく辺りを見たが、伝次郎らしき男がいる気配はなかった。では、夫はここに来てはいなかったのか。

「旦那さんはどうしたんだい」

訊《き》き方が少し切り口上になっていたかもしれない。けれど、女は気にした素振りもなく、どこか儚《はかな》げに眉《まゆ》を寄せた。

「ちょっとしたわけがありまして、一緒に暮らせないんです。無理を言って生ませてもらった子で……」

こうもあっさりと、見ず知らずの女に身の上を打ち明けるとは思ってもおらず、千香はわずかに身構えた。相手は女で歳も近く、ましてや命を救ってくれた人でもあった。隠し事はできないと考えたにしても、女の明け透けさを、千香は素直に受け入れることができなかった。

また女が手で頭を押さえるようにして目を閉じた。その拍子に、赤ん坊の口から乳房が外れ、たちまちむずかりだした。

「ごめんね。お乳がよく出なくって……」

女が顔をゆがませたまま、愛《いと》しそうに頰《ほお》を寄せつつ子を抱き直した。赤ん坊が手探りに乳房をたぐり寄せ、また一所懸命に吸いはじめた。そのいじらしさが、千香の乳房を逆撫《さかな》でしていった。

そっと影を引きずるようにして、千香は女に近づいた。声を細めて言った。

「あんたは少し横になったほうがいいんじゃないかい」

「すみません……。昨日から何も食べてなくて」

「家の中に米は置いてなかったのかい」

「あたしの力では、屋根板をどけるなんて、できなくて……」

「新大橋端の籾蔵《もみぐら》まで行けば、握り飯をもらえるって聞いたよ」

「はい……。でも、あの人が必ず来てくれると思うんです」

健気《けなげ》に子を抱きながら語ってみせたそのひと言に、千香はかっと頭に血が昇るのを感じた。女の姿が、目の前から遠ざかるように見えた。

「二日に一度は必ずこの子の顔を見に来てくれてました。この子の笑顔を見ている時が、一番落ち着くと言って……」

しゃがんだ。

どこか誇らしげな口ぶりだった。その顔を見ていたくはなかったが、千香は女の前にしゃがんだ。顔をのぞき込むようにして、静かに言った。

「あんたは少し休んだほうがいいよ。子どものことは心配しなくていいからね。その間、あたしがしっかり見てあげるよ」

「本当ですか……。すみません、助かります。どうも頭が痛くて辛《つら》かったんです」

「近くで炊き出しをやってるかもしれないし。あたしが何か食べるものをもらってこようじゃないか。ほら、その子を貸してごらん」

二

「あら、虎之助《とらのすけ》様ではありませんか。わざわざ来てくださるとは嬉《うれ》しゅうございます」

しまった、と舌打ちした時には遅かった。

そもそも大田《おおた》虎之助は図体《ずうたい》がでかい。六尺近くの身の丈である。店の前でうろちょろしようものなら、嫌でも目立つ。

家にいる時よりもっと猫背にしていたつもりでも、より一層怪しげな風体に見えただろう。しかし、よりによって見代《みよ》に見つかるとは、運のなさを嘆きたくなる。

大地震から二日目の夜になって、虎之助はやっと八丁堀《はっちょうぼり》の我が家へ戻る許しを得た。本当はすぐにも日本橋《にほんばし》へ寄りたかったが、時刻も遅く、身も心も疲れ果て、世話を焼こうとする母の手を払いのけるや、布団に倒れ込んだのだった。

一夜明けてもまだ疲れは残っていたが、市中廻りへ出る前に、ようやくこの日本橋数寄屋町《すきやちょう》まで足を伸ばすことができた。傾いた屋根の修繕に早くもかかろうという人足が集まり、朝から日本橋の大通りには槌音《つちおと》が響き渡っていた。

「お母様、大田様が来てくださいました」

わざわざ母親まで呼ぼうというのだから、この娘は事情をまったくわかっていない。

案の定、店の奥から出てきた母親のふきは、細い唇をこれ以上はないほどへの字に曲げて虎之助を見据えた。

ところが、着流し姿を見るなり、踏みつけるような足取りが、ぴたりと止まった。目元に張りついていた険しさも、心なしか薄れていった。

「これは、大田様……」

まるで見代を守ろうとするかのように横へ歩みながらも、ふきは折り目高に辞儀を返してきた。

「あ、いや――市中廻りのついでに、ちょっと近くまで来たもので……。皆様、ご無事でしたでしょうか」

あまり身を正しすぎると上から見下ろすようになるため、虎之助は猫背のまま笑顔をこしらえた。すると、ふきが口を開くより先に、見代が大きな目をさらに丸くした。

「おめでとうございます。町廻りのお役目にご出世なされたのですね」

「あ、はい。父を手本として、力を尽くしていくつもりにございます」

臨時のそのまた臨時だという、今だけの事情は口にしなかった。雄孔雀《おすくじやく》というやつは、羽を広げて己を綺麗《きれい》に見せたがる習性を持つものだった。

「見代、あなたは店の手伝いをなさい」

下がっていろと言われて、見代はおちょぼ口をさらにすぼめたが、面と向かって親に口答えをする娘ではなかった。無理したような笑みを作って虎之助に一礼すると、小走りに店の奥へ下がっていった。

「大田様。お心遣いは嬉しゅうございますが、これ以上、見代を惑わせるようなことはなさらないでいただきたいのです」

正式に断らせてもらったのだから、蒸し返すようなことはしないでもらいたい。真っ当すぎる苦言を呈され、虎之助の猫背がさらに丸みを帯びる。

「……充分に承知いたしております。しかし、地震による江戸市中の痛手は目を覆うばかりで、たまたま知り合いの住まう町に足を運んだからには、見すごして通りすぎるわけには参りませんでした。幸いにも市中廻りを任される身となり、少なからずお手伝いできることもあるのでは、と考えた次第です」

「おかげ様で身内はすべて無事にございました。裏の土蔵が潰れ、多くの荷が崩れはしましたが、よそ様より害は少なかったと言えましょう。どうか大田様は、新たなお勤めを果たされますよう、お願いいたします」

そちら様のお身内は無事だったか、と訊かれはしなかった。よっぽど嫌われたようである。

親族がはじめて顔を合わせた席で、二人の姉はいつもの慣れで、遠慮会釈なく虎之助をからかい、詰《なじ》り倒した。酒が進み、普段の地が出たわけだが、よその家の者からすれば、その辛辣《しんらつ》さと不躾《ぶしつけ》さにはあきれ返るほかなかったろう。

そのうえ二人は、隠密廻りさながらに、どこからか聞き出してきた山吹屋《やまぶきや》の金繰りについてまで、遠廻しながらも質《ただ》そうとした。そこに、あろうことか母の真木までもが加わったのである。

仮親を決めて養女という形は取るが、家と家の結びとなるのだから、隠し事はためにならない。理屈はわかるが、噂を元にした誹謗《ひぼう》と思われても仕方なかった。

翌日に、早くも山吹屋からの断りが入った。それを告げに来たのが、見代の姉の佳代《かよ》だった。

一度はまとまったはずの縁組を断るのに、手代や遠い親戚《しんせき》を送るのでは、先様に申し訳ない。そう考えたすえに、佳代が自ら買って出たのだと、あとになって知らされた。

その日は母と姉が京橋《きょうばし》まで買い物に出ており、家にいたのは非番の虎之助一人だった。町方同心が昼日中から一人でいると思ってもいなかったらしい佳代は、また出直してくると言ったが、虎之助はその慌てぶりから用向きに見当がついた。

一同が顔を合わせた席で、佳代はずっと姉たちの軽口を面白がるようにして笑っていた。母親に咎《とが》めの目を向けられても、静かな微笑みを崩さなかった。正直な人なのだな、と虎之助は思っていた。

翌日も、たまたま家を出た最初の四つ辻で、ばったり佳代と出くわした。二度も足を運ばせてすみません。そう頭を下げた虎之助よりもっと佳代は猫背になり、本当にすみません、と告げたあと小走りに去っていった。

それで終わっていたなら、何も起こらなかったろう。

真木から正式に破談を伝えられた翌日のことだ。奉行所からの帰り道に、後ろから急にぶつかってくる者があった。虎之助の分厚い躰に跳ね返されて、その人は二間近くも地を転がった。慌てて虎之助が手を差し伸べると、その相手が佳代だったのである。店の使いで西紺屋町《にしこんやちょう》から帰るところだったという。足をくじいた佳代を背負い、虎之助は山吹屋の近くまで送り届けた。胸のふくらみが背に当たって気になり、虎之助は幾度も息が止まりそうになった。

山吹屋の前までは足を運べなかった。悪くもない虎之助に、家族の前で頭を下げさせるわけにはいかない。そう佳代が言ったからである。虎之助としても、今さら見代の母親に合わせる顔はなかった。が、二人で何か得がたい秘密を分け合ったように思えた。

その時はまだ、佳代が姉二人と同じ出戻りだとは知らなかった。

「どうか、もうお忘れください」

ふきはよそを見ながら軽く頭を下げると、足早に店の奥へ戻っていった。

その後ろ姿の向こうに、ちらりと佳代の姿がかすめた。

ずっとこちらを気にしつつも、虎之助の前に出ていくわけにもいかず、それでいて身を隠したままでもいられず、顔だけをのぞかせに来たのだと思えた。佳代は珍しく硬い顔で、母を許してください、と告げるかのように短く頭を下げてきた。

虎之助は再び雄孔雀となって腰の十手に手を添え、胸を張った。佳代がいくらか頬をゆるめ、小さく頷《うなず》いてくれた。が、母親にうながされて、すぐにその姿は積み上げられた乾物の陰に消えた。


「大虎の旦那。ずいぶんとまた長い朝の散歩でやしたね」

咬《か》みつき犬と呼ばれる親分らしく、松五郎《まつごろう》が鼻を鳴らすようにして笑いかけてきた。

虎之助は相手にせず、悠然を気取って先を急いだ。まだ目端の利かぬ新八一人なら、どうにでもごまかすことはできたが、これからは咬みつき犬の目を気にせねばならなかった。我が家の隠密廻りにまで知られたのでは事である。

北新堀町《きたしんぼりちょう》を抜けて永代橋を渡っていくと、川向こうに荒涼たる景色が開け、胸が締めつけられた。大川の先から町が消え、ただ焼け野が広がっているのだった。

橋の手前にも潰れ家は目立つが、深川の惨状は際立っていた。それでも、下町に住まう人々は逞《たくま》しい。木っ端を継ぎ足し、莚の屋根を葺《ふ》き、雨露をしのぐ仮の住まいが早くも建ちはじめている。

江戸の火事は、名物のひとつと称される。それほど大火が多かったからだ。火の手が燃え広がるのを防ごうと、幕府は瓦屋根を町屋にも奨励した。ところが、今度は地震のために、その重みで、細い柱しか持たない町屋の家と長屋が潰れるという皮肉さだった。

しばらくは板葺きの屋根が多くなり、当分はまた火事を案じていかねばならないだろう。

虎之助は万年橋に近い大番屋に顔を出した。宿直《とのい》の者がいて、昨夜からの異変が洩《も》れなく届けられているはずだった。

五百羅漢寺《ごひやくらかんじ》脇にある高田《たかだ》藩の下屋敷に何者かが忍び、蔵から米六十俵が奪われたという。こちらはすでに定町廻りの蜂矢《はちや》小十郎《こじゆうろう》が手下とともに動いていた。あとは小火《ぼや》と喧嘩《けんか》騒ぎがあったと知らされた。火付盗賊改《ひつけとうぞくあらため》も人手が足りず、町の混乱はまだ収まってはいない。

虎之助は籾蔵前で振る舞われている炊き出しの様子を見に出かけた。

朝から大川端の大通りにまで人がひしめき、長い列ができていた。例によって当番の名主とその身内、名乗り出てくれた女たちによって、次々と握り飯が作られていく。

その中に、見覚えのある男の顔がなく、虎之助は名主の一人に近づいた。

「佐吉《さきち》の姿が見えないが、どこに消えた」

「はい、大田様のおかげで助かっております。あの男ほど役に立つ者はいませんので、海辺《うみべ》新町のほうを任せております」

小名木川に架かる高橋《たかばし》を越えた先で、昨日から急ごしらえでお救い小屋が建てられていた。そこでも炊き出しがはじまっているのだった。

「何だい、それを早く言いなよ」

松五郎が首筋を十手の先で掻《か》きながら、名主を睨《にら》むように見て言った。逃げたわけではないとわかり、まずはひと安心だった。

虎之助は手はじめに、やはり焼け野となった南《みなみ》六間堀町へ足を伸ばした。籾蔵やお救い小屋に医者がいることを伝え、不審な者があれば届け出ることを触れて歩く。こうして町方役人が用心を説いて廻るだけでも、悪事になびきがちとなる心弱き者らへの戒めとなる。

常盤町《ときわちょう》から南へ折れて小名木川を越えると、千に迫るほどの人の群れが見渡せた。焼け出されてお救い小屋を頼ってきた者。とりあえずの米を求める者。知り合いや身内の消息を尋ね歩く者……。苦難を背負った人々が、今日という日を生き抜こうと身を寄せ合っていた。

「旦那、あそこにいやすぜ」

新八《しんぱち》が目敏《めざと》く言って、房なしの十手を巡らせた。炊き出しの鍋の横で、手伝いの女たちに指図する佐吉の姿があった。

火事と地震を呪《のろ》うあまりに恨みがましい目で辺りを見ていた男は、もうそこにいなかった。まだその眼差《まなざ》しに力強さは欠けている。それでも寒空の下、縁もゆかりもない者らのために、進んで汗を流せるものではなかった。

「あと少しってところでしょうかね」

松五郎が、まだ危ぶみを捨てきれずにいるとわかる目を向けてきた。

「よし、ひとつ当番の名主に事情を伝えておくか」

「いや、それはやめておきましょうや」

「ほう、どうしてだい」

「いえね……。下手《へた》に気遣いを見せると、鬱陶《うっとう》しく思っちまう者はいますからね」

罪に走った多くの輩《やから》を、松五郎はその目で見てきている。素直な心根の者が罪を犯すはずはなく、臑《すね》や胸の内に傷を持つから心持ちまでがひねくれてくるのだろう。

「まあ、ここから逃げ出すのなら、それだけの男だったたってわけですよ」

目をかけずに捨て置くような言い方にも聞こえたが、その実、佐吉にすべてを任せる気なのだ。もし何か事が起きようものなら、こちらで責めを負うことになる。だが、それだけの覚悟がなければ、人に情けをかけてはならない。

町方の治めも同じなのだ。町の者を信じて多くを託し、いざという時には奉行所が難事を引き受ける。江戸の町が立ち直っていくためにも、町方を信じる覚悟こそが大切になってくる。

この先は、佐吉に声をかけることはしても、人の道を説くような出すぎた真似《まね》はやめるべきだった。もとより説法のできる人物でもない。目はかけても、口は出さずにいる。案外と難しいことかもしれない。

そう考えながら炊き出し場へ歩くと、佐吉が虎之助に気づいて仕事の手を止めた。そのまま小走りに近づいてきた。

松五郎と目を見交わしたあと、虎之助は気安く手を上げ、何食わぬ顔で佐吉に話しかけた。

「ご苦労さん。何か困ったことがあれば、遠慮なく言いなよ」

「はい。実は……気になることが、ひとつありまして」

佐吉は虎之助の前で一礼すると、周りの目と耳を気にしてか声を落とした。

「何だい、また悪い噂でも耳にしたのか」

天変地異や流行病《はやりやまい》のさなかになると、必ず流言飛語が飛び交う。不安の雨あられが、根のない種を育ててしまう。

佐吉は自分でも半信半疑なのか、わずかに首を傾けるような仕草になった。

「いえ、それがあっしにもよくわからないんで……。ただ、どう見ても籾蔵に備えられてた米俵が、町会所の役人が持ってきた帳面の数より、ちょいとばかし多いようなんです」

虎之助は拍子抜けして、佐吉のやけに深刻ぶった目を見つめ直した。

「多いだと……。だったら、願ってもないだろうが。足りてないとなりゃ、大事《おおごと》だがな」

囲い米は、町入用という町方が積み立てた金を元手に、奉行所が米を買い入れて備える仕組みだった。大金が動くため、過去には幾度か不正が取り沙汰《ざた》され、奉行所を巻き込んだ騒動にもなっていた。切腹を命じられる者までいた覚えがある。

「けど、よく気づいたもんだな、佐吉よ」

虎之助は、大川端にでんと居並ぶ籾蔵の姿を思い返して言った。ひとつの蔵に何千――いや、万を超える米俵が納められているはずなのだ。しかも、先の地震で壁が割れ、屋根も潰れ、外に米俵を散らした蔵のほうが多かった。

「ひとつの蔵ん中には、山がいくつもできてるんです。潰れた蔵から米を出してたんで、試しに手前の山を数えてみたところ、二十ぱかしも多かったんです」

「地震で山が崩れたんじゃないのか」

「そいつはありませんね。壁が割れたところじゃなかったもので」

「当番の名主はどう言ってるんだ」

「そりゃ……多いのなら万々歳だ、と」

蔵に溜《た》めた米が帳面の数より少なかったとなれば、その差を役人や商人がごまかしたのではないか、と疑いたくなる。その反対に、買い付けた米が多くなることなど、普通ではあり得ないはずだった。

「たまたま奇特な商人がいて、町方のために多く米を納めてくれたか、単に数を書きちがえたか、だろうよ」

「そんなところだろうとは思います。ですが、長く店を切り廻してきたもので、数が合わないと飯ものどを通らなくなる性分で……。もし卸《おろし》の商人が数をちがえて多く納めてしまったとすれば、向こうでも騒ぎになっていたでしょう。けど、お上にまちがっていたとは言えるはずがない。で、責めを負わされた者がいたんじゃ……。そう思えてなりません」

横で聞いていた松五郎が頷き、唸《うな》るように言った。

「感心じゃねえか、佐吉よ。おまえのそういう気遣いが、あんがい料理の腕にも出てくるものかもしれねえな。——旦那」

はやり立つような目を向けられた。

「も少し暇ができたら、その辺りのことをうちの手下に探らせてみます。よろしいでしょうか」

たとえ取り越し苦労のように思えても、佐吉を信じてやるために松五郎は言っていた。

「よし。そいつは任せよう。調べてみな」

虎之助が請け合うと、佐吉は深々と頭を下げてから、また炊き出しの仕事に戻っていった。

松五郎に許しは与えたものの、人手は足りず、仕事は多い。地震の翌日、五間堀《ごけんぼり》に架かった古い橋のたもとで籐籠《とうかご》に入った男の亡骸《なきがら》が見つかっていたが、身元すら明らかになっていなかった。籠に縫いつけてあった目印をもとに、松五郎の手下が探索に走っているので、おっつけ手がかりが入るだろう。

その間に、海辺の市中廻りをすませるべく仙台堀《せんだいぼり》へ向けて歩きだした。すると、後ろから呼び止める声があった。振り返ると、大番屋の中間《ちゅうげん》が人波をかき分けて走りくるのが見えた。

「大田様……。林町の名主から、赤ん坊が神隠しにあったとの届けが出されました」

息荒く告げる中間を前に、虎之助は黒羽織のたもとに手を差し入れて腕を組んだ。これは難しいことになる、と見通しをつけた。

地震と火事で、江戸の道々には人があふれていた。木戸や番屋もそこかしこで壊れ、町に見知らぬ者が通りかかったところで、見咎められることはなかった。幼子を拐《かどわ》かすのは楽な仕事に思える。

「両親は何をしていた」

松五郎も眉間《みけん》を寄せて中間の前に進み出た。

「それが――ただの神隠しじゃなさそうなんで。子の母親が、筵小屋の中で冷たくなっていたというんですから」

三

名主が大番屋に駆け込んだのは、母親が小屋の中で死んでいたことのほかにも、わけがあった。子の父親と名乗る男が取り乱し、差配人や名主に迫ったせいだった。男は母子と暮らしてはおらず、その引け目があったらしい。直ちに番所へ届け出ないと承知せぬぞ、とだいぶ息巻いたという。

女と赤ん坊の住まう一軒家は、竪川の河岸に長々とつづく林町の中ほどにあった。辺りは地震によって家々の屋根が崩れ、店子《たなこ》の多くが道に畳や家財道具を野ざらしにして、そこで寝起きをしていた。かすかに腐臭が漂うように思えたのは、まだ潰れ家の下に亡骸が残されているゆえかもしれない。

おとよという女の亡骸は、突き立てた棒に筵を引っかけただけの、とても小屋とは言えない覆《おお》いの中に横たわっていた。身につけた小袖や羽織は地味ながらも安物とは思えず、血が通っていないためもあってか肌の色が白く際立って見えた。男の目を気にして、筵小屋を作り上げたのも頷ける目鼻立ちと若さだった。

「見てくださいよ、旦那。右のこめかみの上に殴られたような跡がありやすぜ」

松五郎が冷たくなった女の顔をなめるほどの間近で見ていき、虎之助に目を向けた。

新八はその後ろから息を呑《の》むような顔つきでのぞいている。

おとよの手足には、すり傷がいくつも見られた。松五郎が亡骸に手を合わせてから、女の衣服を解き、腹や胸をむき出しにした。白い肌に掌《たなごころ》を当ててゆっくりと押しながら動かし、骨の折れたところがないかを調べていった。

松五郎は着物をもとに戻してやってから、静かに首を振った。命にかかわりそうな打ち身はほかになかったようである。

大地震のあととあって、市中には死人があふれていた。棺桶《かんおけ》が足りず、防火のための天水桶までが道筋から消える騒ぎもあった。本来は、奉行所に届け出て検使を頼むのが筋だが、人手不足の折もあり、今は名主の一存で検使ができる。ただし、ここは念のために医者を呼んだほうがよさそうだった。

新八を走らせてから、虎之助はまず二丁目の差配人を呼んだ。名主の横にいた四十ぐらいの痩せた男が焦《じ》れったそうにこちらを見ていたが、頭を冷やしてもらうためにも後廻しにすべきと思えたのだ。

差配人から、女についての話を聞いた。

おとよは三年前の夏から、五十歳くらいの女中と二人で住むようになったという。時折、縫い物仕事をしているようだったが、家賃は月々きちんと納められ、旦那がいるらしいことはすぐにわかった。そのうちに、おとよの腹が大きくなり、そこではじめて旦那と名乗る男が差配人の前に現れた。男は重吉《じゅうきち》と身を明かし、柳橋《やなぎばし》で二軒の船宿を営んでいると言った。

「一緒にいた女中はどうした」

「はい。ご覧のとおり、地震で家が潰れ、おしのという女中は助け出されたものの、そりゃ怪我《けが》の具合がひどいものでして。この裏の弥勒寺《みろくじ》で怪我人の手当てをしてくれてるんで、今はそちらの世話に……」

つまり、おとよは生まれて半年あまりの赤ん坊と二人で、この筵小屋にいたのだった。

松五郎が骨張った頰をさすり、目配せを送ってきた。虎之助は頷くだけでよかった。それでもう、松五郎の後ろにいた二人の手下が、道端で暮らす近所の者へと話を聞きに走ってくれる。

虎之助は差配人を下がらせ、今度は名主に向かって手招きした。すると、もう我慢ならないという勢いで、横にいた重吉という男が小走りに迫ってきた。

「お役人様、早く女を見つけ出してください」

「女だと……」

「ええ、そうですとも。女がさよを連れていったにちがいないんです」

「知ってる女か」

「いえ、あっしは無念ながら……。でも、おとよを助け出してくれた女と聞いてます」

「よくわからんな。おとよを助けた女が、どうして赤ん坊を連れていく」

「ここいらの者が大勢見てるんですよ。女がおとよにやたらと話しかけてたところを
――」

やがて松五郎の手下が子細を確かめ、それで事情がいくらか読めた。

大地震から一刻《いっとき》ほど経った真夜中のころだったという。辺りの小火を消し止めたあと、潰れた家々の下から身内を救い出そうと、近場の男が総出であちこちの屋根板をはがしに取りかかった。そんな中、一人の女が声をかけてきた。一軒の崩れ家の下から、赤ん坊の泣き声が聞こえたのである。

男たちが駆け集まり、おとよと赤ん坊、女中のおしのの三人を救い出した。その時には、もう女の姿が路地から消えていた。ところが、翌日の夕方になって同じ女がまた姿を現し、おとよの筵小屋をのぞいていったという。二度も訪ねてくるからには、おとよの知り合いなのだろう、と町の人々は思ったらしい。

その後、女の姿を見かけた者はいない。そして、今朝になって重吉が駆けつけ、変わり果てたおとよを見つけたのだった。

「二十四、五で、おとよとさほど変わらない歳に見えたといいます。品のいい薄茶の小袖に、蘇芳《すおう》色というんですか、小豆《あずき》に似た色合いの袖長を羽織っていたそうです」

男というやつは、見ていないようで必ず女を目の端でとらえているものだった。ましておとよは囲い者であり、常から辺りの目を集めていたろう。

「額の横の傷は、助けられた時にはもうあったのかい」

「いえ、それが……。女中の傷のほうがひどかったようで」

血だらけの者が近くにいれば、目立たぬ頭の傷は見落とされがちになる。地震の傷がもとで命を落としたのか、それとも何者かに殴られたか……。

「念のためだが、重吉よ、あんたの家はどこだい」

松五郎が目つき鋭く重吉を見た。咬みつき犬に凄《すご》まれて、重吉の声が裏返った。

「はい……本所松坂町《まつざかちょう》ですが」

なぜ自分の家の場所を尋ねてきたのか、重吉には見当もつかなかったらしい。虎之助はわかりやすい訊き方をしてやった。

「あんたの女房は、二十四、五に見えるような人じゃないだろうな」

「いえいえ、とんでもない。うちの女房は四十前の太肉《ふとりじし》で、とてもとても――」

「けどな、あんたの女房が人を雇ったってこともあるからな」

松五郎はまだ重吉の女房を疑っていた。災厄のどさくさまぎれに妾《めかけ》の子が消えたとなれば、真っ先に疑われるのが本妻である。

ようやく事態を悟った重吉が、その場で足を踏み鳴らした。

「あいつ、いつのまに……」

今にも駆けだしそうになった重吉の肩を、虎之助はつかんで引き止めた。

「手荒な真似はよしときな。もとはといえば、あんたが子を隠してたせいもあるんだからな」

「いいえ。あっしが婿養子だもんで、あいつは図に乗り、何ひとつ女房らしきことをしちゃこなかった……。そのうえ、赤ん坊に手を出すとは許しちゃおけねえ」

一人で家へ帰らせたのでは騒動になりそうだった。それに、まだ女房が人を雇って連れ去ったとは限らないのである。

市中廻りのついでも兼ねて、虎之助は重吉と竪川を越えて松坂町へ向かった。回向院《えこういん》の裏手に当たり、ここでも家をなくした者らが道端で身を寄せ合っていた。

重吉の家は、ぐるりと塀が囲むお屋敷で、よほど由緒ある船宿の主人なのだと知れた。古い二階家の瓦はことごとく落ちて屋根も傾いていたが、身内は広い庭の納戸を開け放って、そこで夜露をしのいでいたと見える。

確かに太肉の女房だったが、それなりに見られた顔で、十五を筆頭に四人もの子までいたとわかり、苦笑が洩《も》れた。重吉が口で言うほどに、夫婦仲は悪くなかったようだ。

子どもの前で切り出せる話でもなく、驚き顔の女房を庭の端に誘った。すると、小太りの女房は、気っぷのよさで知られた辰巳《たつみ》芸者も尻《しり》をまくって逃げ出すほどの気炎で、啖呵《たんか》を切った。

「冗談じゃないよ、この唐変木が！　ずっとあんたが気が気でないようだったから、わざわざ家を出る用事を作ってやったんじゃないか。こっちの心遣いもまったく通じてなかったとは、どこまであきれた男なんだい。小吉《しょうきち》も十五になるから、あんたなんかいなくたって宿はあたしらで切り廻していけるよ。もうどこにでも行っちまいな」

重吉は、借りてきた猫より肩身を縮めて小さくなった。横で聞いていた虎之助まで、つい猫背になるほどだった。

しい。女房は赤ん坊のことまで承知のうえで、女のもとへ走らせる暇を夫に作ってやったら
しい。剣幕から見て嘘《うそ》とは考えられず、肝の据わった女房に思えた。とても赤ん坊を連
れ去るような女ではない。
縮こまる重吉を路地まで引きずり出して、松五郎と二人で睨みながら問いただした。
「あんた、ほかに当てはないのかい」
「滅相もない……。あっしの女はおとよしかいません……」
水から上がった子犬のように身を震わせつつ、重吉は首を大きく振った。こちらも嘘
をついているとは思いにくい。
つまりは、どういうことでしょうかね。松五郎が横目で尋ねてくる。
「恨みから手を出した、ってこともあるな」
「けど、旦那。こんな頼りねえ男が、どれほど人の恨みを買いますかね」
確かに言えた。婿養子であり、二軒の宿も女房が采配《さいはい》していたようだった。博打《ばくち》に手
を出すほど男気のある者にも見えない。起こりうるとすれば、おとよという女に横恋慕
した男が邪魔立てを謀《はか》ったか……。
「お役人様……。さよはまだ生まれてたったの半年なんです。どうか、さよを見つけ出
してやってください」
重吉がその場にへたり込んで、頭を下げた。女房の怒りを買ったことで、女を囲う金
の元手は断たれそうに思えた。悪くすれば、家からも放り出されるかもしれない。それ

でも、この男の我が子への思いは信じていいようだった。

蘇芳色の袖長を着た女は、なぜおとよを助けておきながら姿を消し、次にまた現れて赤ん坊を連れ去ったのか……。恨みから子を拐かしたのなら、おとよを助けたわけがわからなかった。子ども一人が邪魔だったにしても、本妻のほかに、そこまで思い詰める者がいるだろうか。

「松五郎よ。できることはふたつだな」

虎之助が思案のすえに語ると、咬みつき犬の眉が跳ねた。お手並み拝見、と目が言っていた。

「おとよの前を洗い出して、重吉ともども人から恨まれていなかったかを探る。それと、蘇芳色の袖長を着た女を追うことだ」

「けど、追うって、どうやるんです」

「いいかい。袖長の女はまず子持ちじゃないと見ていい。自分の子がいたんじゃ、いくら憎い女が生んだ子を拐かしに行くとはいえ、あんな地震のさなかの真夜中に我が子を残して出歩けるとは思えない。であれば、だ。女は乳が出ないはずだ。拐かした赤ん坊を捨てたり、手にかけたりしてなきゃ、乳をせがまれて困るだろうな」

「この地震で母親が命を落としてしまった。で、乳を飲ませてやってくれ、という頼み事もしやすくなる」

「いや……。その逆に、乳が出て困るってことも考えられる」

「ほう。それはまた……」

「赤ん坊の泣き声を聞いて、人を呼んだって言ってたよな。案外、最近になって我が子を亡くした女かもしれないぞ」

「なるほど。赤ん坊に乳をやりたくなって、つい……」

「だったら、赤ん坊を殺さずにいるって望みも出てくるってもんだ。そうだろ、重吉」

地べたに額を押しつけていた重吉が、涙ながらに顔を上げた。その目を見て頷いてから、松五郎に告げた。

「まずはおとよの近くにいて、最近赤ん坊を亡くした女を探すんだ」

四

いったいこの一夜は何だったのか。

千香は、朝の風が吹き寄せる大川の岸に立ち、胸深くまで息を吸った。辺りの道端には瓦礫《がれき》の下から引き出した畳を並べて、多くの者がまだ寝転んでいた。抱き合うようにして一枚の布団にくるまる親子が目につき、その姿にまた胸が絞られた。

――さっきから、ずっと泣いてるじゃないか。何してるんだい。

昨夜、泣きつづける赤ん坊を抱き、どうしたものかとこの岸で途方に暮れているところを、後ろから急に肩をたたかれた。振り向くと、髪を引っ詰めにした三十女が挑むような目で立っていた。

その目の強さに圧倒されて千香が口籠《くちご》もると、女がやおら手を伸ばしてきた。泣きじゃくる赤ん坊を怒ったような顔で奪うと、辺りに男の目があるというのに、ひょいと襟肩をはだけて撓《たわ》わな乳房をつまみ出し、あっという間に赤ん坊の口にふくませてやったのだった。

「あんたの子じゃないね。さっきから、持てあましてたろ」

顔も声もまるで似てはいなかったが、赤ん坊を奪ってきたあの女に凄まれているのだ、と千香は思った。この子を守らねばというような眼差しの強さが、あの女とそっくりだった。

「姉の子なんです。家が潰れてしまい……」

千香はとっさに嘘をついた。似たような話はどこにでも転がっている。現に、あの女は怪我《けが》がもとで今は一人で休んでいるのだ。

引っ詰め髪の女は千香の胸の内をのぞき見るような目をしたあと、乳を懸命に吸う赤ん坊を抱き直しながら言った。

「何だい、おむつもすっかり濡《ぬ》れてるじゃないか」

「すみません……」

「あんた、替えを持ってないね」

そこでまた眼差しをぶつけられた。

「姉は怪我がひどくて……。家も潰れたもので、おむつのことまでは……」

千香の言い訳を最後まで聞こうともせず、女はすたすたと川岸から離れていった。

崩れた土蔵の先に畳を敷いて、そこに家財道具を並べる男がいた。この寒空の下、内着と小袖しか羽織っていなかった。足元には五つくらいの男の子が寝ており、印半纏《しるしばんてん》のようなものを布団代わりにかけていた。

「何だい、まだこれだけしか持ち出せてないのかい」

「うるせえやい。長屋は、うちの煎餅《せんべい》布団みたいになっちまったんだぞ。これだけでも引きずり出せたのは、おれっちの甲斐性《かいしょう》ってもんよ」

この女の亭主らしき男は、女房が抱いてきた赤ん坊を見ても何ひとつ尋ねず、喧嘩腰のような口調でまくし立てた。

「うるさいぞ、父ちゃん。寝てられやしねえだろが」

「てめえこそ、こんな大変な時に風邪なんか引きやがって。早く治さねえと、引っぱたくぞ」

「はい、はい……」

男の子は慣れたもので、父親をあしらうような口を利くと、半纏を頭から被《かぶ》って背を向けた。

千香は呆気《あっけ》に取られて声をなくした。多くの言葉を書き連ねた本を売ることで日々の糧を得ていながら、夫とはこのところ挨拶《あいさつ》ぐらいの言葉しか交わしていなかった。思いの丈をぶつけ合ったことなど、思い返してみれば一度もない。

　立ちつくす千香の横で、女は赤ん坊に乳をやりながら、畳の上に置かれた行李《こうり》を開けて、中から白い布を取り出した。

「おいおい、どうすんだよ。おれのふんどしを」

「見りゃわかるだろ。半分にして、おむつにするのさ」

　そう言うなり、ふんどしの真ん中辺りを歯で噛《か》み、片手で器用に割いてみせた。夫のほうはあきれたような顔で首を振りながらも、また崩れた長屋のほうへ歩いていった。

「すみません……」

　千香が畳の横で頭を下げても、女は振り向きもしなかった。まるで自分の子を世話するような顔で、乳を吸う赤ん坊を見やっていた。

　なぜなのかその時、自分の子でもないどころか、人様から奪ってきた子であるのに、我が子を奪われたかのように思えて、千香は自分の心根がよくわからなくなった。

　赤ん坊というのは実に不思議なものだ。夫の伝次郎にさほど似ているとは思えなかったが、一心に乳を吸う姿を見ていると、心のどこかを優しくくすぐるものがある。いや、伝次郎に似ていたなら、心穏やかではいられなかったろう。

「おうおう、おみねさんよ。かわいい子じゃねえか」

　気がついてみると、辺りで同じように畳を道に並べていた者らが、赤ん坊をのぞき込むように集まりだしていた。

最初に声をかけてきた男の横で、なぜなのか、四十すぎの女が目に涙を溜めていた。

「あんたのお乳の腫《は》れも、少しは治まるってもんだね」

「もう言わないでおくれ、おくまさん」

おみねと呼ばれた女までが、急に声を湿らせた。

千香はそこではじめて合点がいった。おみねは乳が出るのに、一家の中に赤ん坊の姿は見えなかった。乳を吸う者がいないため、おみねの乳房は腫れていたのだ。おみね一家はつい最近、生まれたばかりの幼子を亡くした——。だから、赤ん坊を持てあます千香を見かねて、声をかけてきた。夫も妻の思いがわかったからこそ、何も言わずにいたのである。

おみねは乳をやり終わると、赤ん坊のおむつを器用に替え、再び抱き上げてから、そこでようやく千香に向き直った。

「あんた、どこへ行くつもりだったんだい」

おみねの後ろから、赤ん坊を見るために集まってきた者の目までがそそがれ、千香を責めているように見えた。慌ててまた言い訳を口にした。

「元町に住む知り合いを頼るつもりでした。けれど、そこも家が潰れてしまい……。誰を頼ったらいいかと困ってたところでした」

「そうかい、あんたも大変だね。この地震で、えらい目に遭った者ばかりだからね」

あんたにも事情があるんだろうけど、もっと苦しむ者が今はたくさんいる。おみねは疑いなく千香の嘘を見抜いたうえで、そう言っていた。

どう言葉を返しても、自分の嘘を引きはがされる気がして、千香は何も言えなくなった。

「もうすっかり陽《ひ》も沈んじまったからね。知り合いを探すにしても、明日の朝まで待ったほうがいいよ。物騒な連中もうろついてるっていうじゃないか。乳には困らないから、今日はここで休んでいきな」

あんたから目を離すわけにはいかないから、朝まで一緒にいるよ、いいね。胸を射貫《いぬ》くような目に見据えられた。

おみねの決意に気圧《けお》される思いで、千香は弱々しく頷き返した。

おみね一家が道に並べた畳の上で、千香は拐かしてきた赤ん坊に添い寝をして一夜をすごした。

伝次郎が囲った女は、今ごろ千香が消えたことに慌てふためき、辺りを探し廻っているだろう。そう考えると、またいくらか胸が疼きはしたが、混乱する町中をこの夜中に一人で歩き、赤ん坊を返しに行く度胸はなかった。

思い返してみれば、生まれてこの方、夜中に一人で町を歩いたことなど一度もなかった。いつも身内と夫に守られてきた。地震のあとで騒然とする町中を深夜、よくも一人で女のもとへ走れたものだ、と自分でも驚かされた。夫が妻をかえりみず、囲った女を守ろうとしてはいないか。その不安と怒りが絡み合って獣のように育ち、ついに千香の心を乗っ取り、勝手に手足を動かしていた、と今は思えるのだった。

自分は、この横で静かに寝息を立てる赤ん坊と同じだ。千香は我が身を恥じた。人に守られることで、はじめて生きていける。妻という座にしがみつくことでしか生きる術《すべ》を持たない弱き者。自分の足で立ってこその人であるのに……。

「静かに寝てるなんて、いい子だよ」

「この子が物心つくころにゃ、江戸ももとの賑《にぎ》わいに戻ってらあな」

見ず知らずの者が幾人も立ち寄り、赤ん坊の顔をのぞいては眼を細め、千香にまで声をかけていった。

夜中におむつを替えるのは、見よう見まねで千香がやった。冷たい川の水で、おむつ代わりのふんどしも洗った。乳をやる時だけは、おみねの助けを借りた。その間、おみねの夫も息子も、千香たちに背を向け横になっていた。死んだ子のことを思い出すのが辛くて、そうしていたようにも感じられた。

朝になると、道端での炊き出しがはじまった。米や味噌を持ち寄り、長屋の者が総出で握り飯をこしらえていった。念仏を唱える声があちこちで聞こえた。おみねの住む長屋でも、命を奪われた者が少なくなかったらしい。

長屋の人々の厚意で、千香にも握り飯が渡された。家に戻れば、米ならまだいくらでもあった。が、有り難く押しいただいて、白い飯にかじりついた。塩の味がやけに染みるように思われた。

「ご恩は一生忘れません。落ち着きましたなら、必ずお礼に参ります」

「いいのよ。姉さんと一緒に、この子をしっかり育てるんだよ」

おみねがはじめて笑顔を見せた。子どもをあやす時にも似た慈しみの情が感じられた。

千香は赤ん坊を抱き上げて頷いた。この子は人の子で、自分が育ててはいけない。その代わりではなかったが、まだ赤ん坊のような自分を一人の恥ずかしくない大人に躾《しつ》けていかねば、と思えるのだった。

長屋の人々に見送られて、大川岸を歩きだした。振り返ると、まだおみね一人がこちらを見ていた。亡くした我が子を見送るつもりでいたのかもしれない。やがておみねは一度手を振り、家族のもとへ帰っていった。

自分にも帰らねばならないところがあった。

千香は、安らかに寝息を立てる赤ん坊を抱き、回向院の裏を廻って竪川へ急いだ。足は自然と元町にある鶴屋をさけていた。夫や使用人に見つかったのでは、何を言われるかわからなかった。

ふいに足取りが止まりかけた。

ちがう……。逃げてはいけない。そう思えた。

この子をそっと女の家の近くに置いていけば、必ず誰かが見つけてくれる。一切何もなかった振りを決め込み、伝次郎の妻としてこの先も安穏と我が家に守られて生きていこうと思うのであれば、そうすべきなのだろう。けれど、やってしまったことをなかったものにして、自分は日々をすごしていけるのか……。

「おかみさん……」

声に視線を上げると、今一番会いたくない者が目の前に立っていた。

どこか使いにでも行く途中だったか、利平が息を切らし近づいてきた。見開いた目が、腕の中の赤ん坊に向けられた。それから、恐ろしいものを見るかのように、千香を見つめ直した。一瞬にして、すべてを悟ったらしい。伝次郎が千香を探し廻っていたとすれば頷けた。

恥辱の冷たさが足元から身を包んでいった。赤ん坊をまたその場に投げ出したくなったが、それはできない。おみねが後ろから今も千香を見ていると思われた。

「おかみさん……。その子は……」

千香は腹を据えて利平に目を戻した。

「わかるでしょ。あの人の子よ」

気を張って応《こた》えると、利平が悪い夢でも払うかのように肩まで揺すぶり、首を振った。

「まさか、本当におかみさんだったとは……。ちがうんですよ。その子は旦那様の子じゃありません」

何を言われたのか、わけがわからなかった。

「その子は、船宿を営む重吉って人の子です。旦那様がそう言ってました」

目の前が一気に暗がりへ沈んでいった。

五

裏の弥勒寺から駆けつけた医者の診立てで、おとよは少なくとも昨日の夜半すぎまで息をしていたことがわかった。

人は死にゆくと、躰が節々からこわばっていく。その具合を見ることで、いつ何時に息を引き取ったのか、おおよそがわかるのである。

「どういうことなんです。つまり……蘇芳色の袖長を着た女は、子どもを連れ去っただけ、ってわけですかね」

医者を連れてきた新八が、大きな猿眼を見開いて、虎之助と松五郎を交互に見た。

袖長の女は夕暮れ前に姿を現し、陽が沈むころにはいなくなった。子を連れ去ったあと、夜になって三たび現れ、わざわざおとよを殺していくのでは面倒なだけで、そうすべきわけもわからない。地震の時にできた傷がもとで命を落とした——そう考えたほうがいいようだった。

虎之助はわずかに胸を撫で下ろした。これで少なくとも下手人は、おとよを殺して子を奪ったのではない、と思われた。恨みから連れ去ったとなれば、その子の命が危うくなる。

「旦那。この界隈《かいわい》で子を亡くした女を探すに限りますね」

松五郎も同じ考えだったらしい。

おとよは傷の具合が悪くなり、訪ねてきた女に赤ん坊を託したのではないか。ところが、女は赤ん坊を抱いたまま、どこかへ姿を消した……。

その手がかりらしきものは、一刻ほどして、まったく意外なところからもたらされた。

松五郎の手下が近所の者におとよの話を尋ね廻るうち、赤ん坊が消えた一件をしつこく確かめていった男がいた、と聞きつけてきたのだった。しかもその男は、おとよの家から一本東の通りに建つ一軒家に女を住まわせていたという。

「こいつは臭《にお》うな……」

虎之助は松五郎から知らせを聞き、すぐにおとよの家から一本東の通りへ走った。

その一軒家は、すぐに突きとめられた。差配人を呼び寄せるまでもなく、近所の者があっさりと教えてくれた。それもそのはずで、おとよと同じく、生まれたばかりの赤ん坊と若い女が住む家で、そこに男が通っているとの評判が通り筋に広まっていたのだった。

「旦那、こんなことってありますかね……」

「寝ぼけたこと言ってんじゃねえぞ、新八。その大きな目ン玉ひんむいて辺りをよぉく見てみやがれ。お隣の路地と似てると思わねえのか。こんな近くに、おとよをなぞったような女が住んでたとなりゃ、もう決まりだよ」

松五郎が、新八の頭を掌でひとつはたき、十手の先で通りを指し示した。

「どうやらおれたちゃ、見当ちがいの調べを進めようとしてたらしいな」

虎之助は月代《さかやき》の真ん中を指先で掻《か》いた。地震によって町のそこかしこで家が崩れ、道には逃げまどう人々が行き交っていた。木戸の多くは壊れ、番小屋に人もいなかったはずで、家の所在を尋ねようにもできなかったろう。

「地震のあとも夫が帰ってこず、女のところへ行ったにちがいねえ、と決め込んだんでしょうね。で、嫉妬に目をくらませて女の家を探すうち、角をひとつ、ちがえてしまった……」

松五郎が唸るように言うと、新八が丸い猿眼を盛んにまたたかせた。

「じゃあ、ここに女を住まわせていた男の女房が、子を連れ出したってわけですか」

「少なくとも、男のほうはそう考えたんだろうよ。だから、赤ん坊が消えた話をしつこく聞き出していったってわけだ」

虎之助は頷くと、まだ建ってから間もなさそうな女の家を訪ねた。

図体のでかい町方同心と、狛犬《こまいぬ》のようなご面相の岡っ引きが急に訪ねてきたせいで、女は押し込みにでも出くわしたかのように身を震わせた。そのおかげもあってか、素直に旦那の素姓を打ち明けてくれた。

本所元町で鶴屋という地本問屋を営む伝次郎という男が旦那だった。伝次郎は今朝になって慌ただしく顔を見せたものの、急に血相を変えて出ていったきりだという。

自分の囲う女とそっくり同じ境遇の女が殺され、赤ん坊が消えた。伝次郎は噂を小耳にはさむや、真っ先に自分の妻を疑ったのである。おおかた、女房の姿が昨夜から見えなくなっているかして、不安に駆られたのだろう。

「松五郎、新八。元町の鶴屋へ急ぐぞ」

本所と深川を南北に分ける竪川を越えて、潰れ家の多い相生町《あいおいちょう》を横目に元町へ急いだ。

鶴屋は、両国橋の端に設けられた火除地《ひよけち》に面した大通りの際《きわ》にある小さな店だった。土蔵造りの商家は壁を崩していたが、鶴屋は板張りの一軒家で、それが幸いしたらしく、見た目にはほぼ無傷だった。今は板戸が閉まり、地震のあとも油断はならぬと身を守っているかのようでもあった。

「奉行所の者だ。ここを開けろ」

裏口に廻るのは面倒なので、松五郎が板戸をたたきつけて叫んだ。横で新八が戸に耳をつけて、中の様子をうかがった。すぐに身を引き、虎之助を見上げた。

「赤ん坊の泣き声がします」

たちまち松五郎がしゃにむに戸板をたたきだす。

「早く開けやがれ。さもなくば、ここをたたっ壊すぞ」

道行く者が次々と足を止めて見ていたが、仕方はなかった。赤ん坊の命がかかっていた。

松五郎がなおも戸をたたくと、やっと中から返事があった。

「お役人様、どうかお許しください」

がらりと戸板が開き、薄暗い店の中が見通せた。

戸を開けに出てきたのは、四十前に見える小太りで猪首《いくび》の男だった。奥に二間ほどの土間があり、その両脇の棚に書物が山と飾られていた。壁には表装された色紙が並ぶ。

土間の一部が奥へ延び、そこに蘇芳色の袖長を羽織った女がくずおれでもしたようにひざまずき、身を揺すり上げて泣いていた。すぐ後ろには、二十七、八ぐらいの痩せた男が立ち、横の上がり口に寝かされていた赤ん坊をちょうど抱き上げたところだった。

「申し訳ありません、お役人様。うちの者が人として許されないことをしでかしました。赤ん坊ともども御番所へ突き出そうと思っておったところにございます」

猪首の男が大仰に言うなり、その場に座り込んで手をついた。

「どうぞお許しくださいませ」

「おまえが伝次郎であるな」

虎之助は店に踏み込み、男の前に立った。

返事の代わりに伝次郎は額を土間に押しつけて平伏《ひれふ》した。袖長を羽織った女も、まるでおとよの亡骸に詫《わ》びでもするように、泣きながら身を折って頭を下げた。その頬が赤く腫れ上がっている。蘇芳色の袖長にも、草履《ぞうり》で蹴《け》られたような跡が見えた。

赤ん坊を抱いた男だけが、一人その場に立ったまま静かに頭を下げた。

「そこにいるのがおまえの妻だな」

「いいえ。このような人でなしは、妻でも身内でもございません」

伝次郎が唾《つば》を地に吐くような声音で言った。女の泣き声が大きくなった。それに合わせて赤ん坊がまたむずかりだした。

虎之助は帯に差し入れた十手を抜いた。

「冷たいことを言うじゃねえか、伝次郎。もとはといえば、おまえが女を囲ったからだろうが」

「――はい。もちろん、このあっしにも非はございましょう。しかしながら、女とその子に罪があるとは申せません。それなのに、女を殺したあげく子を連れ去るとは、まさしく鬼たる者の所行としか……」

「わたしは殺していません」

血を吐くような叫びが、女ののどからあふれ出た。

「まだ言うのか、おまえは」

「ちょっと黙れや、伝次郎」

虎之助は振り返って、女を睨む伝次郎の鼻先に十手を突きつけた。

「女、名は何という」

「千香にございます」

「では訊こう。お千香よ、昨日からどこで何をしていた」

「はい……。あの女を苦しめてやろうと、赤ん坊を奪っていったのは、このわたくしです。けれど、泣きつづける子を前にどうすることもできず、川にでも捨てようか、と大川の岸へ向かいました。すると、そこでおみねという者に声をかけられたのです。おみねさんは赤ん坊に乳をくれたうえ、おむつも替え、わたしにまで心配りをしてくれました。おかげで我に返ることができ、赤ん坊を返しに行こうとしたところ、この利平に呼び止められたのでございます」

「おみねという女を探せば、嘘はばれるぞ」

「一片も嘘など申しておりません」

「ならば、このお千香はおとよを手にかけてはいないでしょうね。死んだのは夜半すぎだというのが、医者の診立てでしたから」

松五郎が、あえて伝次郎に聞かせるために言っていた。おみねという名までわかっているのだから、女を探し出すのは難しくないだろう。

「お千香よ。おとよの様子におかしなところはなかったかい」

「はい……。こめかみの辺りにずっと手を当て、痛みに耐えているように見えました」

「どっちのこめかみだか、覚えているか」

「……赤ん坊を左手でしっかと抱いていましたから、右のほうかと――」

おとよの傷は、右のこめかみの上にあった。夜中に殴られれば物音も聞こえたはずだし、やはりその傷がもとで命を落としたのだと思えた。松五郎も小さく頷いている。

「利平よ。おぬしは千香を探し歩いていたのだな」

虎之助に十手を向けられ、手代らしき利平という男は赤ん坊を抱いたまま、堅苦しく頭を下げた。

「はい。旦那様に言われて、おかみさんの知り合いを訪ね歩いていたところでした」

「で、幸いにも千香を見つけて、この店に連れてきた。ここなら人目もないから、殴る蹴るの所行に及んでも気づかれない」

「いいえ、お役人様」

成り行きを見ていた伝次郎が叫ぶように言い、虎之助を見上げた。

「この女が素直に罪を打ち明けなかったためにございます」

苦しげに千香を見ていた利平が、意を決したような眼差しになって口を開いた。

「――そうではありません」

「利平、おまえ……」

「黙れ、伝次郎」

松五郎が牙をむくように言って、十手をかざした。新八が逃げ道をふさぐべく、伝次郎の後ろに立つ。

虎之助は二人の素早い動きにあごを軽く引いて応えてから、利平に目を戻した。

「遠慮はいらぬ。言ってみな、利平」

「はい……。おかみさんが自分で赤ん坊を返しに行きたいと言ったため、それを思いとどまらせようと、旦那様が殴りつけたのです」

「てめえ、拾ってやった恩を忘れたか」

伝次郎が猪首を伸ばさんばかりになって腰を浮かせた。松五郎が振り上げた十手で伝次郎の肩をぴしりと打ち据えた。

「静かにしてやがれ、このお為《ため》ごかし野郎が」

咬みつき犬に凄まれて、伝次郎が子犬のように縮こまる。

まだ何か言いたそうな利平を見て、虎之助は黙って頷き、先をうながした。

「……それどころか、旦那様はこの子をどこかに捨ててこいとまで、あっしに耳打ちしました。その証《あかし》に、書物を入れて運ぶ行李《こうり》が、そこに出してあります」

利平が目を走らせた先に、手拭《てぬぐ》いをふたつにたたんだくらいの小さな行李が置かれていた。赤ん坊を入れてひそかに運ぶには、ころ合いの大きさだった。伝次郎は、事を内密に葬り去ろうとしたのである。

「さもしい男だなあ、伝次郎よ」

伝次郎は辱《はずかし》めに耐えているのか、土間に爪《つめ》を立てていた。その眼前に虎之助はしゃがみ、真《ま》っ直《す》ぐに見据えた。

「おまえは町の噂を聞き、自分の妻がおとよって女を人ちがいで殺し、赤ん坊を奪っていったと早合点した。改心させて名乗り出させるならまだしも、赤ん坊を捨てて、すべてをなかったことにしようなんて、恥ずかしくはないのかい」

「いいえ、お役人様。罪を犯したのは、このわたくしです。すべてはわたくしが悪いのです……」

頰を赤く腫らした千香が、涙ながらに訴えてきた。まだ自分を殴りつけた夫をかばってやろうとしているらしい。

横で松五郎が何か言おうと口を開きかけたが、千香の後ろで見守っていた利平のほうが先に言った。

「おかみさん、もう目を覚ましてください」

千香の動きが止まった。利平は赤ん坊を優しく揺すりながら、千香の横へ歩を進めた。

「おかみさんだって、もう勘づいてるはずでしょうに。そもそも旦那様は、この店を手に入れるため、地主の娘だったおかみさんを口説き落としたにすぎないんです。いいですか、この人は林町のほかにも女がいるんですよ。だから、地震のあと、家にも店にも帰ってこなかったんです」

手代に諭されるのは、千香にとっても恥辱であったろう。けれど、利平の言葉からは、主従を越えた親身のようなものが伝わってきた。この男は伝次郎のそばで働き、主人の妻を忍びなく思っていたらしい。

その心根に、千香が気づいていたかどうかはわからない。だが、利平の言葉は千香の胸にしかと届いたようにも見えるのだった。千香は涙顔を伏せ、何度も頷き返していた。

それに引き替え、伝次郎は妾の一人に子を生ませておきながら、別の女にも入れあげていたという。どこまで性根の腐った男なのか。

しかし——と虎之助は考えた。いくら人としての根っこが腐っていようと、奉行所に引き立てるほどの罪は犯していなかった。自分の妻とはいえ、殴る蹴るの非道を働いたことは責められても仕方がない。が、まず大番屋に引き立てるべきは、赤子を拐かした千香のほうだった。その罪は、地震のどさくさに物を盗み取るより、遥《はる》かに重い。

虎之助は心を決めて、千香の前へ歩んだ。

「その赤ん坊、あずかっていくぞ」

「はい……」

「よくぞ、その子を救い出してくれた」

「え……」

お縄をかけられなくていいのですか、と千香の赤く泣き腫らした目が尋ねていた。

「お千香よ。あんたはこの子を奪っていったんじゃない。この子とおとよを潰れ家から救い出したんだろうが。ちがうかい」

自分で言いながら、横に立つ松五郎の目が気になった。子を連れ去った下手人を見事捕らえたなら、臨時の臨時にすぎない市中廻りとはいえ、奉行所や上役にも認められる。だが、仏の大龍と呼ばれた父が、この千香をそのまま引き立てるとは思えないのだった。

松五郎を目の端で見ると、苦笑まじりの頷きが返ってきた。新八のほうは、顔を振り上げた伝次郎に負けじと目を丸くしていた。

「利平よ。あとは頼むぞ」

おまえが間に入って、この店と千香を支えてやれ。そのつもりで言った。

「へい……」

声に真摯《しんし》な気立てがこもって聞こえた。あとはこの男がきっとうまくやってくれる。

虎之助は赤ん坊を抱いた利平に向かい、手を差し伸べた。その場の気を察してか、ずっとむずかっていた子が、いつのまにかおとなしくなっていた。利平が深く頭を下げつつ、赤ん坊を虎之助に託した。

「おーし、いい子だ。父ちゃんのところへ連れていってやるからな」

虎之助が優しく微笑《ほほえ》みかけた時、火がついたように赤ん坊が泣きだした。

六

「あきれたねえ。本当にあきれた。おまえって子は、どこまでお人好《ひとよ》しなんだか……」

話を聞き終えた真木《まき》は、細い首を折るようにして深く深く吐息をついた。

「夫婦そろって御番所に引き立てちまえば、それで大手柄になるってもんなのに、ねえ」

「でも、母上。ひとまず赤ん坊を見つけ出せたわけですからね。神隠しにあって消えた子を、この広い——しかも地震のあとで上を下への騒ぎになってる江戸市中から見つけ出せただけでも、大手柄とは言えませんかね」

虎之助は味噌汁《みそしる》を飲みかけた手を止めて、口をとがらせた。臨時の市中廻りとなったこともあり、根掘り葉掘り仕事について問いただされたあとで、ようやく夕飯にありつけたのである。

不謹慎にも真木は、町方での探索話が三度の飯より好きなのだった。幼いころから祖父に聞かされていたせいだというが、近所の小さな揉《も》め事にも進んで首を突っ込みたがる、いささか度を越えたお節介なたちなのである。父親も毎晩問い詰められており、よく虎之助にこぼしていたのを覚えている。

「虎や、おまえも呑気《のんき》だねえ。早くお手柄を立てないと、すぐまた元の当番方に戻されるんじゃないのかしらね」

買い置きの酒の瓶《かめ》が割れて晩酌が楽しめなくなっており、ただでさえ若菜《わかな》の機嫌はよくない。また味噌汁をすすろうとした虎之助の額に、ぺしゃりと掌が飛んできた。

「これも血かねえ……」

若菜が吐息をつくと、真木は嘆きをこぼしながらも、どこか嬉しそうに笑い飛ばした。

「本当だよ。そんなところまで父上に似なくていいのに」

いつもなら最も手厳しい嫌味を言ってきそうな初音《はつね》は、一人で黙《だんま》りを決め込んでいた。初音も子ができず、そのうえ夫の女遊びに手を焼き、実家へ戻ってきた口だった。胸の内で千香という女に自分を重ね合わせていたのかもしれない。

そんな初音の思いを感じ取っているから、真木も若菜もわざと虎之助を責めているのだった。初音の過去を思えば、正直に事件の顚末《てんまつ》を語る阿呆《あほう》がどこにいるか、と。

確かにそのとおりで、自分は本当に気の利かない弟だった。はじめての手柄らしい手柄に思えて、つい自慢まじりに語っていたのだから恥ずかしい。ますます猫背になっていく。

部屋の隅では、足の骨を折ったおすえが、身内を見守る祖母のような目つきで、一人静かに微笑んでいる。

「でもさ、虎や——」

黙りこくっていた初音が、ふいに口を開いた。虎之助はむせ返り、姉のやけに深刻そうな目を見つめ返した。

「行李に赤ん坊を入れてどこかへ捨てちまおうだなんて、どこかで聞いたような話じゃないか」

「そうそう。そうなんですよ、姉上」

虎之助は猫背を伸ばして胸をたたき、のどに詰まりかけた米粒を慌てて呑んだ。

「——おかげで、例の籐籠に入っていた男の身元をたぐる手がかりがつかめたんです」

「あれま、瓢簞《ひょうたん》から駒《こま》かい」

真木が卓袱台《ちゃぶだい》をたたいて身を乗り出した。

「はい……。実は、鶴屋がどこからその行李を買ったのか、職人の名を聞き出したんです。職人同士、目印に見覚えがあるのでは、と思いましてね。そしたら、知り合いの職人が作ったものだと請け合ったんです。それなりに評判のある籠職人とかで、話を聞くために松五郎を浅草《あさくさ》まで走らせてるところです。おっつけ、知らせが入るでしょう」

「おまえ、どうして一緒に行かなかったんだい」

初音が睨むように言い、真木も眼差しを突きつけてきた。若菜が天を仰いでから言った。

「嘆かわしいねえ。父上なら、こんなふうにのんびりとしていないで、自ら飛んでいったにちがいないのに……」

うはっ、藪蛇《やぶへび》だ。

虎之助は仕方なく箸《はし》を置き、猫背のまま席を立った。どうやら家でゆっくり疲れを癒《いや》している暇などないようだった。

「おい、新八、出かけるぞ」

「へい、旦那」

まるで待っていたかのように返事がある。隣の部屋で聞き耳を立てていたのだ。我が家には油断ならない者ばかりが集まっている。

虎之助は神棚の前に置いた十手をつかみ上げた。それから、母と二人の姉に追われるようにして、八丁堀の組屋敷から飛び出した。

第三章　風聞始末

一

「何しに来たんだ」

遅れてすまないと心中で詫《わ》びながら足を運んだ与一郎《よいちろう》の顔を見るなり、勘兵衛《かんべえ》が投げつけるように言った。

先日の大地震で、江戸の町は煮立った荒鍋《なべ》を逆さにしたような騒ぎの中にある。いくら離れて暮らそうとも、妻と子の無事をあらためて確かめに来るのは当然だった。それを、何しに来た、とはご挨拶《あいさつ》も甚《はなは》だしい。

勘兵衛に好かれていないのは承知していた。けれど、ここまでうとまれていたのか……。与一郎はひそかに拳《こぶし》を握って込み上げる怒りを堪《こら》え、ここはひとまず頭を下げた。

「遅くなって本当にすみませんでした。仙太郎《せんたろう》と志津《しづ》は無事と聞いてますが――」

「今さら来て何を言うかと思えば……。あきれるよ、まったく」

勘兵衛の手には、仕事で使う小ぶりの鉈《なた》が握られていた。

仕事場を兼ねた住まいは、そもそも板葺《いたぶ》きなので屋根の重みもさほどはなく、目立った傷みはないようだった。勘兵衛はそこそこ名の通った簪《かんざし》職人で、今も三人の内弟子を引き受けている。江戸の町をひっくり返すほどの地震のあとも、普段どおりに仕事をつづけているのだから、その頑固一徹さにも太い筋が通っていよう。が、簪を求める者は江戸のほかにもいたし、多くの町屋が焼けて市中に出廻《まわ》る数も減ったはずで、頑固さの裏に商売人としての胸算用があってもおかしくはなかったろう。

「すぐに飛んできたいと思ってましたよ。けど、裏の長屋が潰《つぶ》れて、その人助けに手を貸せと請われまして……。遠くの親類より近くの他人と言うじゃありませんか。二日かかって近所の男が総出で長屋をかき分け、六人の命を助け出したんです。で、やむなく、知り合いに頼んで、志津と仙太郎の無事を確かめさせたわけなんで」

立て板に水の滑らかさで方便が口をついて出た。慣れたものでも、すべてが嘘《うそ》とは言えなかった。与一郎の住む松島町《まつしまちょう》でも潰れた長屋があったのだ。直ちにその場へ飛んでいって、近所の者から子細を聞き出し、涙を誘う読み物にまとめ上げた。瓦礫《がれき》の中から救い出された六人の名なら、そらで口にすることもできた。

「へえ、そいつは知らなかったな……」

信じてもらえたわけではなかった。勘兵衛の頬《ほお》には皮肉を宿した笑みがあった。

「この地震で嘆き苦しむ者を探し歩いてたってわけだ。どうりですぐ来られなかったはずだ」

あっさり見抜かれていた。あれほどの地震と火事にもかかわらず、自らの足で駆けつけてこなかったわけを、親娘《おやこ》で思案し、嘆き合っていたにちがいない。

「おまえの考えることなど、お見通しだよ」

勘兵衛の背丈は、与一郎の肩ほどしかない。だが、頭の先から見下ろされている、と思えた。

「親父さん、あんまりな言いようじゃないですか……」

「自分で気づいてねえとは、呑気《のんき》な男だな。おまえはこの半年がた、ずっと野良犬がいの目になってらあ。人の不幸をくんくん嗅《か》ぎ廻る犬にしか、おれには見えやしねえよ」

そんな男に、大事な娘と孫を任せるわけにいくものか。戸口の前に立つ勘兵衛の小さな躰《からだ》が、ひと廻りもふた廻りも大きく見えはじめていた。

「おれが普段どおりに仕事をしてるし、家に傷みもなさそうだと見て取るや、おまえはすぐ周りの家の壊れ様を見てたろうが。もちろん、ここまで来る間も、鵜《う》の目鷹《たか》の目で人の不幸を探してたんだろうよ。妻と子の無事を確かめるより先に、だ。ちがうとは言わせねえぞ」

簪の仕上がり具合をじっくりと見れば、その職人が何を考えているか、おおよそつかめるもんだ。いつだったか勘兵衛が言っていた。まるで、できそこないの簪を見るような目が与一郎を見据えていた。

「どうしておれを信じてくれないんです」

「一度は信じたから、志津を嫁に出したんだ。それがこのざまだよ」

「裏の長屋が潰れたのは本当なんです。おれも少しは手を貸しました。けど、その話を読み物にまとめたなら、志津の薬代が手に入る。そう言われたら、話を断れますか」

「昔のおまえなら、何があってもまず駆けつけたろうよ」

またも見下しの目を突きつけられた。学問に打ち込んでいた若いころの自分にまで見下ろされたような気がした。それを認めたくなくて、言葉があふれ出した。

「あんたに偉そうなことが言えるのかよ」

傷をえぐるほかに勘兵衛を黙らせる術《すべ》が思いつかず、後先を考えず口にしていた。昔の自分なら、決して軽はずみに人を罵《ののし》ったりはしなかった。また昔の自分が目の前に立ち現れた気がして、与一郎は怒りに任せてつづけざまに言った。

「あんただって、自分の女房を見殺しにしただろうが。どこかのお大名への献上品だろうと、たかが簪ひとつじゃねえか。熱を出して唸《うな》ってる女房を置いてけぼりにするなんてのは――」

最後までは言えなかった。胸の傷をえぐられて、勘兵衛が懸命に歯を食いしばるその顔を見ていられなかったのではない。

「父ちゃん……」

勘兵衛が立ちふさがる戸口の奥から、仙太郎が走り出てきたからだった。

もうやめてくれよ、父ちゃん。じいちゃんをいじめるなよ。

たった五つの子が上げた悲鳴のような声に諭されて、与一郎は茫然《ぼうぜん》と立ちつくした。

与一郎は下谷山崎町《したややまざきちょう》の裏長屋で育った。新寺町《しんてらまち》に近く、辺りは徳川家の祈願所として名高い幡随院《ばんずいいん》をはじめ、大小の寺院が寄り集まる地だった。

父は自ら書家と称していたが、その実、近くの寺や商家から書き付け仕事をもらう、しがない代書人にすぎなかった。卒塔婆《そとば》の梵字《ぼんじ》は僧侶が記すにしても、檀家《だんか》のために経を写したり、系図の巻物をこしらえたりと、寺には文字を書く仕事が多い。商店には看板や効能書きがつきものだし、中には扇子や色紙に名文らしきものをしたためて売りさばくという怪しい商売もあった。

写本の仕事も時には舞い込み、与一郎が幼いころから家には書物が山と積まれていた。誰に習ったわけでもなく、自《おの》ずと書に親しみ、いつしか「四書」や「五経」を読みこなせるようになった。近くの寺院が檀家を増やすためにと競って手習い所を開いていたが、そこに通う誰よりも書に通ずる子だった。町には与一郎を神童と呼ぶ者までいた。大人におだてられ、学ぶ喜びを覚えていった。

父の仕事を手伝いながらも、いつしか学問で身を立てたい、と夢を抱くようになった。それが身のほど知らずの思い上がりで、已が井の中の蛙《かわず》にすぎなかったことを、与一郎は両親を説き伏せて御徒町《おかちまち》の私塾に入ってから思い知らされた。

早朝から蘭語の訳に取り組み、昼間は手習い所で子どもに読み書きを教え、夜は回読と討論をくり返す。江戸はおろか、広く関八州《かんはっしゅう》から学問を志す若人《わこうど》が集まり、寝る間を惜しんで修学する日々だった。

よく一年半もつづいた、と思う。背伸びを重ねて学問に打ち込んだが、爪先《つまさき》立ちに疲れ果てて躰を壊した。本当は、やめる言い訳を探すため、冬場にあえて薄着ですごし、大熱を出したのだった。

とんだ見込みちがいだったと町の人にささやかれるのが辛く、両親のもとには帰れなかった。師範の一人に助けてもらい、橘町《たちばなちょう》に手習い所を開いた。御徒町の名門私塾で教える師範の名もあり、最初は多くの子が集まった。

そのころである。横山町《よこやまちょう》の呉服商に住み込みで奉公に来ていた志津と出会った。勘兵衛のもとへ挨拶に出向いた際のことは、今も鮮やかに思い出せる。しがない簪職人の娘が、名のある学問所の先生の嫁として務まるわけはない、と勘兵衛はかしこまって首を横に振った。わたしもしがない代書人の小倅《こせがれ》にすぎません。そう説得を重ねて、ようやく夫婦になる許しを得られたのだった。

仙太郎が生まれて間もなく、力を貸してくれていた古参の師範が病で急逝した。それが転落のはじまりだった。

「――父ちゃん、安心してよ。地震の時も、おいら、泣かなかったよ」

仙太郎に呼びかけられて、与一郎は大川のくすんだ色味の流れから目を戻した。五歳の息子が父を気遣うため、笑いたくもないのに硬い微笑《ほほえ》みを作っていた。

「このところ、ずっと母ちゃんの具合もいいんだ。じいちゃんのほうは、ちょっと目が衰えてきたって、こぼしてる」

「そうか。ほら、大福をお食べ」

与一郎も下手な作り笑いを浮かべて、手土産にもらってきた豆大福を差し出した。地震のあと、施行《せぎょう》の代わりにと、浅草御門前の菓子屋が振る舞ったものの残りだった。

仙太郎は、薄皮が罅《ひび》割れた大福を見て、掛け値なしの笑顔になった。今はこんなものしか息子に与えてやれない。だが、金の当てなら、ようやくできていた。

「もう薬なら心配ないぞ。父ちゃんがたんと稼いで買ってきてやる。そうなりゃ、また三人で暮らせるからな」

干からびた大福でほころんだはずの笑顔が、陽射《ひざ》しに当てられた朝顔のように、しぼんでいった。

「でも、おいらたちが出てったら、じいちゃんが悲しむよ。じいちゃん、本当に目が悪いみたいなんだ……」

父親と一緒に暮らせることを喜ばず、祖父の身をまず案じるとは、仙太郎の心根が優しすぎるのだ。そう思いはしたが、祖父と母親から絶えず父親の悪口を聞かされつづけていたのではなかったか、と疑いたくなった。

確かに、志津には苦労をかけた。けれど、自分一人のせいなのか……。与一郎の腹の底には、すくいきれない不平の泥が淀《よど》んでいた。

古参師範の高名で集まっていた商家の子らは、青二才の先生しかいなくなったことを嘆き、落ち葉が散るように一人、二人と去っていった。手習い所の家賃を払えなくなり、借金を重ねた。その噂《うわさ》が広まるのを恐れた。金策に追われる先生のもとへ子を通わせたいと思う親などいるわけがなかった。

——少しの辛抱なんだ。一緒に内職をしてくれないか。

恥を忍んで志津に頭を下げた。すると、話がちがう、と志津は言いだしたのだった。勘兵衛にも頭を下げに行ったが、親娘とはよく似たもので、中身のない張りぼて人形を見るような目を返された。与一郎という男に惚《ほ》れて妻となったのではなく、手習い所の先生という名士の妻に憧《あこが》れていたのだ、と知らされた。

手習い所はたたむほかなかった。それでも親子三人なら、どうにでも暮らせると思っていた。山崎町に戻って父を頼れば、代書の仕事はもらえる。

——代書人なんて、あなたの仕事じゃない。あなたなら自分で文字を書いていくことができるはずよ。

志津にそそのかされて、与一郎もその気になった。名のある私塾で学んだ身なのだ。文をつづることには自信がある。

つてを頼って読売や絵双紙の版元を紹介してもらい、戯作《げさく》の道を目指した。だが、もらえる仕事は市中の騒動を面白おかしく書くことだった。

「与一郎さんよ、あんたの文は硬いんだよ。学問やってるわけじゃねえんだから、もっとおかしく、笑っちまうように書けねえもんかね」

「あんたも少しは遊んでみなよ。もう手習い所の師範じゃねえんだからさ」

版元の主人に言われるがまま、深川七場所にも通ってみた。根が正直すぎた。せっかく稼いだ金は右から左へ消えた。いつか倍になって返ってくるはず、と信じていた。

与一郎が無理して酒と女を嗜《たしな》んでいたころ、志津が胸を患った。見栄っ張りの志津は、身を飾るものに金をかけても、食い物は質素で通し、それがすぎたあげくのことだった。

「てめえは酒を浴びるように飲んでいながら、妻と子はこの有様だよ。見てみろ、仙太郎のこの細い腕を。もう我慢ならねえ。二人はおれが面倒見る」

あの時も勘兵衛は、仕事で使う鉈を握って与一郎に啖呵《たんか》を切ったのだった。

あれからもう半年になる。

「安心しな、仙太郎。じいちゃんの目だって、父ちゃんが何とかしてやる。本当だぞ」

ようやく仕事がうまく廻《まわ》りだしていた。版元の一人が、面白おかしく書けない与一郎の生真面目さに目をつけてくれたのだった。

「いいんだよ、大真面目に書いてくれりゃあ。人の不幸は蜜の味って言うからな」

阿漕《あこぎ》な商売を重ねた大商人が悲惨な死に方をした。その妻と妾《めかけ》が、残された財産を争って大立ち廻りを演じたらしい。大川に上がった心中死体は顔がふくれあがって見られたものではない。その身内同士が醜い罵り合いを役人の前で演じて、番所に引き立てられた。我《わ》が儘《まま》でならした吉原《よしわら》の花魁《おいらん》がついに瘡毒《そうどく》で店から姿を消した。

聞いただけで気が滅入《めい》る話を集めては、大袈裟《おおげさ》に書きつづっていく。与一郎はかつて学んだ故事を引き合いに出し、巧みに因縁話としてまとめ上げた。これが、受けたのである。

学がなければ書けるものではなく、代わりの書き手は見当たらなかった。次々と仕事が舞い込んだ。そこへ、この地震である。

揺れ戻しがつづく中、二人の版元がすっ飛んできた。無残に死んだ人々の話を集めて、すぐ読み物にして売りたい、と。

与一郎としては、妻と子の住む三間町《さんげんちょう》に急ぎたかった。が、版元二人に腕を引かれ、変わり果てた江戸市中を引き廻された。あんたの妻子の無事は必ず確かめてやるから、お願いだよ。そう言われて、文机《ふづくえ》に向かわされた。どうにか二十枚もの読み物をまとめ、ようやく仙太郎の顔を見に来ることができたのだった。

――野良犬の目をしてやがる。

あの口ぶりからして勘兵衛は、与一郎の書いた読売をどこかで見たのだろう。この仕事をはじめてから、ずっと同じ号で通してきた。つまりは、勘兵衛でさえ名を知るほど、与一郎の仕事は市中に広まりはじめているのだった。

「本当にじいちゃんも一緒に住めるの」

「ああ。大丈夫だ。父ちゃんを信じろ」

地震のおかげで当分は仕事に困りはしない。まとまった金が入ったなら、勘兵衛と志津の顔にたたきつけてやる。志津なら尻尾《しっぽ》を振って戻ってくる。そうなれば、頑固な勘兵衛だろうと考えをあらためる。

「あとしばらくの辛抱だぞ」

明日にはまた読売が出廻り、評判を取るにちがいなかった。金をもらうのはその二日後という約束だった。その前に、次の仕事も仕上げねばならない。

「必ず迎えに来る。楽しみに待ってろよな」

息子の小さな手を握って笑いかけた。

本当に信じていいんだろうか。まだ迷いを漂わせたような頼りない頷《うなず》きがひとつ返された。

二

「ほら、見たことかい。だから人任せにしないで、おまえも行きなさいって言ったんだよ」

虎之助《とらのすけ》の知らせを聞くなり、真木は鼻高々に言い、すっかり冷えた飯茶碗《ちゃわん》を差し出してきた。

昨夜は浅草《あさくさ》から神田多町《かんだたちょう》を駆け巡ったすえ、木戸も閉まった九ツ（深夜零時）すぎに八丁堀へ戻り、足を洗うのももどかしく、そのまま倒れ込むように布団の中へもぐり込んだ。よほど昨夜の首尾を聞きたかったらしく、真木はまだ薄暗いうちから虎之助をたたき起こすや、卓袱台《ちゃぶだい》の前につかせたのだった。

味噌汁《みそしる》に漬け物という朝餉《あさげ》の支度が形ばかりに調っていたが、おすえは足の骨を折っていたし、二人の姉はまだ寝ており、母が一人で用意したと見える。こんな侘《わび》しい朝餉を餌に話を聞き出そうというのだから、虎之助も安く見つもられたものである。

「そりゃ、そうだわよね。夜中に役人が訪ねてくれば、よほどの一大事だって誰もが仰天するでしょうから。お父上も、先に松五郎《まつごろう》を走らせておいて、あとからよく駆けつけたもんだったわねぇ」

浅草材木町《ざいもくちょう》に住む籠《かご》職人は、辺りに名を知られた偏屈者だった。今日は店を閉めたの一点張りで、奉行所の名を出して戸をたたいた松五郎を追い返した。深川界隈《かいわい》で咬《か》みつき犬と恐れられたその名も、浅草までは届いていなかったのである。ところが、そこに町方役人の虎之助までが駆けつけたと知るや、掌《たなごころ》を返すような愛想笑いで戸を開け、仕事場へ招き入れたのだった。

あとになって松五郎は、悔しまぎれにこぼしたものだ。――あの野郎、見せかけの偏屈で、ただの商売人じゃねえかよ、と。

その品定めに頷けるところもあったが、評判は確からしく、職人は自分がこしらえた籠の卸《おろし》先をすべて帳面にきちんと書き留めていた。期日を記しておけば、籠がいつまで保《も》つか見当がつき、手直しのころ合いが読めるのだという。

帳面には籠の寸法までが事細かに書かれ、橋のたもとで見つかった籐《とう》籠の卸先はさして苦もなく目星がついた。大きさから見て、神田多町の結城屋《ゆうきや》が浮かんだ。

結城屋は、小さいながらも老舗《しにせ》の呉服商を得意先に持つ織物問屋だった。見本の布地や反物は行李《こうり》に入れており、それを重ねて運ぶための籠を十個、まとめて注文していたのである。

直ちに神田多町へ走ると、結城屋は漆喰《しっくい》塗りの壁に大きな裂け目を走らせ、辛うじて建っているような有様だった。声をかけると、店の奥から次々と張り番らしき六人の男が姿を現した。すべて厳《いか》つい若者で、店や土蔵に置いた品を守るために雇われた男たちだった。

二軒隣の荒物屋で土蔵が襲われたため、結城屋のおかみが恐ろしくてならないと、知り合いの道場主に相談したのだという。地震の前にもこの近くで両替商が押し込みに遭い、有り金すべてを奪われるという大事もあったらしい。とても手代のみで店を守れそうになく、しばらくは物入りだが仕方ない、と奥に建つ屋敷から駆けつけた主人が苦い顔で話してくれた。

あつらえた籐籠のうち、七つは店で見つかった。

残るうちのふたつは、仕入れに出た使用人が担いでいき、まだ江戸に戻ってきていなかった。残るひとつは、手代の一人が地震のあったその日、本所番場町《ばんばちょう》の呉服屋へ品を届けたきり、今も姿を見せずにいるとのことだった。

名前は、益蔵《ますぞう》。齢《よわい》三十四。

名主を通じて番所に届け出たが、地震の騒ぎもあって、行方はまだつかめていなかった。

そこで早速、松五郎が死体の人相書きを見せると、主人が大きくのどを鳴らして頷いた。聞くと、益蔵の住まいは南森下町《みなみもりしたちょう》で、籠が見つかった橋の近くだった。ただし、南森下町一帯は、地震のあとの火事で焼け野となっていた。益蔵の妻のおゆうが今どこで何をしているのか。差配人を探すことからはじめねばならなかった。

「決まりだね、虎や。反物を届けに行く途中、その橋の近くで何者かに襲われて、荷を奪われた。あげく籠に入れられて、橋のたもとに捨て置かれた……」

真木がもっともらしい顔であごを引き、どうだとばかりに虎之助を見た。

「それが、ちがうんですよ、母上。もう反物は番場町の呉服屋に届いていました。つまり、益蔵が行方を絶ったのは、荷を届け終えたあとのことなんです」

「どっちにしろ、同じじゃないかい。籠の中が空っぽだったと知って、下手人は怒り狂って益蔵を殺し、籠の中に押し込んだ。そういうことだろ」

どっちも同じとは思えなかったが、虎之助は黙って箸《はし》を動かした。ひと言でも口答えしようものなら、倍になって返ってくる。

益蔵が背負っていた籠に、結城屋の印は入っていなかった。いくら籠を担ぐ者を見つけたにせよ、金になる物が入っているとは限らないのである。とすれば、益蔵が結城屋の手代だと知る者の仕業であったか……。

二人の姉が起き出した気配があり、虎之助は味噌汁をぶっかけて飯をかっ込んだ。一人でも喧《やかま》しいのに、三人そろって勝手なことを言われたのでは、たまらない。

いつもなら髪結いが通ってくるのを待つのだが、身形《みなり》のみを整えると、新八《しんぱち》に声をかけて逃げるように家を出た。地震のあとは、まだ一度しか髷《まげ》を整えてもらっていない。髪結いのほかにも、奉行所の与力と同心には、朝湯にただで入れるという役得もあった。髪結い床や湯屋には町方の噂が集まり、市中を探る手がかりとなるからだった。

行きつけの湯屋は、地震のあと、まだ店を開けていない。わざわざ遠くの湯屋へ足を伸ばす暇があるなら、日本橋数寄屋町へ向かいたかった。が、そう毎日遠廻りをしていたのでは、いくら寝ぼけ眼《まなこ》の新八でも、何かあると勘づくだろう。油断はできない。母と姉に知られたら、大騒ぎとなる。

少し早いが、いつものように万年橋に近い大番屋へ足を向けた。

「旦那《だんな》。例の益蔵の妻ですが……」

道すがら、新八が小声で話しかけてきた。大川端には、まだ畳を並べて暮らす者らの姿があった。

「――家が焼けたとなれば、親戚《しんせき》や知り合いを頼ったか、お救い小屋にいるんでしょうかね」

「まあ、普通はそうだろうな」

「でも、おゆうはいっこうに、益蔵の勤める結城屋を訪ねてきてはいませんよね……」

益蔵はすでに変わり果てた姿で見つかっている。おゆうが地震のあとも生き延びていたなら、たとえ親戚や知人を頼っていようと、夫の安否を確かめるため、結城屋を訪ねそうなものである。地震のあとの火事に巻き込まれて、おゆうも帰らぬ人となっているのか。それとも、怪我《けが》をして動けずにいるか……。

松五郎に指図しておいたので、今朝方から手下がお救い小屋を廻っているはずだった。見つからなければ、益蔵の住まいがあった焼け跡を掘り返すことになるだろう。

まずは大番屋へ寄り、当番方の中間《ちゆうげん》から夜中に騒ぎがなかったかを尋ねた。

自身番の多くが潰れたままになっており、物騒な連中があちこちに出没していた。名主に触れを出して、町方でも見廻りをさせていたが、身内や家を失ったために自暴自棄となる者もおり、そこかしこで喧嘩《けんか》騒ぎが引きも切らない。町が落ち着きを取り戻すまでには、しばらく時がかかるだろう。

海辺新町のお救い小屋へ向かいかけると、一人の小者が大番屋に駆け込んできた。定町廻りを勤める蜂矢小十郎《はちやこじゆうろう》から十手をあずけられている御用聞きの手下だった。

「やはりここでございましたか、大田《おおた》様。うちの旦那が奉行所に呼ばれました。大田様にもお話があるとのことで、八丁堀《はつちようぼり》のお屋敷までお越し願いたいとのことにございます」

上役に呼び出されれば、何を置いても駆けつけねばならない。松五郎らの首尾を確かめておきたかったが、そちらは新八に任せて、一人で八丁堀へ引き返した。

すると、地蔵橋《じぞうばし》の前で、ちょうど奉行所から戻る蜂矢小十郎とばったり出くわした。虎之助と同じで蜂矢も月代《さかやき》を剃《そ》ってはおらず、急の呼び出しに取るものもとりあえず屋敷を飛び出したのだとわかる。

「おう、大虎よ。おぬしはこいつを見たかい」

肩で息をしたまま、蜂矢は手荒に懐から一枚の紙片を取り出し、虎之助の鼻先に広げてみせた。

黒一色で刷り込まれた絵図――一枚刷りの読売だった。地震の翌日から、すでにいくつもの刷り物が市中で売りに出されていたが、忙しく走り廻る日々で、手にしたことはなかった。

「読んでみな。魂消《たまげ》て――腰を抜かすぞ」

蜂矢が声を低めて言い、悩ましげな顔で歩きだした。八丁堀のど真ん中なので、辺りにはそろそろ奉行所に出ようと支度にかかる小者や中間が行き交っていた。

慌てて蜂矢のあとにつきながら、読売の紙面に目を走らせた。

真っ黒な大鯰《なまず》がお堀らしき水面から、ぬっと躰を突き出している絵がまず目に飛び込んでくる。その下に書かれた文字を追い、虎之助は息を呑《の》んだ。

海防のために仏法《ぶっぽう》を犯そうという幕府に、天がその非を諭した――そう書かれていたのである。

地震による江戸市中の痛手は大きく、親戚《しんせき》や知り合いが無事であったか、近在の者は心を痛めていた。その手がかりをつかもうと、地震と火事の方角を記す読売を求める者があとを絶たないと聞く。ところがこの読売は、地震の惨状や方角を記すものとはかけ離れていた。

二年前の六月、米国の黒船が浦賀《うらが》沖に現れた。去年の正月には、ついに江戸湾《えどわん》まで船を進め、開国を求めてきた。その動きに備えるべく、幕府は海の守りに力をそそぎ、品《しな》川《がわ》沖に五つの台場を築いて大砲を備えつけた。その数——九十九門。

相模《さがみ》から江戸にいたる海沿いにも、さらに大砲を備えるため、多量の鉄が必用とされた。そこで幕府は、寺院につきものの鉄の塊——鐘《かね》——に目をつけたのだった。

幕府の海防参与は、水戸《みと》の徳川斉昭《とくがわなりあき》が務めている。

今から三十年も前に、英国の捕鯨《ほげい》船が水戸藩の常陸大津浜《ひたちおおつはま》に上陸する騒ぎがあった。それを機に、斉昭は攘夷《じょうい》を訴え、海防に重きを置くようになった。海辺に次々と砲台を築き、大砲を据えていったのである。その際、藩内の寺院から多くの鐘を召し上げ、大砲に改鋳《かいちゅう》し直すとの無理を押し通していた。

つまり——幕府はその水戸藩の策を、そっくり採用したのである。

水戸藩でも起きたことが、今は関東一円へと広がり、僧門は一斉に不平を鳴らした。それでも幕府は国の大事であると突っぱね、鐘の召し上げがはじまっていた。

この読売は、幕府の策に真っ向から異論を放ち、地震に見舞われたのもお上のせい、と難癖をつけているのだった。

さらに読み進めて、虎之助は唸った。幕府からの拝借金六万両が、老中ら譜代の名だたる藩のみに授けられることが決まった――これぞ壟断《ろうだん》の極み――とも書かれていた。公然と幕府に楯突《たてつ》く、前代未聞の読売だった。

すべてに目を通したが、むろん、どこにも署名はない。ここでも幕府の禁を破っていた。

蜂矢は屋敷の木戸門を抜けると、虎之助を振り返ってまた声をひそめた。

「とんでもないことになったわい。その読売を見るなり、池田《いけだ》様は卒倒しかけたそうだ」

幕府を厳しく弾ずる読売が町方に出廻った事実を、いくら地震のあとで人手が足りなかろうと、奉行所が見逃していたとなれば威信にかかわる。

「では、この読売を作った者を調べ出せと……」

「ああ。隠密廻りのみでは人手が足りぬ」

南と北それぞれの奉行所に二人ずつしか隠密廻りはいなかった。以前にも、幕府をからかう読売が出廻った折、定町廻りと臨時廻りからも加勢が送られた。版木《はんぎ》を押さえる際には、捕物並みの人手で乗り込んだと聞く。

しかし――と虎之助は首をひねった。しかし、自分のような臨時の臨時にすぎない新米が、隠密廻りの加勢に請われるものであろうか。

「いいか、大虎。おれは当分、こっちの調べにかかりきりだ。本所深川の見廻りはできそうにもない。あとは頼んだからな」

洗濯物を取り込んでおけ、と言うかのような気安さだった。虎之助は慌てて一歩を踏み出した。

「お待ちください、蜂矢様。わたし一人で見廻れと言われるのですか」

「仕方ないだろ。今はどこも人手が足りてないんだ。それにおぬしにゃ、咬みつき犬っていう頼りになる親分もついてるだろ。あいつに任せておきゃ、何とかなるさ」

図体《ずうたい》を見込まれて臨時の市中廻りを申しつけられ、今度は出入りの岡っ引きを頼りとされての言いつけだった。母や姉に知られたら、また嘆かれるだろう。が、松五郎の手並みは、虎之助としても認めるしかなかった。

「おまえも、まあ、親父殿の名を汚さぬように、踏ん張れよな」

またも軽々しく声をかけると、蜂矢小十郎は身をひるがえし、さっさと屋敷の中へと消えていった。

三

「いやあ、確かによく書けた読売だぜ、こりゃ」

海辺新町のお救い小屋の前で虎之助を待っていた松五郎は、手下にまで読売を示して笑みを噛《か》み殺した。

「町方はこうして自分らで積み立てた金を使って、どうにかお救い小屋や炊き出しの世話にありつけてる。けど、幕府の偉いさんらは、黙っていても金が天から降ってくるわけだ。羨《うらや》ましいねえ、お侍ってのは」

「親分、声が大きすぎますって」

新八が周りの耳を気にしてささやいた。炊き出し鍋の前には、お救い小屋を頼ってきた町衆の長い列ができている。

今朝早く、松五郎と手下がこのお救い小屋を歩いたが、益蔵の妻は見つかっていない。今は差配人を探しにかかっているところだった。

「いいじゃねえかい。ここにゃ健気《けなげ》な町人しかいやしねえんだ」

「何言ってんですか。川向こうにはお大名方の下屋敷が並んでるし、御徒組《おかちぐみ》の組屋敷だってあるんですぜ……」

「気の小せえことを言うなって。おれらの声が川向こうまで聞こえるもんかい」

松五郎は気にしたふうもなかったが、まだ新八は辺りをうかがう目で、焼け出された者らが行き交うお救い小屋の前を見廻していた。

「あれ……」

ふいに新八が首を伸ばして頓狂《とんきょう》な声に変えた。

「いましたよ、親分。こんなところにもお侍様が……」

言われて虎之助も驚き、振り返った。板で囲い、屋根を渡したにすぎない小屋が建て込む中、羽織袴に刀を差した侍が一人、人探しでもしているのか、辺りを見廻しながら歩く姿が目についた。

「旦那、あのお方はもしや――」

小柄でありながら肩幅が広く、胸に厚みのある立ち姿に見覚えがあった。虎之助は炊き出し場の前を離れて、お救い小屋へと駆けだした。

「おう、加藤《かとう》殿ではないか」

四角張った背に呼びかけると、男が足を止めて振り向いた。

はす向かいの組屋敷に住む加藤六郎衛門《ろくろうえもん》が、驚き顔で虎之助を見つめた。目を幾度もまたたかせてから、ようやく右手を軽く上げた。

「そうか……。そなたは臨時の市中廻りを命ぜられたのであったな」

「ああ、図体を見込まれてのお役目だよ」

卑下して言うと、六郎衛門が大真面目《まじめ》に見つめ返してきた。

「そんな言い方をする者があるか。貴殿のお父上の名は、この界隈に知れ渡っていたであろうが」

「そのとおり。皆に父上の名を汚すなと言われて、肩身が狭い」

虎之助はまた照れ隠しに自分を笑ってみせた。歳《とし》若くして取り立てられたからといって、誇らしげな顔をするわけにはいかない。

「こんな朝からどうした。人探しか」

「ああ……。実は、知り合いに頼まれてな」

六郎衛門が、それとなく目をそらして横を向いた。言いにくそうにしたところを見ると、町方役人の身分を頼られ、人探しに手を貸したのだろう。

奉行所に勤めていれば、町方から頼み事が寄せられる。中には恥じる素振りもなく、役得にありつこうと血眼になる役人もいた。まだ若い六郎衛門には、身分を利することへの疚《やま》しさがあって当然だった。しかも同輩であり、臨時とはいえ出世を手にした虎之助にその場を見られ、余計に羞恥《しゅうち》の念を覚えたとしてもおかしくはなかった。

虎之助は大急ぎで殊勝な面輪《おもわ》をこしらえた。

「よし、名主に話をしてみよう。力を貸してくれるはずだ」

「いや、いい。もうあらかたここは見て廻った。ほかを当たろうと思っていたところだ」

返事の中に素っ気ない響きを聞き取り、虎之助はそっと唇を噛んだ。同輩から情けをかけられた、と思わせてしまったらしい。

本当に自分は若く、青い。よかれと思いながらも、六郎衛門の心根に波を立てていた。

立ち去ろうと背を向けた六郎衛門が、思い直しでもしたように虎之助を振り向いた。

「そなたの厚意は有り難く思う。だが本当にここでは見つからなかった。それだけだ。

——だから、そういう顔はするな」

仲間を前に心苦しく感じたことも悟られていた。しかも六郎衛門は、虎之助の顔から多くを読み、気にするな、と笑いかけてきたのだった。

まだまだ自分は人としての修行が足りない。

「じゃあ、お勤めに精を出せよな」

六郎衛門は四角い顔の角を消すようにしてまた笑みを作り、粗末な板塀で囲われたお救い小屋の前から離れていった。


「旦那、どうもわんさか出廻ってますぜ」

猫背になって炊き出し場の前へ戻ると、松五郎がまたも一枚の紙片を差し出してきた。

見ると、蜂矢小十郎から渡されたのと同じ読売だった。

「お救い小屋にわざわざ置いてった者がいるらしく、かなり噂に……。当番の名主らも、こいつを見たと言ってまさぁ」

「置いていった者が……」

「ええ。売り物にしたんじゃ危うい、と考えたのかもしれやせんね」

幕府を弾ずる読売を刷ったものの、これで商売をしたのではかなり厳しいお咎《とが》めを受けかねない。そう考え直して、ただで市中に配ると決めたか……。もとより憂さ晴らしのような意が込められていたとも考えられる。

「で——それとは別に、こういうのも売られてたそうで、うちの若い衆が持ってきやした。まあ、見てくださいや」

もう一枚の刷り物を見せられた。

そこには、生まれて半年足らずの赤子が神隠しに遭ったにもかかわらず、翌日には腹を満たして帰ってきた顚末《てんまつ》が書かれていた。赤子の母親は地震から子を守ろうとして命を落とし、その身の上とは逆に、子を亡くした女が乳房の腫《は》れを引かせようと、目についた赤ん坊を連れていって乳をやったのではないか。二人の母の思いが赤ん坊を救った、と書いてあった。

ほかにもいくつかの美談が、その読売にはつづられていた。憎み合う嫁と姑《しゅうとめ》が手を取り合って崩れた家から逃げ出し、仲を取り戻した話。吝嗇《りんしょく》で知られた商人が地震で一人息子を亡くしたのを機に、土蔵に溜《た》め込んでいた米をすべて町衆に振る舞って名を上げた話……。

「こういう読売なら、安心して読めますぜ」

「けど、親分。どうせなら、大虎の旦那が赤ん坊を取り戻したって、大きく書いといてほしいもんですよね」

新八が少し贅沢《ぜいたく》な不満をこぼして、その場の者を見廻した。

「おれの名なんか、どうだっていい。でも確かにこれだと、赤ん坊が一人で戻ってきたように読めてしまうな。せめて奉行所が町方のために働いてることが書いてあれば、こっちも助かるんだが……」

「そうですよ。この話の裏に、実は隠された真実があったなんて、まず誰も思いやしませんからね」

さらに唇をとがらせた新八の言葉を聞き、どこか頭の中で引っかかるものがあった。

話の裏に隠された真実――。

「どうかしましたか、旦那」

松五郎が目敏《めざと》く気づき、見つめてきた。

虎之助は、胸にむくりと浮かんだ黒雲を見据えて、二人に告げた。

「ちょっと出かけるぞ、新八。すまんが、松五郎、あとは頼む」


「ほう……。こんな読売が出廻っていたか」

先日に引きつづいて、またも突然押しかけた町方同心を、日置新左衛門《ひおきしんざえもん》は追い返しもせず、自ら庭先に足を運んでくれた。虎之助が差し出した読売に目を通すと、下屋敷をあずかる若い家老は、ひそめた眉《まゆ》に怪訝《けげん》を表すような風情で目を上げた。

「して――そなたはなぜこれを、わしに持ってきたのだ」

「はい。この読売を知り、先日、日置様からうかがった幕府の内実を思い出したからにございます」

地震の翌日のことだった。世直しを叫んで打毀《うちこわ》しに走った町衆の一部が、海辺に建つ忍《おし》藩の米蔵を襲った。虎之助が事前に用心を説いて廻ったため、狼藉者《ろうぜきもの》は藩の番方に捕縛されて事なきを得た。その連中を引き取るため、この下屋敷に出向いた虎之助に、日置は幕府の内実を嘆き、江戸市中を頼むと告げてきたのだった。

地震の前から幕府の中は、次の将軍を誰に据えるかで二分されていた。

次の将軍と目される人物は二人。一人が、水戸の斉昭の七男で、一橋家《ひとつばしけ》を継いだ慶《よし》喜《のぶ》。もう一人が、家定《いえさだ》のいとこに当たる紀州《きしゅう》藩主の徳川慶福《よしとみ》。

老中首座であった阿部正弘《あべまさひろ》が、地震のあとにその座から身を退《ひ》いたのも、実は将軍継嗣を巡る争いが幕府の中であったため、と日置から聞かされていた。

「そのお手元の読売には、水戸藩が寺院の鐘を召し上げたことも書かれております。穿《うが》った見方をするならば、水戸藩の策をそのまま幕府が取り入れたため、大地震という仏罰が下されるにいたった。つまり、諸悪の根源は水戸藩にこそある――そういう悪態にも読める、と考えた次第にございます」

「なるほど……。そもそも鐘の召し上げは、斉昭様が水戸藩でおこなっていたこと。しかも、その斉昭様は、幕府の海防参与を務められるばかりか、次の将軍との話もある一橋慶喜様の父上でもあられる、か……」

日置は独り語りのように呟《つぶや》いて空を睨《にら》み上げてから、また虎之助に目を戻した。

「では、水戸の斉昭様を貶《おとし》めようという作為が、この読売には秘められている……。そう申すのであるな」

次の将軍が誰になるかで、大名らの出世は大きく変わる。黒船が現れて開国を迫るという時でありながら、老中ら幕府の領袖《りょうしゅう》は、次の将軍を見越しての鍔迫《つばぜ》り合いをくり返しているのだった。

「ご無礼を承知でお尋ねいたします。なぜ日置様は、わたしのような者に幕府の内実を語ってくださったのでございましょうか」

虎之助は猫背をさらに縮めて、神妙に頭を下げた。

日置は薄曇りの空をまた見上げつつ、庭に造られた池の縁《へり》へゆっくりと歩いた。虎之助に背を向けるようにしてから、声を押し出した。

「笑ってくれ、大田殿……。あの時も言ったと思うが、我が藩の殿は溜間詰《たまりのまづ》めの大名であり、それがしら家臣も、小藩とはいえ譜代名門との誉れを胸に刻んでおる。ところが、我らに幕府の拝借金は下りてこぬ。そこには、深いわけが、実はある」

声音に苦しげな響きが漂った。

虎之助は頭を下げたまま、日置の言葉を待った。

「……我らは、井伊《いい》様に睨まれておる身よ」

井伊直弼《なおすけ》――。彦根《ひこね》藩主で、やはり溜間詰めの譜代大名だった。

その祖父と養父は、大老職まで上り詰めた名門中の名門と言える。そして、紀州藩の徳川慶福を次の将軍として推す一派の頭目とも言われる人物だった。

「井伊様の彦根藩は、我が藩とともに、相模の海防を任されておる。ただし、彦根藩は代々京の警固を担ってこられた。相模の海を守るのでは格下げも同じ、と憤っておられると聞く。どうも井伊様は、同じ溜間詰めであるから、彦根も我らと同じく海防の任に就くべき――そう、うちの殿が阿部様に申し入れたため、と信じておられるらしい」

忍藩に拝借金が下されなかったのは、井伊直弼に睨まれているから。日置のみでなく、忍藩すべての者が、そう考えているのだろう。

この地震の騒ぎの中であるのに、譜代名門ともあろう大名が、張り合う相手に邪魔立てを仕掛ける。日置はその浅ましさを嘆くあまり、町方役人である虎之助に、江戸の町を頼む、と告げずにはいられなかったのである。

「もとはといえば――うちの殿が若様の将軍初御目見えの一件を、常溜《じょうだまり》である井伊様に挨拶もせず、頭越しにお伺いを老中に立ててしまったのがはじまり……。面目の競い合いに、次の将軍までがからみ、身動きひとつ取れぬ有様よ」

ただ挨拶がなかったことを恨みに思う……。

侍とは面目を重んずる。が、それにしても井伊直弼という大名の執念深さには畏《おそ》れ入る。しかし、そうまでしないと、老中への出世は手にできないのだろう。

上には上の悩みがあるらしい。

「大田殿。確かにこの読売には、水戸藩の策――つまり海防参与の座にあられる斉昭様を貶める意が隠されているようにも思えてくる。これを追うのは、奉行所といえども、危ういかもしれぬぞ」

先を案ずる目をそそがれて、虎之助は背筋が伸びた。

確かに、老中の座を巡る争い事が裏に横たわっているとなれば、火中の栗を拾うより危うい仕事になろう。蜂矢小十郎にも話を伝えておくべきだった。

日置が読売をたたんで懐にしまった。

「町方役人というのも難儀な勤めであるな」

「いいえ……」

「先にも言ったが、市中のために、心して働いてくれ」

「有り難きお言葉にございます」

日置が立ち去るのを見届けてから、虎之助は忍藩の下屋敷を離れた。番方の者に見送られて門を出ると、新八のほかに大番屋の中間までが控えていた。

虎之助を見るや、二人して駆け寄ってきた。息せき切った中間が膝《ひざ》を折り、声を落として告げた。

「大田様。籠に入った男の妻が、名乗り出てきたとのことにございます」

四

すでに地震から四日がすぎ、益蔵の遺体をあずけた長桂寺《ちようけいじ》の仏堂には、うっすらと腐臭が立ち込めていた。虎之助が駆けつけると、臭《にお》いを放つ亡骸《なきがら》にしがみついて泣く女に、松五郎が話を聞いているところだった。

「今日まで引き取りに来られず、申し訳ありませんでした……」

おゆうは真っ赤になった目をたもとで隠しながら頭を下げた。

地震のあとに起きた火事で焼け出されたおゆうは、両親が住む元鳥越町《もととりごえちょう》に向かったのだという。怪我を負った父母と会えたのも束《つか》の間《ま》、そこでも火事に巻き込まれた。命からがら逃げ出したすえ、浅草　雷　門《かみなりもん》前に建てられたお救い小屋の世話になった。夫の身は案じられたものの、怪我を負った両親をそのままにもできず、今日になってようやく結城屋を訪れることができ、そこで惨《むご》たらしい事実を知らされたのだった。

「亭主の益蔵は、誰かに追われたことがあるとか、何かおまえに打ち明けてはいなかったかい」

松五郎がいたわしげに眉の端を下げ、おゆうの前にひざまずいて訊《き》いた。

「いいえ……。実を申しますと、このところ折り合いが悪く、あまり話をしておりませんでした。てっきりどこかに女でもいるのか、と疑っていたところ、本当に仕事がずっと忙しかったと結城屋さんから聞き……。この人を信じてやれなかったあたしが馬鹿だったんです。せめて今は、手厚く葬ってやることぐらいしか……」

おゆうの声が苦しげに途切れた。

やはり物盗《ものと》りの仕業と見るべきなのだろう……。大きな籠を担いでいたために目をつけられたとすれば、下手人と益蔵につながりはなかったことになる。地震で命を落としたと言われたほうが、まだおゆうも夫の死を受け止められたろう。

おゆうは、お救い小屋の世話になるため、両親が住む長屋の差配人から書き付けをもらい、それを身の証《あかし》に持ってきていた。お救い米をもらうにも、人別帳と照らし合わせて出された書き付けがいるのである。

松五郎が念のために差配人の名を書き留めてから、益蔵の亡骸を引き渡した。市中では棺桶《かんおけ》が足りず、道端の天水桶までが盗まれる騒ぎになっており、おゆうは遠縁に当たる男とともに、ひと抱えもある酒樽を持ってきていた。

籐籠の中に押し込められていた男は、酒樽の中に納められて身内のもとへ引き取られていったのだった。

「もし物盗りでなかったとするなら……益蔵に恨みを持つ者の仕業ですかね」

松五郎が次の指図を待つように、虎之助の目を見ながら言った。

益蔵は、反物を得意先に届けたあとで襲われていた。いくら大きな籠を背負っていようと、中身が詰まっているかどうか――値打ちのものが入っているか――を調べもせずに、いきなり襲いかかる早とちりな物盗りがいるとは思いにくい。

「折り合いが悪かったと言ってましたよね。でも案外、益蔵のほうで仕事を言い訳にして、妻を放っておいたってこともありますよね」

新八が横から首を突っ込み、瞳を巡らせた。やはり女がいたのではないか、というのである。

松五郎も頷き、頬をこすり上げた。

「あとは……酒に、博打《ばくち》ってとこでしょうかね」

「結城屋の奉公人から話を聞き出してみてくれ。金廻りについて探っていけば、女や博打につながるかもしれない」

「わかりやした」

二人に指図をすると、日置新左衛門から聞いた話を蜂矢小十郎にも伝えるため、虎之助は一人で奉行所に向かった。言伝《ことづて》なら自分が、と新八が気を利かせたが、幕府の内実にかかわることだった。行きちがいがあっては困る。そう理屈をつけたのは、一人で日本橋数寄屋町《ほんばしすきやちょう》に寄り道をしたかったせいもあった。

蜂矢は探索から戻っていなかったので、奉行所の上役に話を通した。

「どうりで池田《いけだ》様に呼び出しがかかるはずだわい」

年番与力の後藤銀太夫《ごとうぎんだゆう》は話を聞くなり、生炊きの米をかじったような顔になった。つまり、あの読売は、幕府の痛いところを巧みに突いていたと言える。

「蜂矢も損な役目を押しつけられたものよ。可哀想に……」

町奉行は尻《しり》をたたかれ、同心は駆けずり廻る。その間に立つ後藤銀太夫は、自らの座の安泰を願うように呟くのだった。

虎之助は早々に奉行所から退散した。地震のおかげで臨時の市中廻りを託され、今まで幕府を難ずる読売が出廻ったせいで、望んでいた役目を担っていた。これで仕事に打ち込まずにいるのでは、罰が当たる。

それでも足は、自ずと数寄屋町に向かった。佳代《かよ》の無事は確かめていたが、揺れ戻しはまだ収まらず、土蔵造りの商家の軒が潰れたという話が今になっても舞い込んでくる。探索に出た結城屋でも、打毀しや押し込みといった物騒な話を聞いたばかりで、不穏はまだ市中に蔓延《はびこ》っていた。

近くまで足を運ぶと、またも山吹屋《やまぶきや》の前には、見代《みよ》が一人で掃除をする姿があった。

「――虎之助様ではございませんか」

慌てて離れようとしたが、造作なく見つかってしまい、虎之助は天を仰いだ。

人の気も知らず、見代は花がほころぶような笑みになり、箒《ほうき》を手に通りを横切ってきた。

「おお……これは見代殿。お身内にお変わりはありませんでしょうか」

仕方なく店のほうへ歩き、中をのぞこうと首を伸ばしながら言った。手代らしき男が数人、大工道具を手に立ち働いているのが見えた。壁や棚を直すためなのだろう。佳代の姿はどこにもない。

「地震のあとで出物が少なく、父は番頭と買い付けに出向いております。母と姉は町内で炊き出しをおこなうため、生憎《あいにく》と今は――」

「では、見代殿お一人で……」

「はい。幸いにも、うちにはまだ多少の乾物が残っておりました。今こそ皆で力を合わせる時。多くの者が集まれば、火の始末にも目が配れましょう。そう姉が言い、炊き出しをつづけております」

まるで己の手柄を誇るかのように、見代は胸を張って虎之助を見上げた。

「そいつは素晴らしい……」

「はい。手代の中には渋る者もおりましたが、父も母も今は人様に喜んでもらうほうが先、と申しております」

虎之助は頭が下がった。傍目《はため》には、猫背がいくらか増したようにしか見えなかったろう。

姉の初音《はつね》が聞きつけた話では、山吹屋の商いははかばかしくないという。それでも、乾物を近場の者に分けようと決めたのである。父親が買い付けに走っているのも、店の品を分け与えてしまったせいと思われる。

それをはじめに言いだしたのが佳代であったことも、虎之助の胸には響いた。出戻りであり、嫁いだ先で少なくない苦労をきっと重ねてきたのだろう。だから、今は店の品を分け合うべき、と言いだせたのではなかったろうか。

それに引き替え……。町廻りの任を命じられながらも、その役目を手先に割り振るのみで、自らは女の顔をひと目見たいと寄り道していた。

「見代殿。実にいい話を聞かせてもらいました。まだお役目がありますので、わたしはこれにて――」

虎之助は面輪を引き締めて告げた。すると、見代の顔がたちまちゆがんだ。申し訳なさそうに胸の前で小さな手を握り合わせた。

「すみませんでした。お忙しいところをお引き止めしてしまい……」

そうではなかった。頭を下げるべきは虎之助のほうなのである。だが、見代はまず虎之助の忙しさを案じていた。申し訳なさに、心が痛む。

「またうかがわせてもらいます」

逃げるように山吹屋の前から走り去った。

自分はどこかで浮ついていた。願っていた町廻りを任され、誇らしげな心持ちになるのはまだ早い。町方は立ち直るどころか、いまだ苦しみの底にある。佳代には頼りとなる家族がいた。虎之助が案じようと、さしたる役にも立たない。それより今は、町方のために働く時だった。

我が身を恥じて走った。永代橋を越えると、焼け野となって黒ずんだ町の様子が目に入り、また胸が疼《うず》いた。この痛みを忘れてはならない。

万年橋の前に差しかかると、旦那、と叫ぶ新八の声に呼び止められた。橋の上を行き交う人々をかき分け、十手を振り廻しながら走りくる新八が見えた。

「大変です。またも名乗り出てきたっていうんですから、もうわけがわかりませんよ……」

「落ち着け。誰が名乗り出てきた」

「女房です――。例の籠に押し込められてた益蔵の妻と名乗る、もう一人の女なんです」

五

「じゃあ何かい。おまえはともかく、松五郎までがまんまと欺《あざむ》かれたってわけなのかい」

おまえはともかく、の意を深く考えないようにして、虎之助は卓袱台の前について遅い夕餉の飯が出されるのを待った。が、小魚の載った皿を持った真木も、その隣でおひつに手をかけたおすえも、口を半開きにしたまま動きを止めてしまった。

あれからまた長桂寺へ走り、さらに浅草雷門前のお救い小屋にも行ってすべてを確かめ、くたくたになって帰ってきたところだ。

番屋に名乗り出てきたのは、朝方に酒樽《さかだる》持参で現れた者とは似ても似つかぬ、痩《や》せて貧相な女だった。今朝になって夫の勤める結城屋を訪ねたところ、変わり果てた姿で見つかったと知らされた。取るものもとりあえず、身ひとつでそのまま駆けつけたのだという。

女はやはり、雷門前のお救い小屋に両親と世話になっていると語りだした。そこで松五郎が身元を確かめるため、人別と照らし合わせた証の書き付けを見せるように、と迫った。すると、たもとにしまっておいた書き付けが消えている、と言いだしたのだ。

「お救い小屋を出る時、おかしな男に背を押されて転びました。もしやあの時……」

引き渡すべき遺体はもうなく、虎之助はおゆうを連れて雷門前へ急いだ。建てられたばかりのお救い小屋には、言葉どおりに怪我を負った両親がいた。名主も探し出せて、人別の確認もできたのである。

「どういうことだい、虎や。見ず知らずの女が、亡骸を引き取っていったなんて……」

真木は合点がいかないとばかりに、卓袱台の一点を睨みつけるようにして言った。

「ねえ、母上。そのおゆうを突き飛ばした男ってのが、酒樽を背負ってきたやつじゃないかしらね」

若菜《わかな》がどこで手に入れてきたのか、熱燗《あつかん》を手に言い、一人で頷いてみせた。

虎之助もそうは思うのだが、肝心のおゆうが自分をはね飛ばした男の顔をろくに覚えていなかった。大番屋から絵心のある中間を呼びつけて人相書きを作ろうとしたが、おゆうは首をひねるばかりだったのである。

「虎や。亡骸を奪っていったんだから、そこに隠しておきたい何かがあったんだろうね。おまえ、何も覚えてないのかい。入れ墨とか、殴られた傷におかしなところがあったとか……」

真木が真顔で問い詰めの目を向けてきた。早くも隠密奉行を気取っている。

虎之助も、遺体の子細を思い返した。が、気がかりな傷口は見当たらず、女の名を彫り込んだような入れ墨もなかったはずである。なぜおゆうの書き付けを掏《す》り取ってまで、益蔵の遺体を引き取っていったのか。皆目見当がつかなかった。

「よほど益蔵って男を好いていたのかね……」

初音が手を伸ばして、若菜の盃《さかずき》を奪うようにして待ったをかけてから、やけにしんみりとした声音で告げた。

「このままだと、折り合いの悪かった憎き本妻に、益蔵の身柄は引き渡されてしまう。それじゃあ、好いた男が浮かばれない。だから、益蔵の亡骸を奪っていった……」

そう考えるしか今はないのだろうか。世の中には、不可思議な出来事が起こりうる。特に男女の仲となれば、余人では及びもつかない情の深さというものはあった。

真木はまだ難しい顔をしていたが、ようやくおすえが飯を盛ってくれた。帰宅からおよそ半刻《はんとき》もしてから、どうにか虎之助は夕飯にありつけたのだった。


翌朝、海辺新町のお救い小屋へ足を運ぶと、またも新たな読売が評判となっていた。先に待っていた松五郎が、気忙《きぜわ》しく駆け寄るや、一枚の紙片を差し出したのである。

「いやいや、旦那。実に危ういところでしたぜ」

渡された読売に目を走らせて、虎之助は猫背が伸びた。そこには、籐籠に入った夫の亡骸を引き取っていった女の話が早くもつづられていたのだった。

ただし、遅れて本当の妻が名乗り出てきた顚末は書かれておらず、地震で命を落とした夫を自ら籠に入れて両親のもとへ届けようとしたところ、手を貸すと称して声をかけてきた男に籠ごと盗まれてしまい、四日後にようやく巡り会えた、という物語になっていた。

まさしく危うい瀬戸際だった。この読売を書きつづった者が、もう少し子細を探っていたなら、町廻りの同心までが欺かれた事実をからかう話になっていたろう。いい笑い物にされるところだった。

「しかし……実に見上げた早耳ですね」

「感心してる時じゃねえだろ」

唸るように言った新八の頭を、松五郎が遠慮なくはたきつけてから、虎之助の前に歩を詰めてきた。

「読売の連中も、今が稼ぎ時だと意気込んでやがるんでしょうが、こうもつづくと確かにちょいとばかし解《げ》せやせんね」

「あ、そうですよね。神隠しにつづいて、またここらの騒動が取り上げられた……」

新八も頭をはたかれ、少しは目が醒《さ》めたような顔になっていた。

急いで刷られたらしく、文字にかすれの目立つ読売を、虎之助は見つめ直した。神隠しに籐籠の亡骸だけではなかった。蜂矢小十郎の追っている読売の一件も、虎之助が忍藩の家老から聞いた話とつながっていそうに思えてならない。こうも虎之助の周りで起きた出来事ばかりが刷り物として出廻るものか……。

「松五郎、この読売は誰が見つけてきた」

「へい。常盤町の堺屋《さかいや》市三郎《いちさぶろう》で――」

籾蔵掛りの当番名主で、顔は知っていた。虎之助の手柄を語りながら、手に入れた読売を周りの者に見せていたのだという。

松五郎の手下を籾蔵まで走らせ、市三郎を連れてこさせた。

「これをどこで買ったか、教えてくれるかい」

呼び出しのわけが読売と知り、市三郎は訝《いぶか》しみの目を見せながらも虎之助に頭を下げた。

「へい。いつも両国橋の近辺を廻る辻売りがいて、その男から買いましたが」

「松五郎、市三郎と両国橋へ行ってくれ」

虎之助が迷わず命じると、横で新八が首を伸ばした。

「辻売りをしょっ引く気ですか」

「慌てるな。念のためだよ。偶然もこう重なってくると、裏があるようにしか思えなくなる」

「けど、このお救い小屋に来りゃあ、旦那の働きぶりは、誰にだって知れますぜ。何せ佐吉《さきち》がやたらと触れ廻ってますからね」

事もなげに新八が言った。それは初耳だった。

恨みに目を眩《くら》ませて見ず知らずの男を刺した佐吉を、籾蔵掛りの名主にあずけたのは、虎之助である。まだいくらか、くすんだような目つきを見せるが、陰で虎之助の手柄を語っていたとは知らなかった。

しかし、このお救い小屋には、命拾いした者が集まっているのだ。九死を逃れて一生を得た者ばかりである。話を拾いに来た者がいたとしても、なぜ虎之助の手がけた騒動ばかりが読売となるのか……。明日になれば、偽の妻が町方役人を欺いて益蔵の亡骸を引き取っていった一件が刷り物になるとも思えてくる。

「いいか、松五郎。辻売りから版元を探って問いただそうとも、まず正直には打ち明けぬだろうな」

もし虎之助の周りに、読売の作り手と通じる者がいた場合、版元はその事実を何としても隠そうとするであろう。町方役人には騒動が引きも切らず持ち込まれる。よって、近くにいれば多くの話が集められる。次々と面白味のある読売を仕上げていける。

「承知しやした。出どころをたぐるまでは、目立たずにやってみましょう」

虎之助は祈った。奉行所の中に、版元と通じる者がいないことを――。

そう考えてしまったのは、この海辺新町のお救い小屋で、一人の同心と顔を合わせていたからだった。

信じたくはなかった。が、大した手柄もなく町廻りに出世した男が近くにいれば、きっと心穏やかではいられないだろう。このお救い小屋に立ち寄るだけで、虎之助の手柄もしくじりも聞き廻ることができる。

六郎衛門を怪しいと勘ぐっているのではなかった。彼ではない、という確かな証を得たいのだった。同じ道場で剣術の腕を磨き、ともに見習い同心として励まし合ってきた仲である……。

ひそかな祈りを込めて、虎之助は告げた。

「急げよ、松五郎」

市三郎が読売を買った辻売りは、ほどなく見つけられた。両国橋の近くで二人の若者が連節《つれぶし》で練り歩き、地震火事の方角付けと絵双紙を売り歩いていたのだった。

松五郎の手下が二人を呼び止めようとしたところ、新たな読売を手渡しに来た者がいた。早速その男のあとを追うと、長谷川町《はせがわちょう》の版木屋に戻っていった。

昔は旧吉原が近くにあったため、表通りには呉服屋や化粧屋が目立つが、一本路地を折れると、浮世絵師や版木彫師が多く住むと言われる一角だった。

「踏み込んだほうが早いんじゃないでしょうかね、旦那」

新八が早くも十手を握りしめて虎之助を見た。

「まあ、待て。おれに考えがある。鶴屋《つるや》の利平《りへい》を呼んできてくれるかい」

赤子が神隠しに遭った一件で知り合った地本問屋の番頭である。

呼び出された利平は、初会もそうであったように堅苦しく頭を下げたが、役人の前であろうと臆《おく》した様子は見せなかった。今は店を任されているとの自信まであふれるような落ち着きぶりがあった。

「おかげさまで、昨日より鶴屋を開いております」

「主人の伝次郎《でんじろう》はどうしている」

「はい。あのお方は幼子と暮らすことをお選びになりました」

つまり伝次郎は、妻の千香《ちか》と別れたのである。店の土地は千香の親の持ち物だったので、亭主のみならず鶴屋の主人の座も捨てるほかはなかったろう。

千香と利平の仲がどうなったか、は訊かなかった。あとは二人が決めることであり、他人がとやかく言える筋合いではない。

「実はおまえに頼みがある。そこの版木屋へ顔を出して、この読売の書き手を聞き出してほしい。地本問屋をあずかるおまえなら、仕事を頼みたいと申し出て多少の金を渡せば、教えてくれるだろうよ」

虎之助は言って巾着《きんちゃく》をたもとから出し、一分銀を二枚渡した。

利平は驚くほど早く戻ってきた。そして、渡した一分銀をそのまま虎之助に差し出し、涼しい目をしてみせた。

「わけはありませんでした。松島町に住む与一郎って、もとは手習い所の師範をしていた男だそうです。うちの店でいくつか絵双紙を扱わせてもらおうと持ちかけてみました。向こうも商売人です。造作もなく教えてくれました」

「見事な手並みじゃないか」

虎之助の懐具合に損を出させたのでは悪いと考え、店の商いを取引の元種《もとだね》にしたのだった。その手さばきに、松五郎と新八もすっかり驚いていた。この男がついていれば、鶴屋も千香も安心だった。

利平はそつなく頭を下げてから、なおも言った。

「で、大田様。この与一郎って男に会って、何を聞き出せばよろしいのでしょうか」

「そこまで頼めるかい」

「何なりとお言いつけください。この利平、必ずや大田様にお応《こた》えすべく、力を尽くさせていただきます」

神隠しの一件で、赤子を拐《かどわ》かした千香を放免してやっていた。虎之助としては手柄をひとつ捨てたも同じだったが、こうして恩を感じた利平が快く手を貸してくれるのだから、無駄な裁きではなかった。横で松五郎も眼を細めて頷いている。

与一郎という戯作者の卵は、長谷川町からほど近い松島稲荷《まつしまいなり》の裏手に当たる長屋に住んでいた。少しずつ町を建て直そうと、辺りには木切れや丸太で崩れかけた家の修繕に励む者が多かった。足を運ぶと、人々が動きはじめていた。

与一郎の住む長屋はさしたる痛手を受けておらず、井戸端では女たちが集まり、炊き出しの支度をしていた。利平が部屋の戸をたたいたが、与一郎は留守だった。

あとはこっちで何とかすると告げたが、利平は最後まで手伝わせてほしいと譲らなかった。

「利平よりも、旦那ですよ。お役人がこんな町場にずうっと立っていたら、目立ちすぎやすからね」

松五郎に猫背を押されて、虎之助は路地から追い出された。

松島町の自身番に出向いて、当番の名主と書役《かきやく》に事情を告げ、狭苦しい三畳間で待たせてもらった。ついでに与一郎についても話を聞いた。やはり元は手習い所の師範で、仕事がつづかなかったこともあり、今は妻子と別れて暮らしているという。

七ツ（午後四時）の鐘を聞いてから半刻ほどすぎたろうか。番屋に新八が駆け込んできた。

「おう、やっと帰ってきたか」

「いえいえ、ちがうんですよ。おかしな男が来て、与一郎の部屋ん中をあさっていきやがったんです」

すぐさま番屋を飛び出した。

何食わぬ顔で与一郎の部屋にもぐり込んだ男は、やがて風呂敷包みを手に出てきたという。何を持ち出し、どこへ行くつもりか……。

松五郎と手下がひそかにあとを追った。やはり今回の読売の裏には、ひと筋縄ではいかない事情が隠されているようだ。

男は早足のまま、下駄屋と雪駄《せった》屋が軒を連ねる照降町《てりふりちょう》を小走りに抜けていった。火事で焼けた本船町《ほんふねちょう》の一角を通りすぎ、やがて魚河岸《うおがし》の裏に建つ一軒家へ姿を消した。

「こりゃ、面白くなってきやしたぜ、旦那」

今も魚の荷揚げがつづく河岸の前まで駆け戻ってきた松五郎が、虎之助の前で勢い込むように鼻をこすり上げた。

「もうまぐれ当たりじゃありませんや。何せ瓢簞《ひょうたん》から大《お》っきな駒《こま》が飛び出してきやがったんですから」

「もったいぶるな。誰の家に消えた」

「腰を抜かさないでくださいよ。大島町《おおしまちょう》で——佐吉が刺しちまった男の家なんです」

耳を疑うとは、このことだった。

六

我が身に何が起きたのか、与一郎にはわからなかった。金に目が眩んでご禁制を犯す読売に手を出した。それが、そもそものまちがいだった、とはわかる。

版木屋を通さず、内密に雇った職人のみで刷り上げるので、表沙汰《ざた》には絶対にならない。こっちだってお縄を頂戴したくはないから、万事抜かりなくやりとげてみせる。安心してくれ。

「それに与一郎さんよ、こいつは、あんたにしかできない大きな仕事だぜ。ちがうかい」

そう言われて、自分の仕事を誇ってみせたい気にさせられた。幕府の愚策をあげつらい、厳しく弾ずる書き物をまとめ上げた。以前にも、黒船への備えに大枚はたいて人足をかき集め、台場の急ごしらえに取りかかるという幕府の慌てぶりを皮肉る読売にも手を貸していた。

特に今回は、まれに見る大地震のあとで、町方の多くが家と身内を失うという苦難の中にありながら、一部の大名家のみに幕府から拝借金が与えられるという、まさに身贔屓《みびい》きの沙汰が下されたばかりだった。内なる憤りがふつふつと湧き、自ずと筆は走った。このまま町方が黙って見すごしたのでは、ますます幕府の領袖どもはつけ上がっていく。

この一件は、断じて誰かが書かねばならない。そう与一郎は信じた。

単に面白おかしく、時に涙をそそるように、話をまとめるだけが戯作者ではない。物語を通して人の目を開かせ、明日への道を示す。それこそが、戯作の秘めた力なのだ。筆によって、幕府の行いを正す。世の声をひとつに束ね、ご政道に光を照らす道《みち》標《しるべ》としての役目も、読売にはあるのだった。

話を持ってきた万平《まんぺい》という男は、幕府が水戸藩の愚かな策をそのまま受け入れたことを、大いに嘆いてみせた。

「知ってるかよ、与一郎さん。すべては次の将軍を誰に据えるか。お大名様らの醜い綱の引き合いが、大いにかかわっているんだとよ」

最初の読売では、海防参与の座にある水戸の斉昭について取り上げた。次の読売では、大地震のあとも、将軍継嗣を巡る争いがあると匂わせる書き方をした。最後に、老中首座の阿部正弘がその座を追われた裏には、彦根藩主の井伊直弼が大奥に手を廻して、将軍家定に入れ知恵したからだと書いた。井伊直弼は、以前から事あるたびに、次の将軍は紀州藩主の慶福にすべし、と老中に申し立てていた。

一橋家を継いだ慶喜は、水戸の斉昭の息子だった。斉昭は異国を打てと攘夷《じょうい》を叫び、井伊直弼は開国をしきりと説いている。が、その裏には、慶喜と慶福、それぞれを推す一派が蠢《うごめ》き、町方の苦境そっちのけで、今なお足の引き合いをしているのだった。嘆かわしいにもほどがある。

大名どもは、己の出世をつかもうとするばかりで、地震に見舞われた市中の痛手を見ようともしていない。

怒りのほとばしりに任せて三枚の書き物を仕上げ、万平にあずけた。あとは読売が刷り上がり、代金を手にするだけだった。

危うい仕事に手を貸してくれたのだからと、万平は深川のお救い小屋で仕入れた珍しい話をいくつも持ち込んできた。何でも万平の兄が地震の翌日、打毀しに巻き込まれて見ず知らずの男に刺されるという災難に遭い、それを機に炊き出し掛りの名主と顔つなぎができたらしい。その男が、町方役人の手柄を、自慢でもするように語っていくのだという。

人の不幸なら、今は掃いて捨てるほどに転がっており、物語をつづる仕事はいくらでもあった。思うがままに、心根を打つ読み物を仕上げられた。

たとえご禁制に触れようとも、人々は真に値打ちある読み物を求めているのだ。それが自分には書ける。戯作者としての生き甲斐《がい》をはじめて感じられた。

これで仙太郎と一緒に暮らせる。志津と勘兵衛も、与一郎の働きぶりに畏れ入り、今までの不徳を必ずや詫びるだろう。

与一郎は意気揚々と、約束の三両を受け取りに本船町へ出向いた。すると、待っていたのは万平ではなく、目つきの悪い男どもだった。

はめられた――。そう気づいた時には遅かった。

袋だたきにされて、手足を縛り上げられた。まんまとしてやられた。

幕府を糺《ただ》す読売を仕上げた、と自慢でもされたなら大事になる。名も知られていない戯作者の卵など、代わりは掃いて捨てるほどにいた。おだて上げられ、便利に使われたにすぎなかった。

猿ぐつわを噛まされて、暗い納戸に閉じ込められた。口封じのために殺されるのだ。死が目の前に迫り、我が子の顔が浮かんでは消えた。

すまない、仙太郎。もう一緒に暮らせそうもない。金に目が眩んでご禁制に手を出した父ちゃんが馬鹿だったよ……。

手習い所の師範だった男が、よくぞここまで堕《お》ちたものだ。我が身を笑いたくとも恐怖に身が縮こまり、ついには失禁する無様さだった。夜になったらひそかに川へと沈められる道が待っている。それまでの命なのだろう……。

こうなってはじめて、万平らの魂胆が読めた。幕府を糺そうという高邁《こうまい》な志など、やつらになかった。水戸の斉昭、井伊直弼。二人の評判を地に落とすのが、真の狙《ねら》いなのだ。つまりは、彼らと利を反する大名方の侍が、この一件を動かしている。

真の黒幕を隠すには、読売の書き手を葬ってしまえばいい。たとえ奉行所によって版木が押さえられようと、作者の与一郎が姿を消してしまえば、その先をたぐることはできない。

地震のあとで人々は苦しみの渦中にあり、世の怒りを呼び覚ますのには、格好の時節であった。汚い手を使いやがる……。こうまでして相手を貶め、出世をつかみたいと阿《あ》漕《こぎ》に企《たくら》む侍どもがいる。

怒りが湧いた。だが、縄に縛られ、手も足も出せなかった。戯作者としての至福と引き替えに、命を奪われゆく定めが待つ。これも自分の生き方なのか。仙太郎よ、どうかわかってほしい……。

どれほど時がすぎたか。無念を嚙みしめていると、納戸の周りがにわかに騒がしくなった。母屋《おもや》のほうで男の叫ぶ声が上がった。

「動くんじゃねえぞ、おまえら。神妙にしろ、奉行所のもんだ」

野良犬の遠吠《とおぼ》えめいた濁声《だみごえ》が耳に届いた。町方役人が乗り込んできたのだ。

これで助かる。与一郎は力の限りに身を揺すった。額で納戸の壁を幾度もたたきつけた。ご禁制を破った咎でしょっ引かれるだろうが、万平に脅されて仕方なく書き物をまとめたと言えば、死罪は免れるだろう。そうあってほしい……。そして、真の黒幕がどこにいたのか、町方役人に告げてやるのだ。

いや――。あまり多くを語りすぎては、まずいことになる。

この男は知りすぎている。そう思われたら、万平の一味にされて、島流しという口封じもある。町方役人が侍を取り締まることはできない。ましてや幕府の本丸に近い者が黒幕なのでは、手を出すことすら躊躇《ためら》うはずだった。

考え直せ……。

ここは罪なき一庶民を装ったほうがいい。そのほうが身のためだ。与一郎は必死に暴れた。助けてくれ、お願いだ、命ばかりは見逃してほしい。

やがて足音が近づき、がらりと板戸が開いた。夕暮れを背負って、熊のように肩幅のある若い男が立っていた。

「よう。あんたが与一郎だな」

着流しに黒羽織という町方役人の出《い》で立《た》ちだった。握った十手で首の後ろを呑気にたたき、与一郎をのぞき込んだ。

「危ねえ、危ねえ。あんたもう少しで命を落とすところだったぞ」

町方役人に問われるまま、与一郎は真実を打ち明けた。もちろん戯作者の卵として、すべての罪を万平に押しつけるとの筋書きに抜かりはなかった。深い企みなど何も知らない、しがない庶民を装った。

そのおかげもあってか、与一郎一人がその場で放免となった。役人とは、こうも庶民の話を信じてくれるものなのか。おそらく、自分の作り話が冴《さ》えていたのだ。戯作に打ち込んだ日々も、捨てたものではなかったらしい。

「これに懲りて、危ない話にゃ手を出すんじゃねえぞ。いいな」

図体ばかりでかい町方役人に諭されて、与一郎は一も二もなく頷いた。

当分は、読売などもう懲り懲りだった。けれど、戯作の道を捨てられるか、迷う心はまだあった。

漁師小屋として使っていたらしい万平の隠れ家を出ると、与一郎は松島町の長屋へ走り、嫌な臭いを放つ着物を取り替え、すぐにまた夕暮れの町へ駆けだした。

命を奪われそうになったせいか、今は我が子に会いたくてならなかった。もう少しで永久《とわ》の別れになるところだった。そう思うと、今さらながらに足がすくみかける。

息子の小さな手の温《ぬく》もりが恋しかった。手足がまだかじかんでいる。少し走っただけで息が上がり、胸も苦しくなった。が、この苦しさは自分がまだ生きている証でもあった。地震で潰れた町並みが夕陽を跳ね返して、やけに輝いて見えた。

日暮れ時に顔を腫らして突然現れ、息子を強く抱きしめた与一郎を見て、志津も勘兵衛も怪訝そうな目で問いかけてきた。与一郎は何も語らず、ただ仙太郎を抱きしめた。凍えきった心が解けていくような安堵《あんど》を肌で感じ取れた。

与一郎は、驚いたように見る息子に頷き返すと、勘兵衛の前でひざまずいて頭を下げた。

「このとおりです。今日からでも仙太郎と一緒に暮らさせてください」

「何があったか知らねえが、心を入れ替えてやってくつもりなんだろうな」

「もちろんです……」

「なら、戯作の道など、あきらめな。地道に一歩ずつ働くんだぞ」

「はい、そうします」

ここでそう認めなければ、一緒に住むことは叶《かな》わない気がした。

昔の直向《ひたむ》きだったころの自分に負けてなるまい。気負うあまりに背伸びしていたのは確かだった。身内の前ですら、精一杯の爪先立ちをつづけてきた。その頑《かたく》なさが、志津と勘兵衛に壁のようなものを作っていたのだろう。本当に戯作の道をあきらめられるか。仙太郎がいてくれれば、味気ない仕事であろうと、つづけられる気はした。死にかけたことで、戯作に怖《お》じ気《け》づく自分がいた。

まさか真正面から頭を下げてくるとは思ってもいなかったらしく、勘兵衛はわざと横を見るようにして言った。

「あとはお志津と仙太郎の気持ち次第だろうよ」

「決まってるだろ、じいちゃん。おいらは父ちゃんと一緒にいたいよ。なあ、母ちゃんもそうだろ」

志津はまだいくらか疑《うたぐ》り深そうな目で見ていたが、息子の心情を思ってか、今は何も言わずにいてくれた。

その日から、勘兵衛の家で一緒に暮らすことを許された。なけなしの金をはたき、仙太郎と手をつないで、やっと店を開けたばかりだという湯屋へ行った。ゆっくりと今日までの垢《あか》を洗い流した。久しぶりに父親がいてはしゃぎ疲れたのか、味噌汁と沢庵だけのつましい夕餉をすますと、仙太郎は一人先に寝入ってしまった。

与一郎は妻と勘兵衛にあらためて頭を下げ、松島町の長屋まで荷物を取りに戻った。落ち着くべきところへ落ち着いたのかもしれない。ありきたりな家族の平穏にひたる道も悪くはない、と思えた。それほどに息子の肌の温もりが有り難かった。所詮《しょせん》は代書人の小倅にすぎず、学問で身を立てたいと分外の夢を見たのがいけなかったのだろう。身の丈に合った暮らしに戻り、自分を見つめ直してみる。今がその時なのだ。心の隅に張りつく侘しさに目をつむり、与一郎は夜の町を急いだ。

一人で荷物をまとめていると、手荒く長屋の引き戸がたたかれた。

「与一郎よ、いるかい」

こんな夜に何事か……。

胸騒ぎを抑えつけて戸を開けると、馴染《なじ》みの絵双紙屋の若主人が立っていた。心なしか顔が上気して見えた。

「今までどこに行ってたんだ。おまえにしかできない仕事を持ってきたぞ」

与一郎は息を詰めて戸口から身を引いた。熱気を放つかのように語りはじめた若主人の顔から目を背けるのがやっとだった。

「品川の台場が、地震ですべて使い物にならなくなったらしい。おまえのその目で見届けて、読み物に仕上げてはくれねえかな。幕府を挙げてこしらえにかかった台場と大砲が、すべておじゃんだなんて話があるかよ。もし黒船が攻めてこようものなら、打つ手はねえってことだぞ。江戸市中は大混乱になろうってもんよ」

「すみません、あっしはもう書き物仕事から足を洗うつもりでして。ましてや幕府をあげつらう読み物などは、もってのほか……」

心を決めたばかりなのに、なぜかのどの奥に声がからまり、出てこなかった。

台場がすべて使い物にならなくなったとすれば、まさしく市中を脅かす一大事だった。与一郎が断っても、誰かが品川まで足を運び、書き物に仕上げるだろう。そう思うと、胸底を火であぶられる気がした。

「どうした。いつもなら、すぐにとびつく話だろうが。幕府を詰《なじ》ろうっていうんじゃねえんだ。事実を町方に知らせる大事な仕事だ。臆するようなことかよ」

若主人の一言一句が鞴《ふいご》となって、胸に隠した埋《うず》み火《び》に風を吹きつけていった。

読み物によって人の目を開かせ、進むべき道を示す。それが戯作者の本分であり、果たすべき使命に思えた。仙太郎のやけに大人びた笑顔がまた浮かんでは、消えた。

「あんたの筆で、町の連中の目を開かせてやるんだよ。さあ、一緒に品川まで出かけようじゃねえか」

「こんな、夜にかい……」

行くべきではなかった。

せっかく許されたばかりなのだ。答えは端《はな》から出ている。

「さあ、行こうぜ、与一郎よ。あんたの筆で、世の中を変えてやるんだ」

——仙太郎、すまない。

今日、何度目になるかわからない詫びの言葉を、胸の中で息子に告げた。あいつも男だ。きっと、いつかわかってくれる。勝手ながらも今はそう信じた。勘兵衛も、妻の病そっちのけで仕事に打ち込んだ過去がある。その心中が今、痛いほどに察せられた。男にはやらねばならない仕事がある。

与一郎は矢立《やたて》と帳面を抱えると、絵双紙屋の主人とともに暗い町中へと駆けだした。

七

「何だか要領を得ない話だねえ」

例によって真木は、飯を盛った碗を出そうともせず、虎之助をまじまじと見た。

「その万平の兄ってのが、札付きだったたってのはわかったわよ。で、そいつが破落戸《ならずもの》と組んで、深川にも津波が襲うと触れ回っていた。人が逃げていけば、盗みの仕事も楽にできる……」

万平と兄の一太《いちた》は、見知らぬ男に金を渡されて噂を流したと言っていたが、怪しいものだ。二人には、博打でこしらえた少なくない額の借金があった。

その一太の卑怯《ひきよう》千万な企てに勘づいた男が、いた。——佐吉である。

確かに少しは面差しが似ていたのかもしれない。けれど、地震のあとで世を儚《はかな》んでいた佐吉は、ひたすら恨みのぶつけどころを探していた。そして、一人の男に目を留めた。地震で戸惑う人々の中、その男が放つ小狡《こずる》く邪《よこしま》な気配を嗅ぎ取ったのである。

あの男は、妻と娘を見殺しにした人でなしと同類だ。今こそ恨みを晴らしてくれる。佐吉は怨念に突き動かされるまま深川の町を歩き、ついに一太を見つけ出して、刺した——。

憎しみの思いが、二人を引き合わせたと言えそうだった。

「恨みってのは恐ろしいもんですよ。人にまったく別の景色を見せてしまうんですから」

虎之助は手を差し出して言ったが、真木は飯茶碗を引き、代わりに顔のほうを前に突き出した。

「そこまではわかるわよ。刺された一太の世話をした名主ってのが粗忽者《そこつもの》で、おまえの手柄話をすべて下手人二人に語ってやっていた。弟のほうがその話を版元に売って小金を稼いでいたから、おまえの手がけた騒動ばかりが読売になっていた……そういうわけだね」

一時は、お救い小屋で見た六郎衛門を疑いかけたのだから、恥ずかしい。この八丁堀で顔を合わせたなら、ますます猫背になってしまう。

「でも、まあ、よかったじゃないの。まんまと出し抜かれて死体を持っていかれた一件が広まらずにすんだわけだから」

初音がばっさりと斬り込んできた。

「本当よねえ。せっかく手にした出世も、危うくなるところだったもの。父上も草葉の陰で胸を撫《な》で下ろしているでしょうね」

若菜が例によってまた熱燗をきゅっとあおって笑い飛ばした。早くも頬がほんのり桜色に染まっている。

「でも、虎よ。たとえおまえの不始末が読売になったところで、本当のことを書いたまでだろ。版元がお咎めを受けるようなことかい」

真木が実に鋭いところを突いてくる。

「いや、ここだけの話ですが、そいつらは幕府をあげつらう読売も刷ってたんです。つまり、蜂矢様が追ってた連中をしょっ引けたってわけなんですよ」

虎之助はごまかして言い、やっと遅い夕飯にありつけた。

与一郎という戯作者の卵を救い出したあと、虎之助は万平と一太を大番屋で調べ上げた。炊き出し掛りの名主から多くの話を聞いていたにせよ、幕府の内実をどこから探り、何の狙いがあって読売をばら撒《ま》いたのか、それを確かめるためである。

すると、万平が驚くべき真実を口にしたのだった。

「――おれらだって脅されて、仕方なく読売を仕立て上げたんですよ」

そこには、二人が博打に手を出して作った借金が関係していた。胴元を名乗る男が、今すぐ耳をそろえて支払う代わりに、幕府を糺す読売をばら撒け、と脅してきたのだという。

「嘘じゃねえんですよ。どういうわけか地震のあとにも呼び出されて、仕方なく永代橋の外れでやつに会ったんだ。で、胴元の素姓を探るため、兄貴があとをつけていったんで。だって、そうじゃねえですか。読売をばら撒けなんて、そんな脅しがありますかい。そしたら――やつはどこへ行ったと思います。驚くじゃありませんか。焼け野となった熊《くま》井町《いちょう》を越えて、忍藩の下屋敷に入っていきやがったんです……」

一太はその帰りに大島町へ出たところで、佐吉に見つかり、刺されたのだった。

町の破落戸に手を貸して流言を広め、盗みを働こうというケチな連中に、幕府の内実を知るつてがあったとは考えられない。しかも、いくら嘘をつくにしても、忍藩の名が出てくるとは、あまりにもできすぎていた。

虎之助はまたも忍藩の下屋敷へ走った。折り入って相談したいことがある、と日置新左衛門に面会を願い出た。

事実をありのままに告げたが、日置は微塵《みじん》も顔色を変えなかった。

「――何かのまちがいであろう」

「はい……。わたしもそう考えます。なるほど、確かに日置様らは、彦根藩主の井伊様に恨まれておられるのかもしれません。しかしながら、その井伊様に目に物見せてくれんとして、水戸様との泥仕合を町方まで広めるのでは、あまりにも情けない仕返しぶりと申せましょう。志ある侍の考えることとは思えません。一太と万平、二人の下手人が苦しまぎれのあまりにそう言ったものと、わたしも信じております」

虎之助は頭を下げ、見込みとは裏腹のことを日置に語った。

借金まみれの一太と万平に、わざわざ幕府を糺す読売を刷ってばら撒く意味はなかった。井伊直弼の仕打ちを恨む忍藩の者が二人を脅していた。そう考えるのが筋だった。

溜間詰めの大名である井伊直弼の評判が落ちていけば、老中への道は狭まっていく。忍藩主の我が殿様が、代わりに老中へと近づける。

「その破落戸らは、この先も奉行所でとくと調べ上げるのであろうな」

日置の眼差《まなざ》しが冷たい光を帯びるようだった。

虎之助は慎重に首を振った。

「わたしどもで版木は押さえてあります。明日にも井伊様を悪し様《あざま》にあげつらう読売が市中にばら撒かれるところでしたが、まずはひと安心です。一太と万平の二人を深川の大番屋であずかり、二晩三晩ゆっくりと話を聞くつもりにございます」

その間に、どうか忍藩の中で、愚かな仕返しに走ろうと企てた者を捕らえてください。あとは溜間詰めの名門であれば、町奉行を言いふくめもできましょう。そう伝えるための言葉であった。

所詮、一太と万平は小物だ。が、調べが進んで事が公となれば、奉行所のみで裁ききれなくなる。目付《めつけ》に知られて、井伊直弼の耳に注進する者が出れば、忍藩はますます追い詰められる。このまま奉行所に知らせを上げるわけにはいかなかった。

「大田殿。そなたの一存で、この下屋敷に来られたのであるな」

「はい。地震に見舞われた町方を憂い、次の将軍を争う上役を嘆きたくなるのは、わたくしも同じにございます」

目の前にいる日置に声をかけられていなければ、ご禁制の読売を摘発できたか怪しいだろう。つまり、虎之助という町方役人の前でつい本音を洩《も》らした日置は、無謀な企てに走った者の一味ではあり得ない。そう考えていいはずだった。

この男ならば、必ず藩内の不届き者を見つけ、手を打ってくれる。

「大田殿、かたじけない。――そなたと会えたことを嬉《うれ》しく思う」

「わたくしも同じにございます」

歳はさほど変わらずとも、譜代名門藩の家老と、下っ端の町方役人では、家禄《かろく》も身上もちがいすぎた。それでも日置は、一介の町方役人に身を正して頭を下げた。猫背がさらに丸まる思いだった。

幕府の禁制を破る不届き者を捕らえ、その真の黒幕の当てをつけておきながら、奉行所に知らせを上げずにいると知れば、母と姉が何を言いだすかは目に見えていた。おそらくこうやって父も、母に多くの秘密を抱えながら仕事に精を出していたのだろう。

「よくもまあ、食べるものだわね」

真木が鼻息荒く、苦笑まじりに語りかけてきた。

「食べるのだけは一人前なんだから」

「うちもお救い米をもらわなきゃ、ほんと、やっていけないわねえ」

初音と若菜もつづき、その横でおすえが下を向いて笑いを堪えていた。

また三人の小言がはじまりそうな気配だった。虎之助は大慌てで飯をかき込んで箸を置くと、猫背のまま卓袱台の前から逃げ出した。

第四章　返り花

一

どこか遠くで狂ったように半鐘が打ち鳴らされていた。

つい今し方の大きな揺れ戻しのせいで、また火の手が上がったらしい。身をひそめた草むらから、かえではそっと首を伸ばした。

川向こうに重く垂れ込めた雲間が、夕空より紅《あか》く輝いていた。躍り上がる炎を照り返して、空が血の涙を流しているかのようだった。あの火の中で、今も多くの人が逃げまどい、煙に息を詰まらせ、肉を焼かれているのだろう。その様を高みの見物と決め込む者らが取り巻き、やっぱり火事は江戸の華だと、したり顔で囃《はや》し立てているにちがいなかった。

命を奪われていく者がありながらも、火事を喜び招こうとする人でなしはあとを絶たない。この世はどこか狂っているのだ。

――火事でみんな焼けちまえば、金持ちも貧乏人も丸裸に戻るだけさ。

いつか客の一人が卑屈な笑みとともに言っていた。自分が貧しいのは、金持ちどもが阿漕《あこぎ》なまでに富を独り占めにしているからだ。少しはその話に頷《うなず》けるところはあった。

けれど、人の不幸を喜ぶ性根は卑《いや》しすぎた。

我が身は愛《いと》しくとも、他人の命なんてものは道端の名もなき草と変わりはしない。たとえ踏みつけたところで、いくらでもまた芽吹いてくる。火事を望む連中は、人の命を屁《へ》とも思っちゃいない。双葉楼の主と同じ、冷えた血の流れる奴しだ。

天を焦がす炎を見つめるうち、息が苦しくなってきた。かたわらに伸びる木の枝を、いつしか固く握っていた。そうやって何かにつかまっていないと、三日前の地獄に引き戻されてしまう気がした。

あの夜も客がつかず、かえではずっと籬《まがき》の中で、冷やかしに待合辻《まちあいつじ》を流し歩く男どもの眼差《まなざ》しを浴びていた。黒船が江戸沖に現れてから、新吉原《しんよしわら》では目に見えて客が減った。品川《しながわ》沖に台場を築くため、どこのお侍も質素倹約を強いられ、豪気に遊ぶ者はぱったりと失《う》せた。町の人々も金を出し惜しんだ。人足は市中にあふれたものの、小金を手にした男は皆、安く遊べる岡場所へ向かった。

客が減ったことを嘆く遊女もいたが、かえでは束《つか》の間《ま》の休みを喜んだ。いくら客を取ろうと、見世《みせ》への借金は減らない仕組みができていた。馴染《なじ》みの客がたまに来てくれれば、いくらか気はまぎれた。客を取るより、一人でいるほうがましだった。

だから、かえではその日も、遣手《やりて》に何を言われようと籬の中でずっとうつむいていた。

そこに、地の底が抜けるほどの地震が襲ったのだった。

悲鳴が見世を走り、通りを照らす軒提灯《のきぢょうちん》が次々と横へ飛んで地に落ちた。火を消せと叫ぶ者はいたが、誰もが柱や壁に身を寄せるだけで精一杯だった。

ようやく揺れは収まったものの、息つく間もなく半鐘の音が轟き渡った。

火の手が上がったと知り、かえでは仲間と戸口へ走った。見廻《みまわ》すまでもなく、大門《おおもん》近くの引手茶屋が早くも紅蓮《ぐれん》の炎に包まれていた。新町《しんまち》のほうでも夜空が真っ赤に染まり、待合辻は逃げゆく客でごった返した。

例によって、半鐘の音は響いても、新吉原の火消しはろくに動かなかった。見世が燃えてしまえば、浅草や本所での仮宅営業がお上から認めてもらえるのだ。

仮宅では、引手茶屋を通さずに遊女を呼べるし、二階花《にかいばな》のように使用人へ渡す祝儀などの気遣いもいらなかった。客が増えて、銭が儲《もう》かる。そのため、諸手《もろて》を挙げて火事を喜ぶ連中がいた。中には、失火と偽って見世に火を放ち、島流しを命じられた者まであったほどだった。

そういう店主らの思惑をくみ、新吉原の火消しは身を入れて働こうとはしない。ところが、今の地震で同時にいくつもの火の手が上がったのだ。

――これは大事になる。

かえでは見世から飛び出したところで、遣手に腕をつかまれ引き戻された。

「逃がしはしないよ。こっちへお戻り」

「早く逃げないと、火に囲まれるよ」

つい何年か前まで同じ遊女の身であったくせに、遣手は見世の側に立つ者だった。仲間の遊女も遣手に食ってかかった。押し問答をくり返すうち、大門へ逃げた客が待合辻へ引き返してくる騒ぎとなった。

「大門前はもう火の海だ。逃げ道はないぞ」

「早くはね橋を下ろせ」

男どもの怒声が道を埋め、火に追われた客がまた押し寄せた。

新吉原の町は、おはぐろ溝《どぶ》と呼ばれる堀が囲んでいた。遊女が逃げるのを防ぐためだ。火事などの急場に備えて、はね橋が設《しつら》えてあったが、遊女に逃げられてはならじと考える主人が多く、まともに使われたことはほとんどなかった。

たちまち火の手は双葉楼に迫った。仲間が遣手と下男を押し倒し、待合辻へ飛び出していった。かえでも二人を踏みつけ、あとにつづいた。が、どこにはね橋があるのかも知らなかった。

逃げまどう人の群れに押されて、ただ走った。瘡《かさ》（梅毒）を移されて苦しみ死ぬのと、火に巻かれるのでは、どちらがましか。ひと思いに焼け死んだほうが楽に思えたが、いざ死が迫り来れば人は身を守ろうと悪あがきをする。

迫る炎と叫びに背中を押されて走り、気がついてみれば、はね橋の前に出ていた。一枚板にすぎない橋が堀に渡されると、我先にと客の男が殺到した。炎と煙に囲まれて半狂乱となり、人を引きずり下ろしにかかる者がいた。殴り合いとつかみ合いがはじまり、倒れた遊女を乗り越えて人が群がり、橋がたわんだ。

かえでも人を蹴散《け》らし、しゃにむに橋へよじ登った。客が先だろ。女を下ろせ。足首を誰かにつかまれ、あっさりとはね橋から溝の中へ落ちていた。臭い水が鼻とのどに押し入り、息ができなかった。死に物狂いで濁った水をかき分けた。堀の中でも誰かの躰《からだ》を蹴ることで、水面に戻れた。

ずぶ濡《ぬ》れとなって、何とか向こう岸にたどり着いた。あとはどこをどう走ったのか、よく覚えていない。田畑を抜けた先の町も炎に包まれ、逃げゆく大地がまた激しく揺れた。それでも、かえでは走りつづけた。立ち止まることはできなかった。道にあふれた人々が、睨《にら》みつけるように見ていたからだ。

——こいつらは遊女だ。新吉原から逃げてきたにちがいない。

裸足《はだし》の濡《ぬ》れ鼠《ねずみ》となりながらも、艶《あで》やかな着物に身を包み、崩れた勝山結《かつやまむす》びに派手な簪《かんざし》をいくつも挿していたのだから、素姓を自ら語るも同じだった。新吉原の近くにとどまっていては、またすぐ双葉楼に戻されてしまう。

ひたすら走った。遠くへ逃げるしかなかった。やがてどこかの川にたどり着いた。見廻すと、左の川岸に枯れ藪《やぶ》が広がっていた。這《は》うように突き進み、その中に身を隠した。簪を抜き取り白元結《しろもとゆい》を解《ほど》いて髪を下ろし、きらびやかな重ね小袖《こそで》を脱ぎ捨てた。川の水で溝の汚れと白粉《おしろい》も洗い落とした。これで少しは目立たなくなる。

かえでは六つの春に、双葉楼へ売られてきた。酒浸りの父親が作り上げた借金の形に取られたのだった。父はかえでを見送りもせず、母だけが家の前で泣きつづけていた。

男という生き物の身勝手さを思い知った、それが最初の日だった。

十六の冬には新吉原が全焼する大火があり、かえではおはぐろ溝の外にはじめて出た。雷門《かみなりもん》前の並木町《なみきちよう》に仮宅が置かれ、浅草界隈《あさくさかいわい》を歩くことが一度だけ許された。それ以来の江戸市中だった。

だが、今は自分がどこにいるのかもわからなかった。双葉楼には戻りたくない。男にもてあそばれ、死を待つ日々があるだけだった。

かえでは川岸の草むらで、昼間はじっと身をひそめた。陽《ひ》が暮れてから、川の近くをさまよい歩いた。行き倒れらしい女の亡骸《なきがら》を見つけて、みすぼらしい小袖と草履を手に入れた。これで町女になれる。

夜になると、かえでと同じく、身をひさぐ女がこの岸辺にふらりふらりと現れるのを知った。大地震のあとで、誰もが身を守るほうが先だと思われるのに、女をあさりに来る者がいるのだから、男という生き物の持って生まれた性《さが》には驚かされる。けれど、男に声をかけることで、どうにか金を手に入れられた。

「夫を亡くして仕方なく、躰を売りに来る女がいるんだとよ」

川辺を通りかかった男どもが浅ましい声で話しているのを聞いた。が、本当は夜鷹《よたか》と呼ばれる女らが、そういう噂《うわさ》を流していたにすぎなかった。地震のあとで客が来なくなるのをおそれ、馬鹿な男を呼ぼうと偽の噂を広めたのだ。かえでは昨夜出会った夜鷹の一人から、そう聞かされて感心した。

「——あんた、地震のどさくさにまぎれて、逃げてきたね」

その女は、かえでの姿を見るなり素姓を言い当てた。なぜ見抜かれたのか……。かえでは筵《むしろ》を抱えた年増女を睨みつけた。遺体からはぎ取った小袖に替えていたし、派手な簪も捨てていた。

「なに驚いてるんだい。あんたみたいな器量の若い女が、こんな岸辺に堕《お》ちてくるわけはないだろ」

歯がまばらに抜けた口を大きく開けて、女は笑った。確かに、かえでほどの若さの町女ならば、端女《はしため》の仕事くらいはいくらでもあったろう。

「こう見えても、あたしだって昔ゃ常盤町《ときわちよう》でならしたもんでね」

その町の名は、かえでを買いに来た客から何度か聞いたことがあった。深川《ふかがわ》辺りにある岡場所のひとつだったと思う。

その歳《とし》まで生き延びられ、今は女郎屋の世話にもなっていないぶん、まだしも女は運がよかったのだろう。なぜ夜鷹という身に戻ったのかは訊《き》けなかった。すると、女のほうから答えを告げるかのような言葉が飛び出してきた。

「返り花ってのは、みじめだからね」

どうやら女は一度身請けされた者のようだった。再び遊女屋へ戻るよりは、一人で生きるほうがまだ救われる。

「あんた、噂が広がる前に、消えたほうがいいんじゃないかい。ほかの女どもに知られたら、とっ捕まって番所に突き出されるよ」

　この辺りの川岸では、縄張りが決まっているのだという。掟《おきて》を破る者が出たのでは、自分の実入りがなくなりかねない。

　かえでは、その日の稼ぎをすべて女に差し出して言った。

「お願いです。亀島橋《かめじまばし》がどこにあるか、教えてください」

「客だった男を頼ろうだなんて、思っちゃいないだろうね」

　遣手婆《ばばあ》のような目をして、女が見据えてきた。

「いいえ。身請けされた姐《ねえ》さんが、その近くにいるんです――」

「なに考えてるんだよ。せっかく足抜けできたってのに、どうしてあんたに手を貸してくれるかね」

「困った時には、訪ねてこい、と……」

「幸せな女だね、あんたも、その姐さんも」

　女は夜の岸辺に唾《つば》を吐いて笑った。嘘《うそ》を見抜いての言葉に思えた。

　嘲笑《あざわら》うように肩を揺すりながらも、女は地面にかがむと、木っ端の先で何やら線を描きはじめた。

「わかるかい。こいつが大川。あたしらのいる岸辺がここいらだ。で、この先に永代橋《えいたいばし》っていう大きな橋がかかってる。亀島橋ってのは、だいたいこの辺りだよ」

　かえでは暗い岸辺を見廻してから、ぬかるむ地に描かれたいくつもの線を見つめた。

外の世界を知らずにきたため、江戸の町の広さがわからなかった。

「逃げ切れるなんて、思わないほうが身のためかもね。今引き返せば、しばらく生きてはいけるよ」

このまま逃げつづけたあげくに見つかろうものなら、見せしめのために命を奪われかねない。だが、戻ったところで、生きていけると言えるのか。新吉原は丸焼けになった。仮宅での営業となれば、日に何人もの客を取らされる。生きるとは、ただ息を吸う日々のことを言うのではない、と思えた。

「恩に着ます……」

かえでは素直に頭を下げて、手にした金を差し出した。が、女は笑いながら首を振った。

「あたしゃ女衒《ぜげん》じゃないよ。よその女が身を削って作った金を使えるかい」

それが人として最後に残った誇りなのだとばかりに、女が真顔で頷いた。

「捕まるんじゃないよ。いざとなったら、ここに戻っておいで」

ふと目に優しさが滲《にじ》んだのを見て、かえでは思いをあらためた。身請けされたのではなく、この女もかえでと同じで逃げてきた口なのかもしれない。

言いようもない侘《わび》しさを一人で嚙《か》みしめていると、女の姿がいつしか消え去っていた。

あとはただ、人の世の淀《よど》みを押し流すかのようにつづく暗い川が見えるばかりだった。

二

足音を聞きつけて目をやると、佳代《かよ》とは似ても似つかぬ小さな女の子が立っていた。まだ七つかそこいらだろう。襟元のすり切れた丹前を羽織り、広くもない境内を見廻すでもなく、早足で一目散に虎之助《とらのすけ》の前へ近づいてきた。

「はい、これ。頼まれてきたの」

女の子が爪先《つまさき》立ちになって、ふたつに折られた紙を突き出した。

虎之助はようやく合点がいき、落胆を猫背に隠して手紙を受け取った。たもとに手を差し入れて一文銭をつかみ、女の子に渡してやる。

「おっきな人だって言われたから、すぐにわかったよ」

女の子は一文銭を握りしめると、にこやかに手を振って、境内から駆け出ていった。息を整えつつ、手紙を開いた。走り書きの文字が読めた。

――御免なさい　店の手伝いがあります――

たった二行の手紙でも、身内と手代の目を盗んで今の子に託すのは大変だったろう。虎之助も、松五郎《まつごろう》や新八《しんぱち》に気づかれず、この大神宮の小僧に使いを頼むのは実に骨が折れたものだ。

会えずとも仕方ない、と思っていた。それでも、店を開ける前ならば、少しは家を出る用事を作れるのではないか。思い悩んだすえ、六ツ半（午前七時）にここで待つとの手紙を佳代のもとへ届けたのだった。地震からまだ日が浅く、まともに顔を拝むことすらできずにいた。

虎之助は手紙をたたんでふたつに裂いた。

会えずにいると、思いはよりつのるらしい。早くも彦星の悲哀を感じられた。が、今は仕事に精を出すべき時であり、多くの町方が救いの手を待ってもいるのだった。

虎之助は無理して猫背を伸ばし、八丁堀へ歩きだした。

「これは大田《おおた》殿——」

地蔵橋《じぞうばし》に差しかかったところで、ふいに声をかけられた。聞き覚えのある声に、虎之助はあたふたと振り返った。

はす向かいに住む加藤六郎衛門《かとうろくろうえもん》が立っていた。早くも身支度を整え、後ろに荷物持ちの中間《ちゅうげん》をしたがえている。同じ歳の虎之助にも、六郎衛門は律儀に腰を折って頭を下げてきた。

「あ……ずいぶんと、また、お早い日勤にございますな」

虎之助も慌てて一礼したが、心苦しさも手伝って、やけに他人行儀な言い方となった。が、六郎衛門は大真面目《まじめ》な顔で頷き返した。

「騒動まだ多く、我ら当番方も出役が増えております。では——」

短く告げたのみで立ち去るとは、向こうにも気詰まりな思いがまだわだかまっている、と知った。やはりお救い小屋を訪ねていたのは、何かしらの役得を得るためだったらしい。とはいえ、奉行所に勤める者なら誰しもが多少は手を染めており、恥と思い詰めるまでのことはなかった。もちろん、そう考えてしまうところが、六郎衛門の人の好《よ》さでもあるのだった。

その真っ正直すぎる六郎衛門に、誤解とのちに判明したが、一時はあらぬ疑いをかけたのだから、恥ずかしいのは虎之助のほうである。あの男に限って、仲間の不始末を広めるようなことをするわけがない。本当に申し訳なかった。友の背に心で詫《わ》びたあと、虎之助は走って屋敷に戻った。

待っていた髪結いに月代《さかやき》を剃《そ》ってもらい、急いで身支度を調えると、新八とともに仕事へ出かけた。

いつものように、海辺新町のお救い小屋に立ち寄った。すると、松五郎のほかにも虎之助を待つ者がいた。

炊き出し場の近くで大鍋を洗っていた佐吉《さきち》が、前掛けで手をぬぐいながら近づいてきたのである。

「大虎の旦那。前にもお話しさせてもらった米俵のことですが……」

「おう、そうだったな。すまない、佐吉。まだ調べはついてねえんだ」

虎之助が口を開くより早く、松五郎がばつの悪そうな顔になって言った。

人の亭主の亡骸を酒樽に入れて持ち帰る怪しげな女はいたし、幕府をあげつらう読売の始末にも忙しかった。松五郎の手下を町会所に送る暇はなかった。

「いえ、実は……当番名主の源兵衛《げんべえ》さんのお力を借りて、向柳原《むこうやなぎわら》に行ってみたんです」

「そうかい。そりゃご苦労だったな」

虎之助は掛け値なしに感心して、静かに語る佐吉を見つめ直した。そこまで籾蔵《もみぐら》に蓄えられた米俵の数を気にしていたとは思わなかった。

「お役人に、元帳を見せていただけないかと頼みました。そしたら驚くじゃありませんか。府内の籾蔵に、しめて四十六万石もの囲い米があるんだそうで」

向柳原、神田筋違橋《かんだすじかいばし》前、深川新大橋端、霊岸島《れいがんじま》、それに小菅《こすげ》と、籾蔵は五箇所に作られていた。向柳原だけで、十二の蔵が並ぶ。四十六万石ということは、すべて合わせると百十五万俵に達するのだった。

佐吉はたまたま新大橋端の籾蔵のひとつに入り、その片隅の山の数が帳面とちがっているのに気づいたのである。

「で、試しに向柳原でも、潰《つぶ》れなかった籾蔵のうちのひとつに入らせていただきました。ざっと山の数を勘定して、手前のところだけを調べてみたにすぎません。でも、やはり十俵も、元帳より多くの米が積まれてました」

「こりゃ魂消《たまげ》た……。こっちの籾蔵だけじゃなかったのかよ」

新八が毎度の顔つきで目をむき、大袈裟《おおげさ》に唸《うな》りを上げてみせた。

佐吉の調べによると、新大橋端の一の蔵では、元帳より二十一俵も多くの米俵が納められていたという。一俵を四斗として、合わせておおよそ八石あまりもの米になる。ほかの蔵を数え直してみれば、もっと多くのちがいが出てくることも考えられた。

「佐吉よ。町会所掛りの同心は何か言ってたかい」

虎之助が気にかけて尋ねると、佐吉は眉《まゆ》の間にまた深々と皺《しわ》を刻んだ。

「実は、毎年古くなった米から順に、新米へと買い換えているそうなんです。で、何十万俵のうちの十や二十は、数えちがいのうちだろうと……。それに、多いんなら誰も困りゃしない、と言うだけでして」

「なあ、佐吉よ。こっちの籾蔵についても、その同心には伝えたんだろうな」

松五郎がやけに低い声で問いただした。

「ええ。もちろん……」

「大虎の旦那《だんな》に話したことも、だな」

「何かまずかったでしょうか」

佐吉が先を危ぶむ目で問いかけた。虎之助も松五郎の顰《しか》めっ面を横目で見た。

「いえね……。もしその町会所掛りの旦那が、米を帳面どおりに戻しといたほうがいいんじゃねえか、そう邪《よこしま》なことを考えたらまずい、と思いやしてね」

そこまで人を疑うのか、と虎之助は驚かされた。帳面どおりに戻すとは、多い分の米をくすねることを意味する。

町会所が人々にお救い米を振る舞っていたが、地震のあとであり、米は著しく値を上げていた。籾蔵に蓄えられた米は、町入用を積み立てて町会所が買い入れたもので、過去には掛りの与力や同心による不法な行いも暴かれている。

「大虎の旦那の名さえ出しておけば、まずはひと安心だろうよ。おかしなことを考える者はおらんでしょう。ねえ、旦那」

もし虎之助の名を出さずにいたなら、米が多いことを知るのは佐吉一人、と思うかもしれない。その口さえ封じてしまえば……。そう松五郎は言っているのだった。

いくら多くの罪人を見てきたとはいえ、奉行所の与力と同心までを平然と疑ってかかるとは、ふてぶてしいにもほどがある。

「松五郎、よそであまり触れ回るんじゃねえぞ」

「これは失礼しやした、旦那。けど、大旦那がいつも悩まされていたのは、役得にありつこうと血眼《ちまなこ》になるお仲間の悪あがきだったものでして、ね」

町方の側に立って不法を暴こうとすれば、奉行所の仲間から睨まれることもある。旦那も気をつけたほうがいいですよ。そう咬《か》みつき犬の訳知り顔が語りかけていた。

哀しいかな、世の中には正しいことだけがまかり通っているわけではない。

先だっての幕府をあげつらう読売でも、もとをたどれば、大名の出世を争う醜い鍔迫《つばぜ》り合いが火元であった。侍とは名誉を重んじる。その名誉は出世とともに重みを増し、さらには実入りともつながってくる。

多くの罪は、欲から生まれる。侍も町衆も人であり、心根にさしたる差があるはずもない。そう胸に刻みつけておくべきだろう。

「誰も困りはしない。そうお役人様は言ってましたが、あっしには逆に思えて仕方がねえんでして……。何十俵もの米を損した商人がいそうなのに、どうして表沙汰《ざた》にせず、黙っているのかって」

確かに佐吉の言うとおりである。町会所掛りからすれば、困るどころか儲《もう》けたような話だが、逆から見ると、籾蔵に多くの米を納めてしまった者がいることにもなる。損をしておきながら、なぜ今日まで名乗り出ずにいるわけなのか……。

「なるほど。ちがった方向から目をやるならば、まったく別の眺めが見えてくる、か……」

松五郎が唸るように言って、とがったあごの先を撫《な》で廻した。

「おい、松五郎。おまえ、何を逆から見ようとしている」

虎之助も何かが見えてきた気がして、松五郎に言った。

「そりゃもちろん、籐籠《とうかご》と酒樽《さかだる》の一件ですよ。他人の亭主の亡骸をどうして引き取っていったのか……」

益蔵《ますぞう》は織物問屋の手代であり、あの地震の日は、番場町《ばんばちよう》の呉服屋に反物を届けに行っていた。そう聞かされたため、積荷を目当てにした物盗《もの と》りの仕業、と考えていた。しかし……。

「もしかしたら下手人は、最初から益蔵が背負っていた籠の中身が空だと知っていた。――つまり、端《はな》から益蔵を殺すつもりでいた。で、まんまと仕留めたあと、益蔵の亡骸を籠に入れて運ばなきゃならなくなった……」

「でも、親分。その下手人は、何だって益蔵の亡骸をわざわざ持って帰りたかったわけなんですかね」

新八が当然の問いを口にし、松五郎が考え込む顔になる。

益蔵の亡骸は、虎之助たちがそれぞれの目で確かめていた。頭の後ろが裂けていたほかは、おかしな傷も入れ墨もなく、綺麗《きれい》な身だった。下手人を示すような手がかりがあったとは思えないのだ。ところが、益蔵の妻から差配人の出した書き付けを掏《す》り取ってまで、その遺体を奪っていったのである。

「――だから、そこで逆に考えてみるんだよ」

虎之助は朧気《おぼろげ》に浮かびかけた眺めを見据えて言った。その場の目が痛いほどに向けられた。新八が問いただしてくる。

「どういう逆です」

「殺されたのは――益蔵じゃなかった。だから、亡骸を奪っていくほかはなかった。そう見るのはどうだい」

思い切って突拍子もない眺めを口にしてみた。

新八が真っ先に口をとがらせた。

「そりゃ、無茶ですよ、旦那。結城屋《ゆうきや》の主人が人相書きを見て、益蔵だって請け合ってるんですぜ」

「けど、人相書きを見ただけで、実物の亡骸を見たわけじゃあない。女房のおゆうが駆けつけた時には、もう亡骸は持っていかれたあとだった」

「じゃあ……籠に亡骸が入っていたのはどうしてなんです」

それまで黙って耳を傾けていた佐吉が、控えめにその場を見廻して言った。

「亡骸をどこかに隠すつもりだったのかもな。けど、たまたま地震に襲われて、ずっと籠を担いでもいられなくなった。で、やむなく橋のたもとの藪ん中に隠しておいた」

「待ってくださいよ、旦那」

松五郎が牙《きば》をむくほどの勢いで、虎之助に迫った。

「するってえと、益蔵は今も生きてる、そう旦那は言いたいわけなんで」

「そいつは、どうかな……」

「何言ってるんです。益蔵が自分によく似た男を見つけてきて、籠の中に入れておいたってことじゃねえんですか」

新八も理屈に合わないと嘆きたそうな顔で、盛大にため息をついた。

「自分によく似た男をそうそう見つけられると思うかい」

「いや、待ってくださいよ……。要するに、益蔵は、自分が死んだと思わせておきたかった。だから、身代わりを見つけて殺した。そいつの死体を残しておいたら、すぐに死んだのが自分じゃなかった、とばれかねない……」

「でも、新八よ。自分が死んだと見せかけておいて、益蔵にどんな得があるっていう」

松五郎が問い詰めるかのような訊き方をした。

新八がお救い小屋の前を行き交う人の流れを見据えるような目になった。

「そりゃあ……。どこかに惚《ほ》れた女がいて、駆け落ちでもしたかったとか。実は店の金に手をつけていて、今すぐ逃げなきゃならなかったとか……」

「女がいても不思議はねえが、女房と別れりゃいい話だろ。地震のあとで今は何かと物入りな時だってのに、結城屋に金の不始末があったとは聞いちゃいねえな」

松五郎が、けんもほろろに首を振る。

「けど、そうとでも考えなきゃ、理屈が通りませんぜ。だって大虎の旦那は、籠に入っていたのが益蔵じゃなかったって言っておきながら、そう都合よく自分に似た男を見つけられるかなんて、筋ちがいなことを言うんですから……」

「おれは筋ちがいなんか、言っちゃいないぞ」

「けど――」

「いいか、よく聞きな。籠の中で死んでたのは、益蔵と呼ばれてた男なんだろうよ。ところが、本当の益蔵じゃなかった。そうは考えられんかな」

はじめて猫騙《ねこだま》しを食らった力士のように、新八が目をまたたかせて棒立ちになった。

横で佐吉も遠くを睨みつけている。

松五郎が手の中で十手を握り直して短く頷き返した。

「なるほどねえ……。得体の知れねえ男が、何かのわけありで、ずっと益蔵を騙《かた》って暮らしてきた。——あり得ますね」

「益蔵が死んでしまえば、田舎から身内が呼び出される。そうなったら、その男の本当の素姓が暴かれかねない。下手人は、その男が益蔵として暮らしてきたことをよく知る人物だったのかも、な」

三

直ちに益蔵の妻が世話になっている浅草雷門前のお救い小屋へ向かった。本所《ほんじょ》と深川から離れることになるが、松五郎と手下のみを送ったのでは、あとでまた母と姉に何を言われるかわかっていたし、自ら調べたいとの思いもあった。

ところが、おゆうを見つけて話を聞くなり、虎之助の読みはもろくも崩れたのだった。

「——はい。うちの人とは、育った町が同じでして。それが縁で一緒になったようなものでした」

「待ってくれ。昔っから、益蔵のことを知ってたわけなのか」

「いいえ。わたしは小さかったもので、近くに住んでいたことも知らなかったんです。けれど、うちのお父《とっ》つぁんとおっ母《か》さんがあの人の若いころを知ってました」

見事なまでに当てが外れて、虎之助は空を覆う低い雲を仰いだ。おゆうの両親が、若いころの益蔵を知っていたのである。

これでは、何者かが益蔵に成り代わって暮らしていた、との読みは根底から成り立たない。

慌てて両親まで小屋から呼び出し、話を聞いた。

「昔っから頭のいい子でしたよ。親父《おやじ》がもっと働いて学問をさせてやっていたなら、織物問屋の手代で収まってるような子じゃなかったのに……」

「惨《むご》いことをする者がいますよ、本当に。お役人様、早く取り戻してやってくださいまし。千住《せんじゅ》に住むあちらの両親に、どう知らせていいものか……」

二人の年寄りに泣きつかれて、松五郎が割って入るという一幕が演じられる始末だった。

これで益蔵という男の素姓にまちがいはない、とわかった。となると今度は、なぜ下手人はその亡骸を奪っていったのか、謎《なぞ》が残る。やはりあれは、益蔵によく似た男であったのか……。

再び妻のおゆうから最近の益蔵の様子についてを訊いた。

「ええ、ずっと忙しくしてましたが……」

おゆうはそこで口籠《くちご》もり、足元へと目を落とした。

「仕事で忙しかったようには見えなかった、そう言いたいのかい」

「……わかりません。結城屋のご主人にも尋ねてみたんです。多くの仕事を任されていたのは確かなようでした。けれど、あの人はずっと、結城屋さんのことを腐《くさ》してました。半端仕事ばかり押しつけやがって、と――。だからこのところ、仕事の帰りに飲んでくる日が多くなってました……」

益蔵は、どうやら結城屋での仕事に飽いていたらしい。

虎之助はその足で、神田多町《かんだたちょう》の結城屋へも立ち寄った。

「お役人様……。確かにわたしは、益蔵に多くの仕事を任せておりました。半端仕事とあいつが思っても仕方はなかったかもしれません。それというのも……一時あいつに、よくない噂があったからなんです」

そこで結城屋の主人は神妙そうに声を低めた。

「おかしな連中とつき合ってるらしい。目を覚まさせるためにも、仕事を嫌と言うほど与えてやったほうがいいんじゃないかと……」

「どういう連中か、顔は見たのか」

「一度、目つきの悪い男らが、店を訪ねてきたことがございました。あれは、今年のはじめごろでしたか……。賭場《とば》にでも出入りしてるのでは、と疑う者もおりまして。それで、暇を与えたんじゃろくなことにならぬと考えた次第にございます」

「そういう事情があるなら、もっと早くに打ち明けてくれなきゃならねえな」

松五郎が睨みを利かせて横から言った。

「相すみません。でも、親分さん、このところの益蔵は、そりゃ心を入れ替えたようになってたんですよ。自ら宿直《とのい》を務めると言いだしたり、遅くまで蔵の整理を買って出たりと――」

「金の出入りにおかしなところはなかったかい」

虎之助は最も気になるところを訊いてみた。

「そいつはございません。あたしは番頭と手代を信じてますが、何かあったんじゃまずいと思い、帳面と金の照らし合わせだけは、人任せにしないようにと心がけておりますから」

何ひとつ手がかりらしいものは得られなかった。これでまた調べは振り出しに戻ったようなものだった。


「――ちょっと、虎。山吹屋《やまぶきや》に顔を出したって本当かい」

くたびれ果てて家に帰り着くなり、初音《はつね》が手招きして廊下の隅へ誘い、問い詰めるような目でささやきかけてきた。

「いや、その……市中廻りへ出るついでに、たまたま通りかかったもので」

「本所深川の市中廻りが、どうして方向ちがいの数寄屋町《すきやちょう》を通るんだい」

冗談も休み休みに言いなとばかりに凄《すご》まれた。その目つきは咬みつき犬に引けを取らず、猫背がさらに丸まりかけた。

「未練がましい男だね、おまえも」

初音は母と若菜《わかな》の耳を気にして、さらなる小声で責め立てた。

「いいかい。わたしが調べたところ、あの家には少なくない借金があるんだよ。町方役人が身内になってくれれば、嫌でも信用は増す。そう考えて、向こうは無理に話を持ってきたんだからね」

「姉上が調べたのですか……」

「恥を忍んで、元の旦那の小者を使ったんだよ。新八じゃ、まだまだ頼りないからね」

知らなかった……。では、わざと嫌われるべく、顔合わせの席で虎之助を散々詰《なじ》り倒したというわけなのか。

「思いちがいするんじゃないよ。向こうの断り方が腑《ふ》に落ちなかったから、調べてみたんだ。あれで結構、母上も悔やんでたようだったしね」

少しは虎之助も気づいていた。あれでも母は、破談が決まった当座、いくらか口数が減ったのである。

「こっちが向こうの家の触れられたくないところを突っついたんで、慌てて断りを入れてきた、そうとしか思えなくてね。ほら——佳代って上の娘がいるだろ」

いきなり胸を貫かれて、虎之助は背筋が伸びた。

「あの娘の嫁入りだって、わけありだったらしいね。得意先に頼み込まれて嫁に出し、金を借りたっていうんだよ。だもんで、相手がひどい男だろうと、いまだ縁を切るわけにもいかずにいるって聞いたからね」

耳の中で、血のざわめき立つ音が渦巻いていた。姉の放った言葉の意味がわからなかった。

「でも――佳代って人は、ずっとあの家に……」

「旦那の酒癖がかなり悪いとかで、しばらく離れて暮らすことになったらしいね」

心の臓が締めつけられた。佳代はまだ夫と別れたわけではなかったらしい……。

虎之助は目の前にいる姉の姿がよく見えなかった。水茶屋の二階で肌を合わせた時の、佳代の恥じらいに満ちた顔が、目の前を通りすぎていった。

「おまえ、驚きすぎだよ」

何も知らない初音が小さく笑った。

「本当におまえはお人好しすぎるからね」

意味はちがったが、確かにそのとおりだった。

佳代は虎之助の前でいつも静かに微笑《ほほえ》んでいた。多くを語ろうとしなかったのは、出戻りの身を恥じていたからではなかった。いまだに夫と縁を切れずにいることを悔い、それを言いだしあぐねていたせいなのだった。

地震から二日目の朝、山吹屋を訪ねた虎之助を見て、佳代は静かに頭を下げてきた。あの仕草の中に、どれほどの思いが込められていたか……。今日も手紙だけを託して、虎之助の前には現れなかった。

口説き落とした女の心を、何ひとつわかってもいなかった。その事実に胸をえぐられる思いだった。

いずれ必ず独り身となれる。酒癖の悪い夫と別れられる。佳代はそう固く信じていたのだろう。だから、多くを語らず――語れないまま――ただしゃにむに向かってきた虎之助に請われるまま、身を任せたのだった。

「いいかい、あの子はあきらめなよ。おまえじゃ支えきれなくなるよ」

見代《みよ》のことを言っていたが、その言葉は深く胸に刺さった。


その日は明け方まで、ろくに眠れなかった。

不義密通は、立派な罪である。

古来、妻を寝取られた夫は、たとえ相手の男を殺したところで罪に問われることはなかった。今では妻仇《めがたき》討《うち》はおこなわれず、妻を離縁し、金で解決するのがほとんどだが、殺されても仕方のない重罪なのだった。

町方役人の身である虎之助が密通の罪を犯したと知れ渡れば、確実に出世の道は断たれる。こんな地震の只中《ただなか》に何をしている、そう多くの者から責められるだろう。

知らなかったとはいえ、何たることをしでかしてしまったのか……。

もしかすると――。

佳代は虎之助にあえて語らなかったのではないか、とも思えてきた。不義密通の罪を犯せば、夫と別れられる。町方役人であれば、多くの役得もあって金廻りはいいはず。金を渡しての解決が図れる。不義密通を犯す相手としては、格好である。

そこまで考え、虎之助は寝床の中で慌てて首を振った。それでは佳代の思いを信じていないことになる。

そもそも虎之助の二人の姉は、どちらも出戻りなのだ。たとえ自分も出戻りの独り身と見せかけることができても、虎之助が心を寄せてくるとの保証はなかった。

つまり、佳代の思いに疑いはない。

今はそう信じる、と心に決めた。

だが、とても数寄屋町の山吹屋には足を向けられそうもなかった。

四

深川永代寺《えいたいじ》の境内にも、家をなくした町衆が多く寄り集まっており、そこにも少し遅れてお救い小屋を建てることが決まった。

門前の町々はいまだ焼け野原で、瓦礫《がれき》を片づけにかかる人足がようやく少しずつ集まりはじめていた。我こそは町を建て直す仕事を担っているのだという自負があるらしく、道端に畳を並べて暮らす人々を無下に追い払おうとしたために騒動が絶えず、その見廻りに虎之助は追われることとなった。

「旦那。気落ちしないでくださいよ」

早とちりした新八が、機嫌をうかがう顔でささやいてきたが、虎之助は生返事でごまかした。益蔵の件で当てが外れてふさぎがちなのだと思われたほうが、真実より遥《はる》かにましだった。密通を犯して思い悩んでいると知られれば、町方同心の誉れもあったものではない。

「誰だって、好きで道端に寝てるんじゃねえさ。お救い小屋が建つまで大目に見てやんな。もし手荒な真似《まね》をしようものなら、大虎の旦那が黙っちゃいねえからな」

松五郎が気の荒い人足を脅しつけていき、虎之助はただたもとに手を差し入れたままの姿で練り歩けば、それで事は足りた。働き者の親分がついてくれることを、亡き父に感謝せねばならなかった。その父も、息子が同心の身でありながら密通の罪を犯したと知れば、どれほど草葉の陰で嘆くだろうか。

急ごしらえの小屋が増えつつある黒江町《くろえちょう》から佐賀町《さがちょう》を廻っていくと、大番屋の中間が虎之助を探しに来た。

「本所元町の名主から、検使の願いが出されております」

定町廻りの蜂矢小十郎《はちやこじゅうろう》は、今なお読売の後始末に追われていた。幕府をあげつらうもののほかにも、署名のない刷り物が市中にあふれ、その版元を追う仕事にかかりきりなのである。

「当番方から人を送りましたが、大田様にもお知らせせよ、とのことにございます」

今は仕事に追われたほうが、嫌な思いを忘れられる。

虎之助は見廻りついでに小名木川《おなぎがわ》を越え、本所元町《もとまち》に足を伸ばした。

今も身元不明の亡骸が運び込まれている回向院《えこういん》に近い材木置場で、その亡骸は見つかったのだという。

西隣はどこぞの武家の組屋敷らしく、罅《ひび》の入った築地《ついじ》がつづく。東は商家の土蔵だが、こちらも壁が崩れて、間を分かつ板塀が手前にひしゃげ、地震の痛手があちこちに残って見えた。樽《たる》に梯子《はしご》に大工道具までが野積みにされ、材木置場というよりは、古屋の庭を板塀で区切り、物置場にしていたといったほうがよさそうだった。

「わざわざお越しいただき、お手数様です」

当番方の同心は、永谷義二朗《ながたによしじろう》という三十すぎの上輩だったが、町廻りという虎之助の身分を重んじ、丁寧な言葉遣いで迎えてくれた。

「ご覧ください。先の地震で崩れた丸太を、雑に立てかけておいた者がおったようです。名主としては、頭の傷と比べて、丸太についた血がやけに多すぎる、と言っておりましたが、昨夜もまた大きな揺れ戻しがあったので、そのせいではないかと思われます」

遺体は、幅七寸はあろうかという丸太とともに、潰れかけた納戸らしき小屋と板塀の間に横たわっていた。

歳は六十前だろう。左のこめかみがぱっくりと口を開け、赤黒い血溜《ちだ》まりが地に広がっていた。丸太の長さは一間半ほど。その片端に、やはり血がべったりと赤黒く染みついている。

松五郎が亡骸と睨めっこするような近くで傷を確かめ、それから丸太へ目をやった。

「確かに、傷の大きさに比べて、ちょいとばかし血が多いようにも見えますね」

新八がのぞき込んで言い、松五郎も小さく頷きを見せた。

「身元はもうわかったんでございやしょうか」

虎之助が何も言わずにいるのを見て、松五郎が永谷義二朗に尋ねた。

問われた永谷は、虎之助のほうを見て答えた。

「つい先ほど、娘が差配人と名乗り出てきたところです」

死んだ男の名前は、彦次《ひこじ》。昨夜五ツ半（午後九時）に家を出たきり帰らず、娘のおつねが案じて、差配人に相談を寄せたところ、近くで父親に似た亡骸が見つかったと聞き、駆けつけたのだった。二人の住まいは、通りを二本へだてた先の一軒家で、取り乱すおつねを差配人がなだめているところだという。

松五郎に目でうながされて、虎之助はおつねの住む家を訪ねた。そこは屋根が斜めに傾いた古屋だった。雨戸が今も閉まっているのは、父親が帰らなかったため、不安で開けられずにいたからだろうか。

上がりがまちに四十がらみの差配人が腰かけており、着流し姿の虎之助を見るなり、慌てたように立ち上がった。おつねのほうは座敷で真っ赤に目を腫《は》らし、今も嗚咽《おえつ》を洩《も》らしつづけている。

「親父さんは何の用があると言って家を出たんだろうか」

虎之助が優しげな声音で話しかけても、おつねは拳《こぶし》を固めて泣き伏すばかりだった。父親の死を受け止めきれずにいるというより、せっかく地震を生き延びながら、こんな時に命を落とす不運を呪《のろ》うかのような泣き方に見えた。

「ずっとあの調子でして……」

差配人が眉を下げて虎之助に言った。

「昨日のことですが、彦次はいい道具を見つけた、と言ってたそうです」

「道具だと」

「はい。若いころに大工の真似事をしたことがあったらしくて……。今なら大工仕事はたんまりとありますからね。それで、道具を見つけたから、何としても仕事にありついてみせる、と言って――」

亡骸の見つかった物置場には、いくつかの大工道具も野ざらしになっていた。あれをかすめ取るために忍び込んだところ、揺れ戻しに遭うかして倒れてきた丸太に頭をぶつけた、そう考えられた。

「彦次は仕事をなくしたのか」

虎之助の問いかけに、またも差配人が小さく頭を下げて答えた。

「この地震で、多くの者が家も仕事もなくしておりますから」

「おつね。彦次は何の仕事をしていた」

松五郎がやんわりと声をかけたが、おつねはただ首を振り、また泣き声を絞り上げた。これではまともに話を聞けそうになかった。虎之助は仕方なく差配人を戸口の外に目で誘った。

「二人はいつから、ここに」

「はい——地震のあとでございます。火事で焼け出されたとかで……」

「ほう。よく空き家が見つかったもんだ」

「ええ。本当に運がよかったんです。けれど、この家を借りるのに有り金を使い果たしていたんでしょうね。それで日銭を稼ごうと考え、大工道具を盗もうとしたのかもしれません……」

差配人は彦次の早まった振る舞いを嘆くように首を振り、声を湿らせた。

「で、ここに来る前には、どこに住んでたた」

「確か木挽町《こびきちょう》だったかと——」

「そうかい。娘のことを考えて仕事を見つけようとしたんだろうが、それが仇《あだ》になるとは、本当に不運だったな。また何かあったら話を聞きに来る。あとは頼むぞ」

まだ家の中で泣きつづけるおつねを見ると、虎之助は差配人に告げて路地に出た。

「見てられませんね、可哀想《かわいそう》で……」

後ろにつづいた新八が吐息とともに言った。この先女一人で今の家に住みつづけることは難しいだろう。きっと似た境遇の女が江戸の市中にはあふれている。

「旦那、木挽町のほうは、あっしにお任せください」

松五郎が横に並ぶようにして早口に言うと、新八が驚きの声を作った。

「待ってくださいよ、親分は彦次のことを調べに行く気なんですかい」

「いいや、おれも行こう」

「旦那まで……」

「おまえはおかしいと思わなかったのかよ、新八。木挽町で焼け出されたもんが、どうして本所元町に越してくる。つてがあったにしても、差配人が言うようにちょいとばかし幸運すぎらぁ」

木挽町は京橋《きょうばし》の南にあり、この元町から軽く一里は離れていた。なぜ木挽町から遠い地に空き家を見つけることができたのか。それが気になる。

しかも、おつねは泣くばかりで、何ひとつ問いかけに答えようとしなかった。まるで、何かを知っていながら、隠そうとしたようにも思えてしまう。

「じゃあ、木挽町から離れたいわけが、彦次のほうにあった、とでも……」

「だから、それを確かめに行くんだよ」

まだ路地に洩れ聞こえる娘の泣き声を背に、虎之助は急ぎ足に変えた。

五

木挽町からほど近い幸橋御門《さいわいばしごもん》前の火除地《ひよけち》にも、お救い小屋が建てられていた。そこの当番名主から木挽町の名主と差配人を探し出して尋ねると、人別帳から彦次とおつねの身元はたぐれた。

ところが、二人の住まいを束ねる差配人は、地震で長屋が潰れたために命を落としていたのである。

「ほう。差配人はどこの長屋の者だったんだい」

松五郎が尋ねると、名主は痛ましそうに顔を皺《しわ》めながらも、あっさりと頷いた。

「ええ。彦次親子と同じ長屋でした」

藪から棒が突き出してきたといわんばかりに新八が身を震わせ、虎之助と松五郎を見つめてきた。しがない長屋住まいだった彦次とおつねは、地震のあとでわざわざ一軒家を本所元町に借りていたのだ。

「家を借りたからには、彦次に人別送りの書き付けを出してやったわけだよな」

「はい、お役人様。差配の者が亡くなっていたため、彦次がわたしんところへわざわざ来まして。そこのお救い小屋に入る時は、彦次一人だったんですが、娘さんも無事見つかったと言って……」

「待った、待った。彦次は一人でお救い小屋の世話になってたのかい」

咬みつき犬に迫られて、名主の腰が引けた。

「ええ……。身元はまちがいないとわかってましたから、書き付けを出してやりましたが……」

「娘は、死んだものと思われていたのか」

すっかり険しい顔になった松五郎を引き戻し、虎之助は名主の前に廻り込んで訊いた。

「へい。何しろ長屋は丸焼けになりまして……。娘の姿が見当たらないと、そりゃあ彦次はひどい取り乱しようでございました。長屋の灰の中から、いくつか骨も見つかりましたが、誰のものかはわからずじまいで……。彦次の娘も焼け死んだと思って、皆、声をかけることもできずにおりました。ところが、こんなこともあるんでございましょうか、娘は無事に生き延びていたというんですから……。柱が崩れた時に家の外に投げ出されて、あとは誰かに手を引かれるまま逃げたと言っておりました。しばらく躰が動かず、そのまま知り合いのところで休んでいたため、彦次が一人でお救い小屋の世話になってたことを知らずにいたそうなんでございます」

あれほどの地震のあととなれば、そういうすれちがいも起こり得たろう。親娘《おやこ》はようやく巡り会えて、本所深川で新たな住まいを見つけることとなった。何もおかしな話ではない。

「どうして本所へ越すことになったか。何か言ってはいなかったか」

「知り合いのつてがあったと、聞きましたが……」

彦次とおつねが何の仕事をしていたかも確かめたが、名主はそこまで二人のことを知ってはいなかった。

そこで、またお救い小屋に戻って、同じ長屋の住人を探し出した。

「彦次がどうかしたんでございましょうか……。やつは娘思いの働き者でね。おつねがあんまし躰の丈夫な子じゃなかったもので、奉公に出すわけにもいかず――。嫁の口が決まるまではと、そりゃ一所懸命に働いてました。河岸《かし》の仕事を終えたあとも、二人で袋貼《は》りをするほどでしたから」

薬代に金が入り用だったという。

その話を聞くなり、松五郎がひそかに目配せを寄越した。長屋住まいで薬代のかかる親娘が、地震のあとにどうして一軒家を借りることができたのか。ますます謎めいてくる。

「へえ、そうでございますか。本所のほうに越していたとは……」

そこの材木置場で命を落としたと教えたのでは、口が重くなりかねない。死んだ者の噂話は控えたくなるのが、人情というものだった。

「さあ、どうして本所に行ったんでしょうか……。おつねちゃんが生きてたってことも、あたしらあとで名主さんから聞かされたものでして……」

「じゃあ何かい。彦次はここから急にいなくなったのか」

「ええ、挨拶《あいさつ》もなしですよ。あたしらで、ずいぶん慰めてやったりしてたんですけど……。お役人様からおつねちゃんが生きてるって知らされたとたん、それっきりで――」

おつねは父親を探すため、このお救い小屋の掛りを務める役人を訪ねたのだろう。名主を通して調べてもらい、そこから町方役人に話がいった、と考えられる。しかし、同じ長屋に住む者に挨拶もなく出ていったとは、少々腑に落ちない。そうまで早く本所へ越したいわけがあったのか……。

彦次は働き者で、人から逃げるような事情があったとも思えず、おかしな男が二人を訪ねてきたりしたこともなかった、という。

「地震のあとで、何かが二人にあった。そういうことでしょうかね」

珍しく新八が、真っ当な物言いで虎之助と松五郎を見比べた。

死んだと思われていたおつねが生きており、その事実がわかると直ちに彦次は誰に挨拶もなくお救い小屋を出て、本所元町に家を借りた。娘が生きていたと判明した裏に、あまり口外できない事情でもあったわけなのか。

日本橋から赤坂《あかさか》にかけての定町廻りは、大関小三郎《おおぜきこさぶろう》という古参の同心が務めていた。大関を訪ねて話を聞く前に、お救い小屋掛りの名主に話を聞いた。

「はあ……。お役人様が、このお救い小屋まで知らせに来たというんでございましょうか。いいえ、わたくしは何も聞いておりませんが……」

定町廻りの大関は、名主に任せきりで、お救い小屋に立ち寄りもしないのだという。

臨時廻りの同心については、名前すら知らない、と言われてしまった。

おそらく、二人の同心が怠けているのではないだろう。辺りの騒動を治めることで大《おお》童《わらわ》の日々をすごしているのだと思われる。虎之助のような臨時の臨時という市中廻りは、この辺りに配されていなかった。

「けど、おかしなこともありますね。同心お二人がほとんどこのお救い小屋に来てないとなると、彦次はどこのお役人から、娘が生きてるって知らされたんでしょうかね」

新八の呟《つぶや》きを聞き流して、虎之助は再びお救い小屋の中へ戻った。

「あ、旦那、待ってくださいよ……」

新八が慌ててあとを追ってくる。松五郎のほうは、もう黙って虎之助の横にしたがい、早くも勘づいている顔に見えた。

彦次親娘と同じ長屋に住んでいた者らを再び訪ねた。おつねが生きていると告げに来た役人の顔を見た者はいるか、と訊いた。女の一人がおずおずと頷いた。

「ええ……見ておりますけど、それがどうかいたしましたでしょうか」

一人の男を思い浮かべて話を聞いた。外れてほしい見込みほど、どういうわけか当たってしまうもののようだった。

奉行所から飛び出してきた男を少し追ってから、虎之助は腹を据えて後ろから声をかけた。

「よう。そんなに急いでどこへ行くんだい」

建て直しの槌音《つちおと》が響きはじめた五郎兵衛町《ごろべえちょう》の四つ辻で、加藤六郎衛門が前のめりになって立ち止まった。懸命に何食わぬ振りを気取ろうとして振り返った顔を見ていられずに、虎之助は道行く人へと目をそらした。

「おう……大田殿であったか。こんなところで会うとは……。町廻りのほうは忙しくないのか」

「ある調べで気になることがあって、新八を奉行所まで走らせたんだよ。おまえのほうこそ、当番方の勤めがあるはずだろうが」

「いや……実は、あまり人に言えぬ用を任されて、な」

「人に言えぬ用とは、本所元町に住む彦次親娘のことか」

すぐにもまた走りだそうと、腰の刀に手を添えていた六郎衛門が、口を盛んに開け閉めした。が、言葉は出てこなかった。横目で探るようにうかがうと、向こうも同じ目つきで虎之助を見ていた。

虎之助はゆっくりと六郎衛門に歩み寄った。

「彦次が死んだのをわざわざ奉行所に知らせたのは、おまえの耳に入れるためだった」

「そうか、すまぬ……」

同輩にも礼を尽くす律儀な男が、虎之助の放ったひと言ですべてを悟り、例によってまた深々と頭を下げてきた。

「どうして、わかった……」

六郎衛門の顔を見ていられず、虎之助は並木に目をそらして答えた。

「彦次は町方役人に呼び出されて、娘が生きていたことを知らされたと聞いた。けれど、定町廻りも臨時廻りも、あのお救い小屋に顔を出してはいなかったんだよ」

「おぬしには、海辺新町で見つかっていたからな……」

「もしやと思って訊いたんだよ。彦次を呼び出した役人の顔形を。そしたら、おまえだとしか思えなかった。——あれは地震で娘を亡くした父親を探すためだったんだよな」

「そこまでわかっているなら、話は早い。できれば元町へ急ぎたい。道々、何があったか、詳しく教えてくれぬか」

「ああ、急ごう……」

虎之助は短く言い、先に立って歩きだした。六郎衛門は虎之助を追い越し、さらにも増して足を速めた。一刻も早く、という焦りが伝わってくる。

「慌てるな、六郎衛門。咬みつき犬を先に元町へ送ってある」

「さすがは町廻りに出世した男であるな。抜かりはない、というわけか」

苦しげな目を向けられて、虎之助はひたすら前を見て歩いた。

「逃げてきた女を匿《かくま》うのなら、どうしてもっとうまくやらなかった」

当たりをつけて虎之助が言うと、六郎衛門は小さな目を顔の真ん中に寄せるような顔で哀《かな》しげに笑った。

「無理を言わんでくれ。地震のあとで、町屋はどこも家が足りなくなっておる。心当たりを探して、やっとのことであてがったのだ」

海辺新町のお救い小屋で会った時、人探しを頼まれた、と六郎衛門は語っていた。人探しは本当でも、誰に頼まれたわけでもなかったのだった。海辺新町で探し当てることはできなかったが、ついに六郎衛門は、幸橋御門前のお救い小屋で、娘を地震で亡くしたばかりの彦次という男を見つけたのだった。

六郎衛門と女がどれほど深い仲にあったのか、虎之助は訊くつもりもなかった。女がどこから逃げてきたのかは見当がつく。あの大地震で新吉原や深川界隈《かいわい》の岡場所の多くが丸焼けとなっていた。逃げ出した遊女が大川端に現れては客を取っているとの噂もあった。

遊女屋から逃げてきた女を匿うために、六郎衛門は娘を亡くした男を探した。実は生きていたと名主に告げることで、その娘の人別を、逃げてきた女にあてがってやれる。そうなれば、別人になりすましての暮らしができる。

六郎衛門のことだ。女を助けてやってほしい。娘を亡くしたばかりのあんたならば、命の尊さをわかってくれよう。言葉を尽くして誠心誠意口説き落としたにちがいない。きっと金ではなかったろう。彦次は六郎衛門の思いに打たれ、手を貸すことに決めて本所元町へ越していった。

「おれが見たところ、あの差配人は何かを勘づいてる顔だったぞ」

「そうか。悪いことはできぬものだな」

このご時世に、逃げてきた遊女を匿うなど、あまりにも難しすぎた。彦次を探し出し、人別と家をあてがうまでは、うまくやってのけたと言える。けれど、彦次が命を落とした裏には、その隠し事がかかわっているとしか思えなかった。

もはや女をこのまま匿っておけるものではないだろう。悪くすれば、町方役人という職にある六郎衛門が手を貸していた事実までが知れ渡ることになる。

「大田殿……。とてもおれの身分では、あいつを身請けなんかできるはずもない」

言い訳でもするように、六郎衛門が声をかすれさせた。

――遊女に入れあげるなんて馬鹿をして、どうする気だ。目を覚ますんだよ。

そう六郎衛門を怒鳴りつけてやりたい気持ちはあった。しかし、そういう虎之助自身が、不義密通の罪を犯していた。偉ぶって友を諭せる身ではなかった。横を走っているのは、虎之助と同じく、ただ一心に女を思う一人の男にすぎなかった。

「こんなことにでもならなきゃ、あいつは籠の中から出られなかったんだよ。知ってるか。吉原の遊女のほとんどが、三十まで生きられやしないんだぞ」

躰を壊し、病に冒され、多くの遊女が若い身空で命を散らしていく。死を待つしかない暮らしから、惚れた女を救ってやりたい。その何が悪い。声の端々に、秘めた怒りが込められていた。

虎之助は何も言えずにうつむいた。今はただ友のあとを追い、懸命に走ることしかできなかった。

世の中の仕組みというものを、かえでは何ひとつ知らなかった。吉原では言われるがままに客を取り、ただ満ち欠けしていく月を見上げていれば、それで日々はすぎていった。

六

たとえるなら吉原の町は大きな鉢《はち》であり、女はそこに根を張ってしか生きられない小さな花のようなものだった。ひとたび町へ放り出されてしまえば、生きる源とも言える水を吸い上げる術《すべ》をなくし、眩《まぶ》しすぎる陽射しにも焼かれて、たちまち立ち枯れゆく定めが待つ。

夜鷹の女から教えられたとおりに、驚くほど長い橋を目指しつつ、道行く人に尋ねながら、かえでは亀島橋にたどり着いた。あとは朝早くにここで立っていれば、あの人が言っていたように、お侍の家を廻る髪結いが通りすぎていくはずだった。

吉原で生きる女にとって、わずかでも心を許せる者がいるとすれば、廻り髪結いはその一人と言えた。鬢盥《びんだらい》を下げて歩く者がいれば、それが髪結いだと、かえでにはわかる。彼らに話を聞いていけば、必ずあの人に行き当たる。

加藤六郎衛門。三人目に見つけた廻り髪結いが、あの人の名を知っていた。この亀島橋のたもとで待っている、と有り金すべてを握らせて言伝《ことづて》を頼んだ。

待っている間は胸が苦しく、息がまともに吸えなかった。いくら馴染みの人でも、相手は奉行所に勤める侍だった。遊女が逃げてきたと知った時には、捕まえるべき立場にある人なのだ。それでもかえでは、ひと目あの人に会いたいと念じながら橋のたもとに立ちつづけた。

――おまえを連れて今すぐどこかへ逃げていきたい。

枕言葉を信じる馬鹿がいるものか。そう女たちは口で言いながらも、実は乙女のように男の言葉を信じていたいと思う健気《けなげ》な心根を持つ者が多かった。何かを信じることで、辛《つら》い日々を耐えていくことができるからだった。

「――かえで」

待ち望んでいた声を聞きつけて顔を上げると、あの人が橋の向こうに立っていた。遣手の一人が下駄《げた》と笑った四角い顔がゆがんでいった。

だが、涙をこぼしたのは、かえでのほうだった。取り乱したのでは六郎衛門に迷惑をかける。わかっていても、胸に熱いものが込み上げて、我を抑えることができなかった。

あの人は何もかえでに訊かなかった。ただひと言、よくぞ生きていてくれた、と言った。

あとで聞かされたところによると、新吉原は全焼し、六百人を超える遊女が焼け死んだのだという。その亡骸は、新吉原からほど近い浄閑寺《じようかんじ》の境内に、まるで屑《くず》か何かのように投げ込まれた。その惨たらしい様を見た町の人々は、浄閑寺のことを「投げ込み寺」と呼びはじめているらしい。多くの女が、あのはね橋を渡れず、命を散らしていったのだった。

「立てるか、かえで……」

　言われるがままに手を引かれて、かえでは歩いた。たとえ奉行所へ連れていかれても仕方ないと思ったが、気がついて涙をぬぐうと、小さな神社の境内に立っていた。そこには、家を焼け出された町衆が十五、六人、寄り集まるように暮らしていた。

「いいか。ここで待っていろ。必ず夜までには迎えに来る」

　待つのは少しも苦ではなかった。枯れ藪の端に腰かけて、六郎衛門をひたすら待った。話しかけてくる者はいたが、かえでは口をつぐみとおした。余計なことを語ってしまえば、あの人に迷惑がかかる。

　言葉どおりに六郎衛門は、夜更け前になってそっと境内を訪れた。

　またも言われるがままに手を引かれて歩いた。

　焼け野となった町中には、半裸の男がそこかしこでうずくまり、侍と手を取り合って歩くかえでを不躾《ぶしつけ》なまでに見つめてきた。六郎衛門は口を閉ざしたままで、かえでの息が上がろうとも足をゆるめなかった。このまま二人のことを誰も知らない土地へ逃げるかのように思えて、胸が苦しくとも喜びを感じられた。

　連れていかれたのは、武家屋敷の裏手にひっそりと建つ古屋だった。屋根が斜めに傾いていたが、見せかけだけの豪奢《ごうしゃ》な造りの双葉楼より、遥かに人の息吹を感じられる住まいだった。引き戸を開けて中に入ると、薄暗い行灯《あんどん》の火を前に、しなびた干し柿を思わせる初老の男が一人座っていた。

「いいか、よく聞け。おまえは今日から、そこにいる彦次の娘だ。名は、おつね。しばらく二人で一緒にここで暮らすんだ」

町に生きる者には、人別という家族の居所と宗旨《しゅうし》を記した書き付けがあって、それを身の証《あかし》とせねば市中に家を借りて住むことは叶《かな》わないのだという。

彦次は、地震で娘を亡くしたばかりだった。その娘が実は生きていたと名乗り出て、人別送りの書き付けをもらい、新たにこの家を借りたのだった。

「ここでおつねとして暮らしていけば、必ずや道が拓《ひら》ける。おれを信じろ」

信じている限り、幸せという温《ぬく》もりにひたっていられる。信じるほかにできることはなかった。

彦次という男は無口で無愛想だった。が、娘を亡くしたばかりとあっては無理もないと思えた。かえでの身の上を尋ねることは一切なく、自らも過去を語らなかった。

「いいかい、おつね。まず飯炊きと掃除から覚えていきなさい。おれが楽をしたいから言っているんじゃない。女が飯炊きと掃除ができなくては、近所の者に怪しまれる」

「しばらく表は出歩くな。人が訪ねてきても、加藤様のほかには絶対に戸を開けてはならない。心張《しんば》り棒《ぼう》をかましたまま、おまえは黙っていればいい」

「挨拶の仕方はわかるな。嫌でもおれを父親と思い、まずは言葉遣いに慣れていきなさい」

飲んだくれだった父親が、夢の中に現れることは今でもあった。酒を飲んで顔を真っ赤に染めて怒鳴り散らし、母を殴りつけたところでかえでを振り向く。鬼の形相が急に嫌らしい目つきに変わって笑いかけ——そこでいつも目が醒《さ》めるのだった。

彦次もかえでの胸や腰に目を走らせることはあった。が、すぐそのあとで、そういう目をした自分を恥じるかのように横を向いた。あるいは、死んだ娘をどこかで思い出していたのかもしれない。湯を沸かして、かえでに躰をふけと言ってきた時も、彦次はわざわざ家を出て外にいた。

見よう見まねで飯を炊き、彦次と向かい合って侘しい夕餉《ゆうげ》をとった。箸《はし》の使い方から椀《わん》の持ち方までを正された。町の女として生きていくための教えを受けているのだと思い、素直にしたがった。

その夜、六郎衛門が再び訪ねてきた。すると、彦次が気を利かせて一人でまた家を出ていこうとした。が、六郎衛門が呼び止めた。二人に話しておきたいことがある。そう言って六郎衛門は、これから気をつけるべきこと、心構えについてを諄々《じゆんじゆん》と説いていった。

求められていないのか、とかえでは思った。地震のあとからの身の汚れはぬぐい取ったつもりでも、まだ町の女にはなれていなかった。六郎衛門は最後にまた、よくぞ生きていてくれた、と同じ言葉をくり返し、泣き笑いのような顔になった。

六郎衛門はかえでを抱かずに帰っていった。

「気を利かせて家を出ようとしたおれが馬鹿だったよ。あのお方は、おまえのことを本気で思っていなさる。そう心得なさい」

彦次が語った言葉の意味を、かえでは寝床の中でずっと考えつづけた。

はじめて手にできた平穏な暮らしは、二日とつづかなかった。

六郎衛門が用立ててくれたので、当座の金には困らなかったが、周りの目があるために、彦次は仕事を探しに行く振りをして家を出た。すると、それを待っていたかのように、戸をたたく者があったのだった。

「いるのはわかってるさ。――あんた、おつねじゃないよね」

男は声を低めて言い、差配人の栄作《えいさく》だと名乗った。

「ここを開けなさい。じゃなきゃ、人別送りの書き付けにあった木挽町を訪ねてみようか。本当のおつねの顔を知ってる者が、たくさんいるだろうからね」

二度目の大地震が、かえでの足元を揺らした。

恐ろしくて心張り棒を外せなかった。これを外したら、ようやく手にできた今の暮らしが、ぺしゃんこに潰れてしまう。

「おかしいと思ってたんだよ。金なんかなさそうな親娘が、この物入りだって時に、ひと月分も前払いするなんてね。しかも、ここに住んでた一家は、お侍に脅されるような物言いをされて出ていったっていうんだから、おかしいやね。おとついの夜も、ここに一人のお侍がやってきたろ。それを見て、おれには読めてきたんだよ」

六郎衛門がどうやってこの家を借りる算段をつけたのか、かえでは知らない。けれど、この差配人はすべてを見抜いていた。

「ここを開けなさい。いるのはわかってるんだ。おまえ、どこから逃げてきた女だ」

かえでは一人、差配人があきらめて帰るまで、我が身を抱いて震えつづけた。


「そうか……。怖かったろうな。けど、もう心配しなくていい」

家に戻ってきた彦次にすがりついて、涙ながらに昼間の一件を打ち明けた。このままでは遊女屋へ戻されるだけでなく、六郎衛門にまで迷惑がかかってしまう。

「番所へ突き出す気があるなら、おれがいなくなったところを訪ねてくるわけもない。やつの狙《ねら》いは、おまえの躰と金だろうな」

こんな躰でよかったら、いつだってくれてやったっていい。金がほしいというのなら、また川縁《かわべり》で客を取れば、少しは用立てられる。かえでがそう語ると、彦次は憐《あわ》れむような目で首を振った。

「いけねえな……。あんたは町の女として生きていくんじゃねえのかよ。あとはおれが何とかするよ」

そう言って彦次は一人で家を出ていった。そして、ついに戻らなかった。

戸がたたかれたのは、翌朝だった。差配人の栄作が、昨日とは打って変わった猫撫で声でかえでを呼んだのである。

「おつね、落ち着いて、よくお聞き。この近くの材木置場で、あんたのお父つぁんが倒れてた。嘘じゃない。今名主さんが番所に届け出たところだ」

彦次の身に何が……。かえでは足元から地が崩れゆくのを感じた。

「詳しいことはまだわかっちゃいない。どうも、倒れてきた材木で頭を打ったようだと名主さんが言ってた」

ちがう。そうではなかった。彦次は材木置場に行ったのではない。

「じきにお役人がやってくる。何を訊かれるかは見当がつくんで、今から少し話を合わせておいたほうがいいとは思わないかい。だから、ここを開けな」

「……お父つぁんは、無事なんですか」

「とにかく、ここをお開け。お役人に踏み込まれたんじゃ、大変なことになる」

役人が駆けつけたなら、おまえの素姓だってばれちまうぞ。見せかけの優しげな声で、栄作はかえでを脅しつけていた。

「あんたはただ横で泣いてりゃいい。おれがすべてうまくやってやる。悪いようにはしねえから、任せるんだ。いいね」

この男だ――。

彦次は昨日、この男を呼び出したはずなのだ。あとはおれが何とかする。彦次はそう言っていたが、栄作を黙らせるほどの金は持っていなかった。

まさか……。材木置場に呼び出して、栄作を後ろから殴りつけでもして、殺す気だったのではなかったか……。娘を地震で失い、彦次は生きた死人のような目をしていた。かえでと暮らして、まだたったの二日だった。二晩だけ親子の真似事をしてすごした遊女のために、罪を犯そうとする男がいるものか。けれど、そう考えでもしない限り、材木置場で命を落としたことの理屈がつかない気がした。

彦次は、かえでのために、栄作を殺そうとしたのではなかったか。その思いは、どれほどたたこうと砕けない岩のような塊となって、かえでの腹に居座りつづけた。たった二晩にすぎなかったが、本当の父を亡くしたかのような悲しみが身を包んでいった。

「お父つぁん……」

六つの春から夢の中ですら口にできなかった言葉が、のどの奥からあふれ出した。かけがえのない人を失った……。はじめて客を取った十四のあの夜、かえでは一人狂ったように泣きくれた。あれからは、たとえ仲のよかった遊女が病に倒れて死のうとも、涙は流さなかった。ところが、たった二晩、親子の真似事をした男が死んだと聞かされ、滂沱《ぼうだ》と涙があふれ出していた。

泣き沈んでいると、外から戸を揺すり上げる音がした。やがて心張り棒が外れ、栄作が土間に踏み込んできた。勝手に何かしゃべっていたが、かえでは身を絞って泣きつづけた。役人が来て何か訊いていったが、栄作が小狡《こずる》い言い訳を並べ立ててごまかしたらしい。

「心配はいらないよ。おれが何とかしてやる。あんたは黙ってりゃいいんだからな」

役人と岡っ引きが帰っていくと、また栄作が舌たるい声になって、かえでの背を撫でつけてきた。その汚い掌から、新吉原を囲む汚い溝の臭《にお》いが伝わってくる気がしたのは、なぜなのか。この世の卑しい男どもは、あの溝と同じ臭いがするものらしい。

こいつに決まっていた……。すべてを打ち明け、彦次の仇を討ってやりたい。このままにしておいたなら、いずれ六郎衛門の名までが知られてしまう。

彦次の亡骸を引き取る手配があるとかで、栄作はすぐに家から出ていった。

かえでは涙をぬぐい、土間へ下りた。かまどの横に置いてあった包丁をつかみ、小袖の腰に隠した。必ず栄作はまた猫撫で声で近づいてくる。

――加藤様。ご恩は一生忘れません。けれど、この二日を父としてすごした人の仇を討たねばなりません。

心を静めて、栄作が戻ってくるのを待った。憎しみをつのらせながら時をすごしていると、田舎で今も生きているであろう実の父を待っているような気にもなってくるのだった。あの男は断じて許しておけない。

やがて、戸が優しくたたかれた。

「おつね、いるんだろ。ここを開けておくれ」

栄作の声にまちがいなかった。かえでは覚悟を決めて立ち上がり、土間へ下りた。

「今、開けます」

包丁を握り、深く息を吸った。必ず仕留めてみせる。胸に言い聞かせてから、かえではゆっくりと引き戸に手をかけた。

七

本所元町に走りつくと、路地の奥がやけに騒がしかった。よく見ると、六郎衛門が借りた家の辺りに人が群がっているのだった。

「どうした。何があった」

胸騒ぎを覚えて虎之助は叫んだ。人込みの中から、見慣れた顔の男が飛び出してきた。松五郎の手下の一人だった。

「旦那、こちらにお早く。——おらおら、見せ物じゃねえんだ、退《の》きやがれ」

人垣が割れて、家の戸口が見通せた。頬を引きつらせる六郎衛門をうながし、虎之助は戸口の中へ足を踏み入れた。

「旦那。すみません……」

狭い土間の真ん中で、松五郎が右手を押さえて顔をしかめつつ、頭を下げてきた。足元には小さな血溜まりができ、ひと振りの包丁が落ちていた。

松五郎の横には、差配人の栄作が青白い顔で座り込み、奥のかまど前には、髪を乱して放心する偽のおつねの姿があった。

「松五郎、切られたのか」

「大した傷じゃありやせん。あっしが少し甘くみてましたよ。この差配人が助平顔で戸をたたきに来たもんで、ちょいと様子を見るかと思っちまったんです。そしたら、女がいきなり包丁を振り廻しやがって……」

「かえで、おまえ……」

六郎衛門が呟きを洩らし、女に一歩近づいた。

その震え声を聞くなり、女がまるで夜叉《やしゃ》のような顔つきになって振り向いた。

「馴《な》れ馴《な》れしくあたしの名を呼ぶんじゃないよ」

「かえで……」

「そう呼んでいいのは、あたしを匿《かくま》ってくれた彦次だけさ」

「おまえ……」

六郎衛門があり得ないものを見るような目になり、立ちつくした。そののど元がひくついている。

「どこのお役人様か知らないけど、あんたのせいだからね。あんたが彦次を訪ねてきたから、そこの薄汚ねえ馬鹿な差配人に勘づかれちまったんだよ。せっかく、彦次の死んだ娘に成り代わって暮らしていけると思ったのに……」

かえでと呼ばれた女が、牙をむくような形相で六郎衛門を罵《ののし》った。

差配人の栄作は、この家に六郎衛門という役人が訪ねてきたことを見て、かえでを匿う算段をつけたのが、彦次ではなく、本当は六郎衛門だったと見抜いたのである。そして、かえでと彦次を脅しにかかった。

あの材木置場で何があったのかは、あとで栄作を問い詰めるほかはなかったが、そう外れてはいないだろう。二人はつかみ合いになるかして、ついに彦次が頭を殴られ、不幸にも命を落としてしまった。そこに丸太を転がして血をつけておく、という小細工をほどこしたのだ。

彦次が殺されたと悟ったかえでは、その仇を討つために包丁を握った。このままでは六郎衛門の名までが出てしまう、と思い詰めもしたのだろう。そして今、自分を匿ってくれたのは彦次である、と嘘をつきとおそうとしていた。

「かえで、何を言ってるんだ……」

あきれるほど馬鹿正直な男が、自らすべてを語ろうとしていた。戸口の外には、辺りに住む者が集まりだしている。ここで真相を語ったのでは、かえでの覚悟が無駄になる。

虎之助は、六郎衛門の前に進んで言った。

「南町奉行所臨時市中廻りの大田虎之助である。ここにいる加藤殿から、どこぞの遊女屋から逃げてきた女がいると聞き、駆けつけた。そこの女、おぬしが逃げてきた遊女であるな」

おまえまで何を言っているんだ。六郎衛門の目がまたたき、今にも口が動きそうになるのを見て、虎之助はつづけざまに言った。

「差配人に勘づかれたと知り、彦次はこの男を呼び出して殺そうと企てた。ところが、力では敵《かな》わず、反対に命を落とすはめとなった。ちがうとは言わせぬぞ」

かえでが凄味のある笑みを浮かべた。虎之助に応じるべく、あえて作ったような笑みに思えた。まだ動けずにいる栄作を睨みつけて言った。

「その差配人は、とんだ食わせ者だよ。彦次を脅して、あたしの躰と金をせびろうとしてきやがったんだ」

「いいえ、お役人様……」

「黙れ、栄作。ここにいる咬みつき犬の松五郎が、おまえに目をつけ、この家を見張ってたんだよ。おまえが女に何を言って戸を開けさせたか、すべて聞いていた。神妙にせよ」

半分ははったりだったが、蒼白《そうはく》となった顔を見れば、充分だった。逃げてきた遊女がいると知りながら、番所に届け出ようとしなかったのだから、その下心は透けていた。

また六郎衛門が虎之助を見て何か言おうとしたので、さえぎるように言った。

「女、もはやこれまでだ。逃げてきたと認めるならば、この栄作を切りつけようとしたことには目をつぶってやろうではないか」

これが虎之助にできる精一杯のことだった。これほどの騒ぎになったのでは、もはや女を匿う道は残されていなかった。六郎衛門の名を出さずに事を治める術はない。かえでもそうと信じているから、死んだ彦次こそが自分の男だったと告げているのである。

虎之助と六郎衛門の前で、かえでがすっと眼差しを上げて胸を張った。

「お役人様。わちきは誰かを騙して逃げてきたんじゃありんせん。火事に追われて、やむなくおはぐろ溝を越え、たまたま彦次と会えたまで。この二日は、本当にいい夢を見させていただいたのでおざんす」

まるで見得でも切るように胸を反らし、かえでは高らかに告げた。その目から、ひと筋の涙が滴り落ちた。虎之助の横で、六郎衛門も涙を堪《こら》えているようだった。

かえでが虎之助の前に、両手首をそろえるようにして突き出してきた。

「さあ、双葉楼に戻しておくんなんし」

かえではその日のうちに、双葉楼の主人が向島《むこうじま》に構えていた別宅へと送られた。新吉原から逃げ出すことのできた双葉楼の遊女は、すべてそこに身を寄せていたのである。すでに新吉原の遊女屋は仮宅での営業を奉行所から認められ、双葉楼も浅草界隈に土地を借りて、見世を開ける支度を進めているところだと聞いた。

六郎衛門は、別宅に引き渡されるかえでの姿を見送らなかった。虎之助にも非難めいた言葉をかけてこなかった。それはすなわち、かえでの身を遊郭に戻すことで、自らの身を守ることを意味していた。六郎衛門はそうするしかなかった自分を責めるように唇を嚙み、虎之助の前から静かに去っていった。

仮宅で客を取るようになったなら、六郎衛門はまたかえでを抱きに行くのだろうか、と馬鹿なことを考えた自分を、虎之助は深く恥じた。そういう虎之助自身も、いまだ夫ある身の佳代と会うつもりでいるのか、と自分に質《ただ》してみたが、答えは見つからないのだった。

「何だい、今日は何も騒動はなかったのかい。それにしちゃ、遅かったじゃないか」

猫背になって八丁堀の自宅に帰り着くと、いつものように真木《まき》と二人の姉が虎之助を囲んだ。

「毎日、そう何かあってたまりますか。身が持ちゃしませんよ」

「そりゃそうだわ……」

初音が笑い、若菜がぐい呑《の》みの酒をあおって言った。

「けど、何もないんじゃ、またいつおまえが当番方に戻されるのか、心配だねえ」

大きなお世話だと思ったが、言い返す気力もなく、虎之助はおとなしく飯を口に運んだ。

翌朝、町廻《まちまわ》りのついでに立ち寄ったお救い小屋の前で、妙に肩を落とした松五郎が待っていた。腕に巻いた晒《さらし》をさすり上げながら、低い声で言った。

「あっしも今聞いたばかりなんですが……。昨日の夜、双葉楼の別宅から火が出て、新吉原から逃げてきた遊女が十五人、すべて命を落としたそうです」

涙ながらに見得を切るかえでの姿が思い出された。

「旦那、まさか……」

新八が声を失い、痛ましげに眉を寄せた。

虎之助は静かに首を振った。何があったのかは、誰にもわからないだろう。ただ、花が散るように、多くの若い女たちがまた死んでいったのである。

虎之助は目に染みるほど青く晴れ渡った空を見上げ、女たちの成仏を祈った。それから、松五郎と新八にあとを託すと、重い足を引きずるようにしてお救い小屋の前を離れた。

どう六郎衛門に伝えたらいいか……。

友としての務めを果たすべく、虎之助は一人、奉行所への道を歩きだした。

第五章　冬の虹

一

「何をそわそわ見ているのです」

まだ人通りの少ない店先を竹箒《たけぼうき》で掃いていると、母親のふきが摺《す》り足で近づいてきた。

朝の掃き掃除は、見代《みよ》の仕事と決められていた。そう命じたのは母だった。若い娘が朝から家のために働いている。その姿を見せることで、やがては店と当人の評判も上がっていく。そう言うのである。

「見代。ここはもういいから、あなたは中を手伝いなさい」

よそ見をしながらの掃除では、ためにならない。このところ、口うるさく言われていた。

「あと少しで終わります」

「わからないのかい、あんたは……。いいから下がりなさい。恥ずかしいでしょうが」

端女《はしため》に下がれと命ずるような声だった。ふきの目元が朱に染まりかけていた。

「来なさい――」

いきなり手をつかまれると、そのまま店の奥へと引かれた。

まだ半分しか開けていない戸口の陰に見代を立たせると、ふきは前をふさぐような近さに迫って声を低めた。

「本当に恥ずかしい子だね。いいかい、こっちから断りを入れた縁談なんだよ。それなのに、毎日物欲しげな亀みたいに首を伸ばしているなんて、我が家の恥を広めるようなものじゃないか。どういう料簡《りょうけん》をしてるんだい」

母に見抜かれていたと知り、耳までが熱くなった。けれど、言いたいことは山ほどあった。見代は真っ正面から母を見た。

「――わたくしは、この山吹屋《やまぶきや》の看板としてしか役に立っていないのでしょうか」

「馬鹿なことを、また言いだして……」

「店のためにも嫁に行け。掃除の時も笑顔を欠かすな。絶対よそ見はするな。言いつけを守ってわたくしが心を決めたとたん、もう嫁入りの話はやめた。店のためには、もっとよい縁談がある。地震のあとに笑ってどうする。今はもっと哀しげな顔を作れ。わたくしはからくり仕掛けの人形ではありません」

「武家に嫁入りするなんて嫌だと言ったのは、どこの誰ですか」

おまえのためを思って縁談を断ることに決めた。そんなのは嘘《うそ》っぱちだった。見栄っ張りの母は、先方から断られる前に、こちらから断ったほうが得策と考えたのだ。役人から縁談を断られたと広まれば、店の評判にかかわる。

そもそも娘を町方同心に嫁がせようというのも、店の評判を第一に考えてのことだった。大田虎之助《おおたとらのすけ》の父親は生前、仏と呼ばれるほどに評判を取った町廻《まちまわ》りだったという。その威光を借りて、少しでも店に役立てたい。つまり、それほどに山吹屋が追い詰められている。そう見代にも見当はついた。

けれど、このままでは姉の二の舞になる、と思えてならなかった。

「姉が戻ってきたために、今度は妹が大店《おおだな》に嫁ぐことになった。山吹屋の夫婦は、先方の抱える金しか見えていない。そう思われたほうが、よほど恥では――」

頬《ほお》に痛みが走り、最後までは言えなかった。娘を平手で打って黙らせるしかなかったことを悔いるように、ふきが唇を嚙《か》みしめた。

「あなたは何もわかってないね……」

「わかっています、うちの店が苦しいことぐらいは」

「そうじゃないよ。あんたは気づいてないのかい」

娘を憐《あわ》れむような目で、ふきが重たげに首を振った。見代は手にした箒を、ぎゅっと握りしめた。

「あの躰《からだ》の大きなお役人が、誰の顔を見たくて、この店にやってきてると思ってるんだい」

強く握りしめたはずの箒が、なぜか手の間からすべり落ちていた。

母も気づいていたのだ。大田虎之助が黒紋付きの着流し姿を誰に見せたくて、店を訪れていたのか、を――。それほどに、あの人の思いは、躰と目の動きに映り出ていた。

見代を前にしながらも、気もそぞろに店先へ歩きかけては、中の様子をうかがった。

最初は父と母の目を気にしているのかと思った。が、ふきが近づいても、なお店の奥に目を移ろわせるのだ。虎之助が手代の目を気にするわけもない。

あとはもう――姉の佳代《かよ》しかいなかった。

諌《いさ》める母の顔を見ていられなかった。見代は躰ごと横を向いて、目をそらした。すると、店の土間に、白い布巾《ふきん》を手に立つ佳代の姿があった。

何をこそこそ二人で話しているのか、すべて承知しきったように落ち着き払った目が、見代をとらえていた。

羞恥《しゅうち》に胸元が熱くなった。母と姉に憐れまれていた。見代は足元に倒れた箒を蹴飛《けと》ばすと、そのまま店先から朝の町中へ駆け出ていった。


人は生まれ落ちた先の身の上で、自《おの》ずと生き方が決まる。

特に女は昔から、家と家をつなぐ重宝な紐《ひも》のように扱われてきた。古くより武家は、力ある名門と結ぶために娘を嫁がせ、我が家の安泰を計るのが常だった。それにあやかり、商家の縁組も店の先行きが一義とされた。嫁として送られる女の心中などかえりみられることはなく、もつれた紐は時にばっさりと斬り捨てられもする。

山吹屋という店があったればこそ、見代はそこらの町娘より艶《あで》やかな着物に身を包む暮らしができた。父と母が店を盛り上げ、専心してきたおかげであり、親に感謝せねば罰が当たる。そう人から思われるのも当然だったろう。

兄がたった七歳という若さで逝ってしまったため、姉はその日から、自分の行く末をどこか覚悟しているようなところがあった。いつかは婿を迎えて店を継いでいく。そのために、男の人に惚《ほ》れるようなことがあっては、我が身が傷つくだけになる。そうも言っていた。

姉の覚悟を聞かされて、見代は幼いながらも胸を打たれた。身内思いで心がけのいい姉を持った。そう誇らしくさえ感じた。と同時に、長女に生まれなかった幸運を喜んでいたのも確かだった。

その後ろ暗さを抱いていたので、見代は姉のお古をいつも有り難く譲り受けた。菓子を分け合う際も、姉のするがままに任せて我慢を重ねた。そうやって耐えることで、贅《ぜい》沢《たく》を言わない聞き分けのいい子という評判を親戚《しんせき》からもらうこともできた。

風向きが変わってきたのは、父の久右ヱ門《きゅうえもん》が一人の町方同心と知り合ってからのことだった。

大田龍之助《たつのすけ》。町会所掛りを務める背の高い同心で、かつては本所深川《ほんじょふかがわ》の町廻りとしてもならした人だと聞いた。

「いや、実にいいお人と知り合えたよ。おまえも知っているように、町会所は相場より安い利子で金を貸してくれる。大田様の力をお借りすれば、もう安心だ」

「でも、お礼のほうが、ずいぶんとかかるんじゃないですかね……」

「その心配はない。本所深川では、仏と呼ばれるほど情け深い方でな。そう吹っかけられることはないはずだ」

よほど父は嬉《うれ》しかったのか、隣の部屋に娘二人が寝ているのを忘れたかのように、うわずった声で母に告げていた。

見代は横の布団で寝ている姉をうかがった。目を閉じながらも、聞き耳を立てているような気配があった。少し前から飯台に載る総菜が質素になり、母の着物が箪笥《たんす》から消えていき、姉の婿取りについての話が両親の口から出るようになっていた。

「お姉様……」

「おまえは黙って寝ていなさい」

小声で話しかけると、頭ごなしにささやかれた。

いくら末娘でも家の一員であり、店の先行きを案じてもいた。それなのに、あんたには関係ないと言われた気がして、見代はふて腐れて横を向いた。

ところが……。

ひと安心だと言ったはずの久右ヱ門の顔色が、その後もなぜかずっと冴《さ》えなかった。慌ててどこかへ出かけて行き、店に戻ってきたかと思えば、ふきと二人で立ち話をしているのだった。

そして、五日ほど経ってから、久右ヱ門が娘二人を呼んで切り出した。

「――お佳代。おまえに素晴らしい縁談をいただいた。相手は南町奉行所の町方役人をされている。そのお父上は、本所深川で仏と呼ばれたほど情け深い町廻りだったお方で、ご子息もいずれは同じ職に就かれるはずだ。うちとしても、町方同心に娘を送り出せるとは、この上ない誉れでもある」

見代は驚いた。佳代の嫁ぎ先が武家になるとは思ってもいなかった。姉が婿を迎えて家を継いでゆくのではなかったのか。

町人の娘が武家へ嫁ぐには、仮親を立てて武士の娘となる形を整えておけばよいのだという。佳代はただ静かに頷《うなず》き返した。相手が誰であろうと、その時が来たにすぎない。覚悟はできている。江戸沖に現れた黒船のように、佳代はでんと落ち着き払い、堂々としていた。

姉が武家に嫁ぐとなれば、この店はどうなるのか……。

「お見代。ゆくゆくはおまえが店を継いでいってくれるな」

久右ヱ門とふきの目が、すがりつきでもするように見代へとそそがれた。

これでは話が違いすぎる……。見代は思いついたことを口にした。

「まさか、お役人への付け届けとして、お姉様を――」

「何を言うか」

人は図星を指されると狼狽《うろた》える。久右ヱ門は苛々《いらいら》と膝《ひざ》を揺らして見代を大声で叱《しか》りつけた。その間も、佳代はすっくと背をそらし、憎らしいほど身動《みじろ》ぎもしなかった。

「お佳代は望まれて嫁に行くのだ。しかも相手は、町の人々から篤《あつ》い信頼を寄せられているお役人ぞ。それを喜ばずして、どうする」

父の慌てぶりが、すべてを物語っていた。母の不安が当たったのである。

役人に便宜を図ってもらう礼に、付け届けを送るのは町方の常識だった。けれど、母が案じていたように、我が家に貯《たくわ》えはほとんどなく、高価な付け届けは送れなかった。このままでは町会所から金を借りる算段がつかなくなる。そこで父は、付け届けの代わりとして娘を町方役人に差し出したのである。

「お姉様。本当に武家へ嫁ぐおつもりですか」

「おまえは黙っていなさい」

佳代は微塵《みじん》も態度を変えず、悟りきった老尼のように冷《さ》めやかな声で言った。

姉の固めた覚悟には、とても敵《かな》わなかった。言い返したいことは山ほどあるのに、姉の揺るぎない決意を前にすると、見代の不平は塵《ちり》に等しく思えて、口をつぐむほかはなかった。

二人の娘が納得してくれたと思い、久右ヱ門が安堵《あんど》したのも束の間、事情は一変した。

佳代は武家に嫁がず、町会所から金を借りる道も閉ざされた。

頼みとしていた町方役人――大田龍之助が急逝したのだった。

二

「これは——どういうことでございましょうか」

大田虎之助は、手にした巾着《きんちゃく》袋の重さに驚き、目を上げて日置新左衛門《ひおきしんざえもん》を見つめ返した。

絹の袋を通した手触りと重さから、小判が入っているのは疑いなかった。

「受け取ってくれ。藩の金ではない。わしが用立てたものぞ」

「いいえ、受け取れません」

虎之助は足元に向けて言い、重みのある巾着袋を差し戻した。

日置が横へと歩み、薄い雲に覆われた空を見上げた。

「わしに恥をかかせてくれるな。そなたのおかげで、我が藩の不届き者を捕らえることができたばかりか、家名を汚さずにすんだのだ」

「このようなものをいただきたくて、日置様にお報《しら》せしたのではありません」

「むろん、そなたの心根はわかっておる。しかし、藩の行く末を危うくするところを救ってもらいながら、ただ礼を言うのみですますわけにはいかぬ」

「口止めの代金でございましょうか」

「はっきりと言ってくれるな……」

振り向いた日置の頬に苦笑があった。身を律するように背筋を伸ばしていたが、その肩先が揺れ、手を焼かせるなとばかりに首の後ろをさすりだした。いつも面輪《おもわ》を変えずにきた日置が、はじめて見せる心安げな所作だった。

「わしはそなたを信じておる。しかし、うちの殿は、井伊《いい》様に睨《にら》まれてからというもの、疑《うたぐ》り深くなっておられる。脅すわけではないが、それを受け取ってもらわねば、少々そなたにも迷惑がかかるやもしれぬ、そう思ってくれていい」

金の受け渡しという事実が両者の間にあったとなれば、人の目には共謀の証《あかし》と映る。無理にでも虎之助に金を渡し、口外せぬとの裏付けを取っておきたいのだった。

町方役人にとって、多少の役得は扶持《ふち》の内、と言われる。賄賂《わいろ》が幅を利かした田沼意次《たぬまおきつぐ》の時代ではないが、奉行所に限らず、今も役人はいくばくかの付け届けを得ているものだった。

何より虎之助自身も、役得目当てに、早く町廻りになりたいと願っていた口なのだ。山吹屋の借金が片づいたら、佳代と夫婦になる道も拓《ひら》かれる。そう甘く考えていたところがあった。もちろん、佳代が今なお夫との縁が切れずにいるとなれば、ますます借金の多寡が大きな意味を持ってくる。

そうわかっていながらも、ここで金を受け取ったのでは、手がけた仕事を汚すように思えるのはなぜなのか。仏の大龍という父の呼び名が、重く肩にのしかかっているのは確かだった。

「大田殿。正直に言おう。例の読売をばら撒《ま》かせた者はすべて捕らえ、本国に送り返した。その者らも、我が藩を思えばこそ、かような不始末をしでかしたのであり、その心情はわからなくもない。殿も内密に片をつけたいと仰せられ、自らそなたの上役にも話を通しておられる。ここでそなた一人に意地を張られたのでは、多くの者が困るのだ」

「いえ。わたしは決して口外いたすつもりは――」

「だから、わかっておる、と言ったであろうが。しかれども、形として、その証を残しておきたいと考える者が少なくないのだ」

日置はそこでひとつ大袈裟《おおげさ》に息をつき、虎之助の前に歩み寄ってきた。

「それは嘘偽りなく、わしが用立てた金ぞ。そなたに謝意を表しておきたかったからだ」

「有り難きお言葉にございます」

「言っておくが、そなたにのみ感謝しておるのではない」

意外な言葉を受けて、虎之助は顔を上げた。

「そなたにも御用聞きの者がついておろう。この地震の騒ぎで、町方は日々の米を買う金にも窮しておる。岡っ引きらの懐に入る金など、ほとんどないであろうな。それでも、そなたに力を貸そうと走り廻っておるのではないのか」

言われてはじめて、身に応《こた》えた。

松五郎《まつごろう》は亡き父に恩を返すため、虎之助に手を貸してくれていた。彼の下には少なくない手下がおり、いつまでも只働《ただばたら》きをさせておくわけにもいかなかった。

「そなた一人に礼をするのではない。受け取ってもらえぬか、大田殿」

日置の声に力がこもった。松五郎や新八《しんぱち》のためでもあった。これですべてが丸く収まる。

虎之助は押しいただくように巾着袋を掲げて頭を下げた。

「では――有り難く頂戴いたします」

袖《そで》の下とはよくぞ言ったものだ。

忍藩《おし》の番方に見送られて門を出ながら、虎之助はたもとの中で巾着袋の手触りを確かめた。小判とおぼしきものが、しめて十枚。そう悟ったとたん、門を抜けた先の石段でつまずいた。

「お疲れですねえ、旦那《だんな》」

門外に控えていた新八が、生真面目《きまじめ》にも案ずる目で近寄ってきた。虎之助は曖昧《あいまい》に笑い返し、先を歩いた。いやいや……まさか十両も、とは思ってもいなかった。

さすがは名門譜代の家老だった。豪気なお礼を渡すものだ。むろん、読売の一件が、忍藩にとって金に換えられぬほどの危うさを秘めていたからでもある。

それにしても十両は大金だった。

虎之助はまだ若いため、取り高は三十俵二人扶持《ぶち》である。母に出戻りの姉二人がいるうえ、住み込みの新八とおすえにも賄いの飯を振る舞わなくてはならず、日々に食する米は、与えられる二人分の扶持米ではとても足りなかった。が、町廻りだった父への恩義をいまだ覚えていてくれる者がおり、盆と暮れに決まって米の付け届けがある、と母が喜んでいた。

ひとまずは米に困ることがないため、虎之助は給米の三十俵を、札差《ふださし》という両替商人を通してかなりの量を金に換えてもらっていた。その折々の米の相場にもよるが、三十俵はおおよそ二十両ほどになった。

つまり、ほぼ半年分の稼ぎが今、虎之助のたもとの中にあるのだった。

もとより町方同心の給米はたかが知れている。そのため、奉行所の役人には、役得を手にしようと躍起になる者が出てくるのだ。食うに困らない米をいただけるのだから、大田家は恵まれていた。元名物町廻りの妻として、真木《まき》にもいまだ相談が寄せられ、虎之助が仲間の同心への取り次ぎを頼まれることもあった。そういう際のお礼も、少しは家に入っているはずだった。

はず、というのは、真木がその子細を教えてくれないからである。

——おまえは勤めに専心なさい。

いつももっともらしい科白《せりふ》でごまかされるが、我が家の暮らしぶりを見るまでもなく、大した額でないのは見当がつく。ところが、読売の一件を握りつぶしたことで、十両という大金が転がり込んできた。

虎之助は足取りをゆるめ、板を継ぎ足したような小屋の建ち並ぶ大島町《おおしまちょう》の眺めに目をやった。

松五郎と新八に渡す金を、いくらにすべきか……。

ここは町廻りの妻であった母に尋ねるのが一番だった。ただし、額は曖昧にしておくべきだろう。佳代のためにも、金は入り用となる。が、虎之助にとって大金でも、商人が日々動かす額としては、十両など端金《はしたがね》かもしれない。どれほどの借金を返せば、佳代は独り身となれるのか……。

ふいに、遊女を身請けできずに、死人の人別を頼った友の泣き顔が胸に浮かんだ。双葉楼《ふたばろう》の別宅が焼けたことを伝えると、六郎衛門《ろくろうえもん》は人目もはばからずに泣いた。あいつは本気で遊女に惚れるほどのお人好《ひとよ》しだった。そして、佳代がいまだ人の妻であると知らずにいた自分も、六郎衛門に輪をかけたおめでたい男にちがいなかった。

悩むうちに、たもとの十両が軽く思えてきた。

万年橋《まんねんばし》に差しかかると、平たい町並みの向こうに、背の高い籾蔵《もみぐら》が見通せた。地震のせいで潰《つぶ》れた蔵もあって、歯のかけた櫛《くし》のように並びは悪い。今日も新大橋端には、お救い米を求めるための長い列ができている。

虎之助は大番屋へ向かいかけて、足を止めた。どうしたのか、と新八が目で尋ねてくる。

「なあ、新八よ。六郎衛門が彦次《ひこじ》って男を、お救い小屋で見つけたのはなぜか、わかるよな」

「ええ、もちろん……。逃げ出してきたかえでの人別は、女郎屋の主人が握ってた。町屋で暮らすには、別の女になりすますほかはなかった」

「たとえよその町に越したくとも、人別送りの書き付けがないと、すぐ番所に報せが入る。そうなりゃ、元の差配人や名主をたぐられて、身元が怪しいとわかっちまう」

今さら何を言いだすのだ、と問いたそうな顔で見つめられた。

「つまりだよ。人別帳と同じで、もとをたどるには、帳面を調べるのが一番ってわけだ」

「ああ……。佐吉《さきち》がやたらと気にしてた、例の囲い米の一件ですか。けど、帳面なら佐吉が確かめに行ったはずだと――」

「まあ、待て。あいつは確かに籾蔵の米俵と帳面の数を確かめたんだろうよ。でも、いつ、どこの米商人から、どれだけ仕入れたか。立ち会った者は誰か。名主が間に入ってくれたにしても、子細を教えてもらえるものだろうかな」

町会所には、奉行所の与力と同心のみでなく、勘定所からも役方の者が送られていた。一町人に、どこまで帳面を見せるだろうか。

「言われてみれば、確かに……。その点、旦那なら、わけもなく調べられますでしょうね。何しろ大旦那が、町会所掛りとしてお勤めになっておられたんですから」

父の名を出すのは、気が引けた。が、あまり大事にせず調べができるのなら、使わせてもらわない手はないだろう。

向柳原《むこうやなぎわら》の町会所へ足を伸ばすと、父の名を出すまでもなかった。

大地震の夜、虎之助が奉行所の中間《ちゅうげん》を率いて駆けつけ、この籾蔵を守ったことが、当番名主はもちろん、勘定方の役人にも知れ渡っていたのである。虎之助が通された御用場に、奉行所の筆頭同心までが挨拶《あいさつ》に来るほどだった。

「いや、そなたの仕事ぶりは評判となっておりますぞ。さすが、仏の大龍と呼ばれたお方のご子息である。この大久保源之信《おおくぼげんのしん》も、大田様にはお世話になり申した」

四十すぎと見られる古手の同心に頭を下げられ、虎之助は恐縮して猫背になった。父の威名の広がりには、本当に驚かされる。

「まことオに長《た》けたお方を亡くされた、と惜しまれてなりませぬ。奉行所にとっても痛手と心得ておりましたが、なぁに、虎之助殿が見事跡を継がれたとなれば、ひと安心と言えましょうな」

挨拶代わりの世辞とわかるが、おだてられて背中の辺りがむず痒《がゆ》くなった。これ以上居心地が悪くなる前に、と虎之助は話を切り出した。

「実は、籾蔵の米俵と帳面に記された数についてなのですが……」

「おお。こちらもそなたに報せようと思っておったところですぞ」

大久保源之信は髭《ひげ》の濃い口元に笑みをたたえ、横に控えた中間に手で合図を送った。

「佐吉と申す者に言われて数を確かめたところ、確かに三の蔵に積まれた山で、帳面より十俵ほど多いとわかって驚きました。そこで、買い付けの当番にあった者を呼び出し、子細を尋ねてみたところ……」

「何か見つかりましたか」

声をひそめて問い返すと、大久保はたもとから塵紙を出して、盛大に鼻をかんだ。

「それが……何も出なかったのじゃ」

「しかし、数は合っていませんよね」

「そう。数は合わない。とはいえ、どこも潰れた蔵が多いし、蓄えた囲い米も山ほどある。すべてを確かめるほどの暇もない。そこで、ここ五年の仕入れをさかのぼって、心当たりを尋ねてみた。ところが、どこの米商人も、仰せのとおりに納めさせていただきました、としか言わぬのよ」

奉行所に気兼ねするあまり、多く納めてしまったことを切り出せずにいたのではないか。そうも訊《き》いたが、四人の米商人はそろって首を振ったというのである。

筆頭同心の大久保が五年前までさかのぼったというのには、意味があった。四年前の正月に、たちの悪い風邪がはやり、お救い米が振る舞われていた。五年前の米俵の数を確かめておき、その後に買い付けた米を調べ直してみた、というわけなのだった。

「そなたも承知しておろうが、そもそも町会所の人手は充分とは言えぬ。それで、お救い米を振る舞う際には、名主をかき集めるやらで、いつも大童《おおわらわ》の騒ぎとなる。帳面をつけちがえてしまったのであろうな」

どこか望みを託すような言い方に聞こえた。

ここはそう考えておいたほうがいい。何しろ米俵がほんの少し多いとわかったにすぎないのだ。納めた側の商人もまちがいはない、と言っている。誰も損はしておらず、今さらほじくり返す意味がどこにあるのか。

確かにそのとおりであった。これはもう、ひとえに帳面のつけちがえと考えるべきなのだ。ここ向柳原の蔵のひとつで、十俵。新大橋端で、二十一俵。せいぜい町方同心の心細い給米ほどの量でしかない。府内に蓄えた米は、百万俵を超える。

中間が米の仕入れを書き付けた帳面を持ってきた。ここ五年ほどで、十冊近い。それだけ多くの米を仕入れ、また古いものを買い換えているのだった。

「拝見させていただきます」

虎之助は帳面を受け取り、墨で記された黒い字に目を落とした。

そのとたんに、我知らずと声が洩《も》れた。

「これは……」

「どうかしたかな」

「いえ……。これを書いたのは、どうやら父のようです」

黒墨の文字から目を離せなかった。そこには、見慣れた父の一癖ある文字が並んでいた。偏った左肩上がりの角張った文字。どう見てもそれは、懐かしい父の字だった。しかし……。

「……大久保様。買い付けの当番を呼び出された、そう仰せになったと思いますが」

気が急《せ》くあまりに、声がかすれた。

大久保も事態を悟り、息を詰めるような顔になっていた。

「いかにも――」

つまり、米を買い付けた当番の者は、別にいるのである。父ではない。

ところが、この四年前の買い付けを記した文字は、父のものだった。

虎之助は慌てて帳面をめくった。父は三年前の十二月に亡くなっている。昨年と今年の買い付けを記した文字は、当然ながら、父のものではなかった。

また四年前の帳面に戻った。仕入れ先と米俵の数、金額、蔵に納めた日時、立会人が記されていた。この立会人が、買い付け当番の同心であろう。

石沢光四郎《いしざわみつしろう》。この者は、なぜ自ら帳面を書かず、父龍之助に任せたのか。

大久保がまた中間を呼び寄せ、石沢を連れてくるようにと言いつけた。間もなく、大久保よりふたつ三つは歳上《としうえ》と見える丸顔の男が現れた。

同心というより、気のいい商人といった風情で微笑《ほほえ》み、虎之助の前にちょこりと腰を下ろして頭を下げた。

「大田様には大変お世話になりました」

またしても懇切丁寧な一礼を送られて、虎之助は猫背になった。こうも多くの人が、父を悼んでくれている。胸をつかれる思いで何も言えずにいると、大久保が代わりに問いただしてくれた。

「ああ……そのことでございますか」

話を聞くなり、石沢光四郎が小さな目をさらに細めて虎之助を見た。

「あの大田様でも、粗相《そそう》なされることがあると知り、わたしどももずいぶんと気が楽になったものでした」

「父が不始末を……」

「はい。それは勢いよく墨壺《すみつぼ》を蹴り飛ばされてしまい……。かなりの騒ぎになったものでした」

「ほう……そんなことがあったか」

大久保までが故人を懐かしむような笑顔になった。

石沢がすぐさま頷いて言った。

「わたしどもで汚れたものを書き直すと言ったのですが、それでは皆に申し訳が立たぬと、頑として仰せになり、毎日一人でここに残られておりました。この帳面も、その際に大田様が――」

父がすべて書き直したものだったのである。

三

「姉上、ここです。ここにおります」

地蔵橋《じぞうばし》を越えて小走りに来る初音《はつね》の姿を見つけて、虎之助は大きく手を振った。

あら、と気づくなり、初音は少しだけ睨むような目つきに変えた。

実に鋭い姉である。目に厳《いか》めしさを漂わせたまま走ってくると、手にした風呂敷《ふろしき》包みを放るかのように、どんと虎之助の胸に押しつけた。

「虎、わたしを呼び出す口実だね、この羽織は」

そのとおりなので、虎之助は殊勝な身振りであごを引いた。黒羽織が汚れたので、代わりの紋付きを奉行所前まで持ってきてくれ。そう新八に伝言を託して送りつけたのだった。

「まったく……。まだ山吹屋のことを気にしてるのかい、おまえは」

事実、気にしてはいたが、呼び出したわけは別にあった。虎之助はわざと汚した黒羽織をその場で脱ぎ、初音に手渡しながら言った。

「姉上なら何かご存じではないか、と思いまして。母上はああいうお方ですから、わたしに何も話してくれません」

「いったい何のことだい。猫背がよけいに丸まってるじゃないか」

いつものように、初音が気安く背をたたいてきた。虎之助の硬い顔と口ぶりから一方《ひとかた》ならぬ気配を察したらしい。

「……父上が町廻りから身を退《ひ》かれた時、松五郎にいかほどの額を与えたのか、気になりましたもので」

「いきなり、おかしなことを訊くね」

姉に見つめられて、虎之助は見慣れた八丁堀の眺めに目をそらした。

父は町会所掛りへ移って間もなく、わざと墨壺を蹴り飛ばしたうえ、どういうわけか囲い米の帳面をすべて書き直していた。そう正直に打ち明けるわけにはいかなかった。

「実は、父上のあまりよくない噂《うわさ》を耳にしました。町方からずいぶん付け届けをもらっていた、とか……」

虎之助が勝手にこしらえた方便を口にするなり、ずいと初音が歩を詰めてきた。目に怒りの色が浮かんでいた。

「おまえは噂を鵜呑《うの》みにするほどの馬鹿だったのかい」

「いいえ、信じたくないから、姉上に訊いてみようと考えました」

「おまえだって身をもって知っているでしょうが。そりゃあ町廻りの中には、そこらのお大尽に負けじと贅沢な暮らしをする者もいるでしょうよ。けれど、父上は弱きを助ける人だったから、うちはいっつもかつかつの暮らしだったじゃないかい」

頭ごなしに怒られることが、これほど嬉しいと思えたことはなかった。

初音は心底から、父の馬鹿がつくほど真っ正直な生き方を尊敬していた。その思いが強かったからこそ、どこぞの女に子を産ませた夫を見限り、家に帰ってくるほかはなかったのだ。

「もちろん、わたしは父上を信じております。しかし、臨時の臨時とはいえ、町廻りの仕事に就けば、いろいろと聞こえてくるものはあります」

「どこの誰が悪い噂を流してるんだい。その者をここに連れてきなさい」

「姉上、声が大きすぎます。お静かに――」

昼間の八丁堀《はっちょうぼり》は、さほど人通りがあるとは言えなかったが、それでも敷地の一角には長屋が建ち、修繕の槌音《つちおと》が響いていたし、物売りも少しは行き来していた。急に声を上げげた初音を気にするように目を向ける者が、ちらほらとあった。

「わたしも今の仕事となり、付け届けをいただくようになっております」

虎之助は言って、左のたもとを揺らしてみせた。ちゃらりと巾着袋の中の小判が音を立てる。

高ぶりがいくらか治まったようで、初音は襟元を直すようにしてから虎之助を見た。

「言っとくけど、松五郎に渡したお金は、母上が少しずつ貯めておいたものですからね。それでも、恥ずかしくない額を渡すのに、ずいぶん苦労したと言ってたのを覚えてるわよ」

小金を貯めてはいたが、まとまった額には足りなかったのだろう。だからといって、帳面を書き換えて囲い米の量をごまかし、それをひそかに転売するのでは、明らかな不法となる。

父がそんな浅ましい罪を犯すとは、虎之助も信じてはいなかった。しかし……。

たまたま帳面と米俵の数がちがっていたのは、転売する前に父が病に倒れてしまったからではないのか……。そう嫌でも考えてしまう状況が見つかっていた。

「つかぬことをお尋ねしますが――」

怒りをなだめているように見える初音の横顔に向けて、虎之助は告げた。まだ何かあるの、そう言いたげな目が返された。

「……父上には、馴染《なじ》みの米商人はいなかったでしょうか」

もし万々一、籾蔵の米を転売しようという企《たくら》みが父にあったのなら、米を扱う商人をよく知っていなければならなかった。札差も米を扱いはするが、そもそもは両替屋である。米を売りさばくには、口裏を合わせられるほどに親しい商人がいたはずなのだ。

「おまえ、何を考えているの……」

まだ鋭い目つきを変えない姉の前から一歩身を引き、虎之助は素直に頭を下げた。

「お門ちがいの噂だってことを、自分の手で確かめたいのです。もし何か知っていたなら、教えてください、お願いします」

浅草の大川沿いには、御領所から上がる年貢米を溜《た》め込む御蔵が並び、辺りには札差や米問屋が集まっていた。その中に、庄内屋《しょうないや》という、もとは大坂《おおさか》に端を発する米問屋がある。米河岸《こめがし》と呼ばれる伊勢町堀《いせちょうぼり》と、芝の七軒町《しちけんちょう》にも店を構える老舗《しにせ》の大店だった。

主《あるじ》は代々、庄蔵《しょうぞう》という名を受け継ぎ、対岸の本所石原町《いしわらちょう》に、それは大きな家を構えていたという。ある夜、盗人《ぬすびと》が庄蔵宅に忍び込み、家人と使用人が寝ている間に、土蔵から千両箱を盗み出していった。その下手人を捕まえたのが、父と松五郎だった。

火付盗賊改も追っていた一味で、父と松五郎は丹念に町を歩き廻ったすえ、金遣いが荒くなった若者の噂を聞きつけ、その妻が以前、石原町の庄蔵宅で働いていたことを突きとめたのである。

例によって母から仕事について問われた父が、珍しく高ぶった口ぶりで話していたのを覚えている、と初音は言った。それからというもの、大田家では米に困らなくなったのだった。

虎之助は一人で浅草へ急いだ。黒船町《くろふねちょう》の大通りに面した庄内屋は、早くも大工による普請がはじまり、白木の香を辻《つじ》向かいに漂わせていた。炊き出しの施行《せぎょう》もしていたらしく、今も大鍋《おおなべ》と店の名を記した幟《のぼり》が並ぶ。

そもそも問屋に町屋の客があふれることはなく、すぐそばの向柳原でお救い米が振る舞われている折でもあり、店に出入りする者はほとんど見られなかった。虎之助は通りの中ほどから庄内屋をひととおり眺めたあと、手代らしき男が出てきたのを見てあとを追い、後ろから声をかけた。

男は、虎之助の身形《みなり》から町方役人と悟り、縮こまるように頭を下げた。

「何の御用でございましょうか……」

「庄内屋の手代だな。そのほう、大田龍之助という役人を知っているであろうな」

父の名を出すなり、身をすぼめるようにしていた男の両肩から、すっと力が抜けていった。急に頬まで和ませ、大きく幾度も頷き返した。

「はい……。わたしども庄内屋の身内に、大田様を存じ上げぬ者などおりません。主人の庄蔵はもちろん、我々手代に番頭まで、大田様には大変お世話になりどおしでございました。もう亡くなられて三年ほどにもなりますでしょうか。いまだ惜しまれてなりません」

男はすらすらと聞こえのいい口上を並べ立て、最後に口惜しげな顔まで作ってみせた。いくら町方役人に問われたからといって、ここまで芝居をしてみせるわけが、手代にあったとは思いにくい。となれば、父を本当に悼んでくれてのことになる。

「おぬしら手代までが世話になったとは、どういうことだ」

「はい。お恥ずかしい話になりますが……。主人の庄蔵の住まいに盗賊が忍び込み、金を奪われたことがございました。そのせいもあって、あちこちへの支払いが一時滞りかけてしまい、ずいぶんとよそ様にご迷惑をおかけしました。それからというもの、やはり仕事がはかばかしく進まず、正直わたしども一同皆、頭を抱えることとなりました。ところが、大田様が下手人を引っ捕らえてくださるどころか、町会所の掛りとなられて、わざわざわたしども庄内屋に仕事を分けてくださったのですから、お礼の申し上げようもございませんでした」

虎之助は驚きを隠すために、目を閉じて一度深く息を吸った。

まさか庄内屋に米の買い付けまでをあてがっていたとは……。いまだに付け届けがあるのも当然だった。

町会所は毎年、町入用から米を買い付け、籾蔵に蓄えていた。父は自ら町廻りを退いて町会所掛りとなり、その役目を利して、庄内屋に仕事を与えたのである。さらには、米の仕入れを記した帳面を汚し、自分の手で書き直してもいた――。

これでは、どこからどう見ようと、父が米俵の数をごまかし、馴染みとなった庄内屋を使って売りさばいていたとしか思えないではないか。

ところが、姉もこぼしていたように、我が家は贅沢な暮らしとは縁遠かった。金のかかる秘め事でも、父にあったのか……。

その日は、上の空で仕事をこなした。やっと建て直しのできた深川の自身番を廻りながらも、夜中に一人で帳面を書き直す父の姿が、瞼《まぶた》の裏にちらついた。

「だいぶ、お疲れのようですね。無理もありませんや。はじめてのお役目で、毎日市中を走り廻ってきたんですから。正直あっしは旦那を見くびってました。けど、さすが大旦那が自慢なさっていたお方だ。今日のところは、あたしらにあとを任せて、少し休んでくださいな」

咬《か》みつき犬と恐れられた男でも、優しく人をねぎらうことがあるようだった。虎之助は夕暮れ前に松五郎らに背を押されて、八丁堀の組屋敷へと送り出された。

我が家に帰り着くと、初音が一人で虎之助を迎えに出てきた。もちろん、その後の首尾を尋ねるためだ。お帰りなさい、と言いながらも、目で鋭く問いかけてきた。

「まだまださっぱりですよ」

あまり思い詰めた顔をしたのでは、気取《けど》られかねない。小さな声で言ってごまかし、虎之助はのそのそと居間へ歩んだ。

「お帰り。さあさあ、お座んなさいな」

例によって真木が恵比須《えびす》顔ですり寄ってきた。卓袱台《ちゃぶだい》には早くも夕餉《ゆうげ》の支度が調えられ、若菜《わかな》が一人で先に晩酌をはじめていた。

「あらあら、どうしたのよ。今日はやけに早いじゃないの」

「ほら、羽織をお脱ぎなさいな」

真木に優しく言われて、素直に羽織紐を解《ほど》きにかかった。そこで、はたと手が止まった。

たもとには、日置新左衛門からもらった十両を入れたままだった。父による帳面の書き換えに気を取られるあまり、すっかり頭から消えていた。

「あ……そうそう。ちょっとその前に調べ物を――」

慌てて身をひるがえし、袖を大きく振っていたのだから、自分でも憐れみたくなるほどの粗忽者《そこつもの》だった。たもとの中で、小判のこすれ合う音が、じゃりんと響いた。

遅れて居間に入ってきた初音が、あきれ半分に睨みつけてきたが、もう遅かった。母にたもとを握られ、引き戻された。

「待ちなさい、虎。おまえ——金子《きんす》を頂戴したね」

「あ、そうでした。はい——ここに」

もはや隠し立てては、我が身のためにならなかった。お白洲《しらす》へ引きずり出される前に一切合切すべて白状し、あとは名奉行様のお情けにすがるしかないと思えた。

「まあ、こんなにも……」

巾着袋の中をのぞくなり、真木が嬉しい悲鳴を上げた。二人の姉も目を丸くしている。

「その、実は……。とある譜代名門藩の下屋敷の近くで、打毀《うちこわ》しが起きまして。その間際に、わたしが用心を説いて廻ったために事なきを得たというので、このように過分なお礼をいただいた次第でして——」

むろん、読売の一件は口にできない。

「ははぁん。おまえ、さては独り占めにしようとしたね」

目の縁をほんのりと染めた若菜が、早くも下手人扱いして言った。

「とんでもない……。お礼を頂戴したことは、この羽織の替えを届けていただいた折、すでに初音姉様にも伝えてあります。ねえ、姉上」

苦しまぎれに救いを求めて言った。

初音は慈悲深い観音様を気取るかのように優しく微笑んでみせた。

「ええ、母上。確かに虎から聞いておりました」

「そうでございますよ、奥様。虎之助様が付け届けをくすねるような真似《まね》をいたすものですか」

火鉢の前で成り行きを危ぶんでいたおすえも、助け船を出してくれた。

真木はもう一度、虎之助をぴしりと見据えてから、巾着袋に手を差し入れて、小判を何枚かつかみだした。

「これを、おまえから松と新八に分けておやり」

虎之助が手を開いて差し出すと、五枚の小判が音を立てて落とされた。

「なに驚いた顔をしてるんだい。町方は今、生きていくだけで精一杯なんだよ。いくら十手をあずかる身とはいえ、二人ともに実入りは当てにできないだろうよ。そういう時に、おまえが面倒を見てやらなくてどうするんだい」

一言一句が胸に染みた。日置新左衛門にも同じようなことを言われていた。

町方を取り締まる役人の数はあまりに少ない。名主や差配人が地元に目を配り、松五郎らの岡っ引きが手足となって働いてくれるため、どうにか町の治めが成り立っていた。中にはあくどい稼ぎに走る岡っ引きもいたが、松五郎のように腕の立つ者には相応の手当を弾むのが筋だった。

町廻りには、岡っ引きを真っ当な仕事に励むよう、導いていく務めもある、と母は言っているのだった。

真木は残りの五両を神棚の前に供えて、柏手《かしわで》を打った。その後ろで、二人の姉も同じように手を合わせていた。足がまだ治っていないおすえも、畳の上に座ったまま頭を下げている。

「まだまだ半人前ですが、どうぞ見守ってやってくださいませ」

神棚ではなく、その向こうにいるであろう亡き父へ呼びかけているのだった。

すっと顔を上げた真木が振り向き、虎之助を見て、にっと微笑んだ。

「さあ、夕飯にするよ。虎や、早くそこにお座りなさい。今日一日何があったか、ゆっくり聞かせてもらおうじゃないかい」

四

「ごめんください」

声をかけて木戸門をくぐり抜けると、左手の庭先から声がかかった。

「おう、虎之助か、よく来た。庭から廻ってくれるか」

手入れの行き届いた植え込みの間を歩むと、冬本番を控えた時節だというのに、薄陽《うすび》の射す縁側に胡座《あぐら》をかき、髪結いに月代《さかやき》を剃《そ》ってもらっている植島正吾《うえしましょうご》の姿があった。

「伯父《おじ》上。お久しぶりにございます」

「おうおう、噂は聞いておるぞ。そこらに座ってくれるか。あと少しで終わるから、それまで、おぬしの手柄話でも聞こうではないか。猫背の虎も、ようやく本物の虎になってきたようであるからな」

わずかに首を虎之助のほうに向けて言うと、植島正吾は肩を揺すって豪快に笑った。

若い髪結いが慌てて剃刀《かみそり》を引き、困ったような顔になっている。

「いいえ、まだ半人前の身です」

「そうかしこまるやつがあるか。祝いにまた吉原《よしわら》にでもくり出すか。おっと——残念ながら、そいつは無理だったたな」

新吉原が焼けたことを思い出したらしく、植島正吾は口の中で小さく舌打ちをした。

「どうもいけねえやな、近ごろは……。多くの者が死にすぎて、冗談もろくに言えやしねえよ、なあ」

急に話を振られた髪結いが、また困り顔になってささやいた。

「奥方様に聞こえますよ」

「気にするな。あいつはもう、おれのことなんか見放してるよ。それに、本当はこういう時こそ、無理してでも笑わなきゃいけねえんだ。まあ、そうも言ってられねえがなあ……」

一人でぼやき、植島正吾は苦笑を嚙み殺した。

いつも襟元から草履の先まで身嗜《みだしな》みにはうるさいほどであるのに、この伯父はどこか着崩れたような風情を放つ人だった。

伯父といっても、虎之助と血のつながりはない。真木の姉の夫である。江戸城の門前に詰めて、登城する大名方の警固と世話役を担う、門前廻りを長らく務めている。

虎之助の祖父、植島金吾《きんご》には、男の子が生まれなかった。そこで、長女の登貴《とき》が同じ南町奉行所に勤める富里甚一郎《とみさとじんいちろう》の次男正吾を婿に迎え、そして三女の真木が大田龍之助に嫁いだ。次女の佐知《さち》は、勘定所の勝手方に勤める近藤晋平《こんどうしんぺい》という与力の妻となったが、五年前に亡くなっている。その夫の晋平とは、仕事がちがううえ、新しい妻を迎えてもいたので、今ではすっかり疎遠となっていた。

血のつながりがないという気安さからか、同じ職の身内でありながら、植島は虎之助にうるさいことを一切言わなかった。当番方で虎之助がしくじりを犯した時も、どこからともなく現れ、馬鹿話を聞かせては笑いながら去っていったものだ。

「ほらほら、猫背になっておるぞ。心配事でもあって、わざわざ来たか。まさか、女じゃないだろうな。――おおっ。目をむいたところを見ると、図星か。いやいや、隅に置けぬのう」

一人で勘ぐっては、喜び囃《はや》し立てるような言い方をしてみせ、また大きく笑った。忙しい人である。

「よしよし。女のことなら、わしに訊くのが一番ぞ。どこで見初《みそ》めた。名は何という」

「伯父上。そのご相談は次にさせてください。今日うかがわせていただいたのは……父

「ほう、ほう。仏の大龍の名を背負わされて、苦しんでおるのか、可哀想《かわいそう》に」

この伯父の軽口を相手にしていたのでは、ちっとも話が進まなかった。虎之助は曖昧に笑い返してから、真顔に戻って訊いた。

「……わたしの父は、なぜ町会所掛りを仰せつかることになったのでしょうか」

「何だ何だ、そんなことか。殊勝な顔して来るから何事かと思えば……」

笑い飛ばすように言いながらも、植島は若い髪結いに目で頷き、縁側から立ち退《の》かせた。それまでの軽口は、髷《まげ》を結い終わるまでの時を稼ぐためであったらしい。

髪結いと入れ替わるようにして、登貴が奥から茶を運んできたが、そこに置いておけ、と植島は素っ気なく言い、すぐ虎之助に目を戻した。伯母《おば》はもう慣れたもので、夫の身振りから何かを感じたらしく、ただ静かに頭を下げて襖《ふすま》の陰に身を隠した。

それを待ってから、植島が口を開いた。

「お父上のかつての働きぶりを人から聞いて廻ろうとは、実に見上げた心得ぶりだな」

言葉とは裏腹に、あまり感心できることではないぞ、と言いたげな面持ちだった。

「父の行いを見聞きして、己の歩き方と照らし合わせてみれば、その至らなさが自ずと浮かび上がる。理屈ではあるが、年寄りじみた考え方ぞ」

植島は思いちがいをしていた。臨時の市中廻りとなった甥《おい》っ子が、迷うような目で急に現れれば、仕事の悩みを打ち明けに来た、と誰もが思うだろう。

軽く伸びをしながら目をそらし、植島はつづけた。

「どこの誰に聞いたか知らぬが、そなたのお父上は、左遷などされたのではない」

「はあ……」

まったく考えてもいなかったことを告げられて、虎之助は頬を撫《な》で廻した。先走るのが好きな人だ。

「おや……。そのことではなかったのか」

植島も目と口を大きく開け、整えたばかりの髷を揺らさんばかりに虎之助を見た。

「伯父上。今のはどういうことでございましょうか。うちの父は足を怪我《けが》したため、やむなく町廻りを退いたのだと思っておりましたが」

「あ、いやいや、これは困った……。おぬしがあまりに思い詰めた顔で切り出すから、てっきりそのことかと早合点してしまったわい」

「では、父は何かしくじりを犯して、町廻りを退くほかなくなった、と――」

「だから、そうではない、と言ったろうが」

空威張りのように胸を張り、植島は羽織の紐を整え直した。

「名うての町廻りであった大田殿が、大したことない足の怪我ぐらいで、町会所掛りに移されるなど、おかしなことだ。そう言われて、内々ではいろいろとありもしない噂が流されたのよ。おぬしは聞いていなかったのか」

「はい……」

「そうか。大田殿が亡くなられて、もう三年か。早いものよのう。うちの父が死んで四年だものな……」

植島にとって義理の父に当たる植島金吾は、卒中で倒れて奉行所を辞めたあとも、長く患《わずら》っていたはずである。

「そうか、誰からも聞かされておらぬのなら、おぬしには伝えておくべきであろうな。

——大田殿が町廻りから身を退かれたのは、うちの父に泣きつかれたからだ」

まったくの初耳だった。が、妻の父に頼まれたなら、いくら町廻りに未練を抱いていたとしても、断りきれる人ではなかったろう。

「うちの父も、倒れる間際まで、町会所掛りの任を仰せつかっておった。そこへ移り、父は七分積金《しちぶつみきん》の使い道を知らされ、それは驚いたそうだ。町方のために設けられたはずの七分積金が、実は金に困った御家人にも貸し出されており、その額が増える一方になっていたらしい。しかも、貸した金のうちから、割り返しをもらうという慣習が横行していたという。つまりは——袖の下だ」

奉行所の同心はもとより、多くの御家人は少ない給米しかもらっていない。

たまたま町方同心は役得があるため、暮らしに困るほどではなかった。が、貧しい武士の中には、先々手にする給米を当てにして、札差《ふださし》商人から金を借りる者があとを絶たず、その利子を棒引きにする棄捐令《きえんれい》さえ、かつては発せられたことがあったほどなのである。

町会所では、町入用のうちの七分を積み立て、その金で囲い米を仕入れている。さらに一部は地主ら町方にも貸し出され、利子はさらなる積立金として使われるのだ。

七分積金の貸し出しは、市中の札差よりも利子が安い。そこで、多少の袖の下を使ってでも、七分積金から金を借りようとする御家人がおり、また、その甘い汁を吸いたがる役人がいたのだろう。

「ほれ、うちのもう一人の義弟だった男が、勘定所に勤めておろう」

伯母の佐知の夫であった近藤晋平のことだ。小男ながら剣の使い手で、きびきびとした動きを見せる人でもある。ただ、あまりに堅苦しい物言いが多く、顔を合わせても何を話したらいいのか、虎之助も困った覚えばかりがある。

「その近藤にも力を借りて、父は七分積金の建て直しに取りかかっておったという。ところが、病に倒れて躰が利かなくなった」

「では、ご自身の代わりとして町会所掛りになって、不法を正してくれる者を……」

「そのとおり。大田殿なら、まさしく打ってつけだ。何しろ世に聞こえし町廻りで、多くの悪人をお縄にかけてきた。しかも、仏との異名をいただくほどの情け深い方でもあった。仲間の罪を見つけようとも、情けをかけて裁いてくれよう。それまで袖の下を得ていた者らも、きっと考えをあらため、不法から足を洗ってくれるはず」

町方のために長らく働いてきた父だから、七分積金をあるべき姿に戻すためにも、必ずや働いてくれる。そう植島金吾に父は見込まれたのである。

「おれは裏方の仕事ばかり務めてきたから、ちと荷が重い。けれど、そなたの父上なら、断固として立ち向かってくれよう」

いくらか我が身を卑下して、笑うように言ってみせたが、その声音は湿って聞こえた。

植島金吾は、跡継ぎとなった義理の息子を頼らず、末娘の夫に、自分がやり残した仕事を託したのである。

そう知らされた時、この伯父は何を思ったであろうか。

普段から軽口を飛ばし、豪快に笑う人であった。が、その軽々しさから、今も出世とは遠い道を歩んでいた。

「大田殿がご尽力されたおかげで、町会所の七分積金は、元のあるべき姿に戻っておる。うちの父の願いを見事叶《かな》えてくれたわけだ。まこと有り難いことよ」

父は、舅《しゅうと》から託された仕事をやりとげたのだ。が、その裏で、墨壺を蹴り飛ばして帳面を書き換えていた。

父は何をしようとしていたのか……。

「つかぬことをお訊きしますが、伯父上は庄内屋という米問屋をご存じでしょうか」

「いや、聞いたことはないな」

問いかけの真意を量ろうとするような目になり、植島はあご下の肉をつまみあげた。

「父は、囲い米の取引に、庄内屋をあてがってやっていたのです。そのことを恩に感じて、今も庄内屋は盆暮れに米を我が家に届けてくれます」

虎之助の放った一語一語を、胸の奥にきちんと納めようとするかのように幾度も頷いてから、植島は口を開いた。

「おぬしは何を言いたい」

「父は、七分積金を使って袖の下を得ていた者に目を光らせておきながら、庄内屋を贔屓《ひいき》にして米をもらっておりました」

もちろん、庄内屋が土蔵から金を盗まれ、そこから仕事がうまくいかなくなったことを知り、手助けをしてやりたい、という思いがあったのだろう。父の情けから出たことだ、と虎之助も信じてはいた。

「いいか、虎之助。おれも門前廻りという職にあるから、多くのお大名方の下役から、少なくない付け届けをいただくことがある。いいや、うちの父も、武家に金を貸すなど言っておきながら、町方からは礼を受け取っていたにちがいない。おぬしも当番方のころから、付け届けの分け前にあずかっておったはずぞ」

当番方は、夜でも町方の訴えを受けつける。その際、お礼を差し出してくる者がほとんどだった。たとえ少額でも積み重なれば、馬鹿にならない。それを月ごとに集めて、当番方の者で分け合うのである。

検使や捕物に出れば、その町の名主がいくばくかのお礼を渡してくれる。それも当番方の役得となる。

「おぬしは金をもらわねば、検使にも捕物にも出なかったというわけなのか」

「いいえ……」

「では、お父上のなされてきた仕事を汚してみたいのか」

当然ながら、それにもまた、否と答えるほかはなかった。

「ならば、下らぬ詮索《せんさく》はするな。うちの父も大田殿も、金次第で動いたわけではない。我らは町方のために働いてきたし、これからも同じだ。そうであろうが」

本気で怒ってくれていた。己の胸にそれを問いかけ、植島が言うように、賄賂と付け届けを分かつ一線は、確実にある。

「そうか、わかったぞ。――おぬし、市中廻りを命ぜられて、目の玉の飛び出るような礼金を手にしたのだな」

わざとらしいまでに大きく眉《まゆ》を上げて、植島が言った。軽口の中に、虎之助の迷いを包み隠そうとするような言い方だった。

「臆《おく》するほどの額であるなら、遠慮はいらんぞ。この植島正吾がおぬしの後ろ暗さを引き受けてやる。な、だから、せめて半分ぐらいを置いていけ」

笑う虎之助を尻目に、植島が身を寄せた。

「ただし、おぬしの母上に悟られるでないぞ。うちの妻にすぐ筒抜けとなるからな」

そう言って植島は大真面目に頷いてみせたあと、また一人で豪快に笑いだした。

五

「旦那、やけに遅かったじゃないですか。どこで何なさっていたんです。鞘《さや》番所の中間が探してましたぜ」

海辺新町のお救い小屋に顔を出すと、先に一人で来ていた新八が駆け寄ってきた。松五郎が大番屋へ走ったと聞かされて、虎之助は我に返った。疲れを振り払って仕事に戻り、気合いを入れ直した。町にはまだ不穏の風が吹きすさび、人々は震えながら身を寄せ合っている時だった。

特に物盗りが横行していた。大番屋の牢《ろう》にも盗人が鈴生《すずな》りで、吟味方の同心がまた送られてきたという。虎之助を呼びに来た中間も、ろくに寝ていないらしく疲れ果てた顔をして慌ただしく事情を告げた。

本所を南北に走る横川《よこかわ》沿いの長崎町《ながさきちょう》で、このところ刀を使った追いはぎが出没していた。町の有志が怪しげな男を見つけて囲み、格闘となった。ついに下手人を捕まえたものの、怪我人を出す騒ぎが起きていたのだった。さらに、そこから東の横十間川《よこじっけんがわ》沿いの田圃《たんぼ》では、夜中に火の手が上がり、月番の名主が駆けつけたところ、焼かれて骨になった亡骸《なきがら》が見つかったという。

虎之助はまず長崎町へ急いだ。

すでに松五郎が下調べを終え、下手人は自身番の鎖につながれていた。見廻り役を頼まれた火消しの男が胸に傷を負い、医者の手当ても虚《むな》しく命を落としていた。その身内に事情を伝えるのは、虎之助の役目となった。

見廻りの人手を集めた月行事《がちぎょうじ》とともに、妻の住む長屋へ出向いて、辛《つら》い報せを告げた。火消しを務めていれば、いつかこういうこともありうる、と覚悟はしていた。そう泣き声を押し殺すようにして言った妻の気丈さが痛々しくてならなかった。

亀戸《かめいど》の田圃で見つかった遺体のほうは、ほぼ焼き尽くされて骨が人の型に残っていた。近くには線香と花が供えられ、死んだ身内の始末に困って、ここで勝手に火葬をしたように見えた。もちろん、人殺しの後始末をつけたという見方も残ってはいた。

大地震のあとであり、人の消息を探るのが難しい時である。骨しか残っていないとなれば、身元を調べ出すのはかなり難しい。近くの町屋に新八と松五郎の手下を向かわせ、人別から消えた者はいないか、差配人にも当たらせた。

すべての指図を終えると、虎之助は松五郎を誘って市中廻りに出かけた。実は、二人きりで話しておきたいことがあったのである。

「なあ、松五郎。おまえなら知っているんじゃねえかな」

先を歩き、さも世間話のように問いかけたが、察しのいい松五郎は身構えるような口ぶりになった。

「何をでしょうか」

「うちの父に、女でもいたんだろうか」

それとなく松五郎の様子をうかがったが、咬みつき犬の面輪はびくとも動かなかった。何を言いだすのだ、と問い返す眼差《まなざ》しを向けてくる。

信じたくはなかったが、もし父が米の転売に手を貸すような真似をしていたのであれば、その儲《もう》けはどこへ消えたわけなのか。我が家に金がなかったことは、虎之助が身をもって知っている。舅から七分積金の建て直しを命じられており、博打《ばくち》に手を出す暇があったようにも思えない。となれば、あとは女ぐらいしか残っていなかった。

「大旦那は仕事のほかに楽しみを持たないお人でしたよ。でなきゃ、仏と町方から言われるもんですかい」

「頼むから、嘘はつかないでくれよな」

「それより、心配なのは旦那のほうですぜ」

急に松五郎が声を低め、横に近づいてきた。

「旦那。まさか今日も、数寄屋町《すきやちよう》に寄ってきたんじゃ……」

虎之助はぎょっとして足を止め、目を合わせようとしない咬みつき犬をまじまじと見た。横につづく竪川《たてかわ》に沿って冬の風が通りすぎ、首筋を撫で上げていった。

「松五郎、おまえ――」

「申し訳ありません。実は、原田《はらだ》様の手先を務めていた者から、初音様の御用向きについてを聞かされておりました」

原田とは、初音が嫁いでいた同心の名である。かつては原田も町廻りを務めていたので、岡っ引きの仲間同士、顔見知りであったとしてもおかしくはなかった。

「待て。どうしてその者が、おまえに話を打ち明けるのだ」

初音は、元の旦那が使っていた岡っ引きに頼み、山吹屋の借金についてを確かめたと言っていた。それをわざわざ、松五郎に伝えたのはなぜなのか。

父が町廻りから身を退くとともに、松五郎は大田家から離れた。いくら互いが岡っ引きであるにしても、わざわざ断りを入れるようなこととは思えなかった。

松五郎が先に立ち、まだ崩れ家の目立つ通りを歩きだした。

「こんなことを言うのは出すぎた真似だとわかっておりやす。けれど、初音様は互いの家のためによくないと思われ、先の縁談をお断りすべきと考えられたのではないか、と」

虎之助は慌ててあとを追って歩いた。まるで初音が先方に断りを入れたかのような言い方をしていた。が、事実はそうではないのだった。

初音が言っていたように、借金のことを調べられたと悟り、向こうから断ってきたのである。

「実を言いますと……山吹屋に縁談を申し入れたのは、大旦那だったと聞いていやす」

父こそが、そもそものはじまりだった……。思いもしない話に、足取りが乱れた。

松五郎がうつむきがちに先を急ぎ、声を押し出した。

「申し入れたというよりは、話が弾んだあげく、どちらからともなく出てきた縁談だとおっしゃってましたが……」

捕物で足を痛めた父は、長らく鍼《はり》と灸《きゅう》に通っていた。浅草近くに評判の検校《けんぎょう》がおり、寺の庫裏《くり》に人を集めて療治を行っていた。そこで父は、山吹屋の主人である久右ヱ門と知り合ったのだという。

「何でも、山吹屋の仕事に粗相《そそう》があり、引き合いが急に減ったとかで、金の工面が一時つきにくくなったそうなのです、大旦那は町会所掛りとなっておられたので、七分積金の掛りに話を通してやったと聞きやした」

山吹屋はろくなお礼もできない、と何度も頭を下げたという。堅苦しいことは言うな、と父は言ったらしい。それも当然で、父は七分積金の建て直しを進めており、御家人からの割り返しという悪《あ》しき慣習をやめさせていたのである。いくら相手が町人とはいえ、付け届けは受け取りにくい。そのうち、山吹屋に器量よしの娘がいるとわかり、縁組の話が持ち上がったのだろう。

「大旦那もいたく娘さんを気に入り、おふた方の間では、結納の話まで出ていたと言います。ところが、その矢先に大旦那が……」

病に倒れて、そのまま帰らぬ人となってしまった。二人の間で話されていた縁談と七分積金、ふたつともに立ち消えとなったのだった。

「大旦那が、我が家の嫁にと見込まれたのは——佳代様のほうだったといいます」

虎之助はその場で立ちつくした。

夕暮れをまとった空が急に落ちてきたかのように、目の前が暗みの中に沈んでいった。

「表沙汰《ざた》にもならず、ひそかに流れた話でした。その後、佳代様が四谷《よつや》の葵屋《あおいや》へ嫁いだことで、山吹屋もうまく回り始めたと聞きやしたが、また人を介して話が持ち込まれるとは……。商売とはいろいろと難しいものなんでしょうね」

あえて穏やかな物言いを心がけていたのだろう。松五郎の声が遠くかすれていった。

胸の奥で、ざわざわと風に揺れて音を立てるものがある。

「まあ、そういう込み入った事情があったようでして……。真木様も最初は知らず、縁談に乗られたのでしょう。けれど、前に一度流れていたことが、旦那の耳にもいずれ入ってしまうかもしれません。たとえ話がまとまったにしても、あとで互いの間に気まずい風が吹きかねない。そうお考えになられたんだと思います」

町方役人の縁戚となれば、町会所から金を借りやすくなる……。その望みをかけて持ち込んできた話だったらしい。最初に話が進んだ姉のほうは、すでに他家へ嫁いでいたが、幸いにも下にもう一人の娘がいた。

虎之助はふいに怒りが湧いた。自分の娘を何だと思っているのか。

しかし、金策に目処《めど》が立たねば、店は傾き、一家は立ちゆかなくなる。山吹屋の主人には、ほかに妙案が浮かばず、かつて結ばれかけた糸にすがるしかなかった……。

が、その頼みの綱の縁談も壊れた。

山吹屋にとって、今の救いは、江戸の町を大地震が襲ったことかもしれない。米をはじめとして、食べ物は皆すべて値が上がっていた。今こそ商売時と見て、久右ヱ門は日々仕入れに走り廻っているという。

虎之助は重い足を引きずった。佳代との縁談が、実は自分の知らないところでひそかに進んでいたとは夢にも思わなかった。父が生きていれば、二人は一緒になっていたかもしれないのだった。

佳代は知っていたのだろうか。もしかしたら自分が嫁いでいたかもしれない家へ、妹との縁談を断りに出向いた。そして、その相手とばったり顔を合わせたうえ、そこであらためて見初められた……。

家のために嫁ぎ先が決められてしまう。それが長女たる者の定めであるのか……。佳代が不憫《ふびん》に思えてならなかった。

そして今ほど父の死が惜しまれ、また恨めしく思えたことはなかった。

昨日につづいて、その日も虎之助は早めに仕事を終え、一人で本所を離れた。

松五郎から聞いた話が旋風《つむじかぜ》となってずっと身を取り巻いていた。

父は、七分積金を本来の姿に戻すべく働きながら、山吹屋に金を貸し付けて息子の嫁をもらおうとしていた。そこに邪《よこしま》な思いはなかったろう。礼金の代わりに娘をもらうのでは、その事情がもし知れたなら、夫婦となった若い二人の間に不和を呼びかねない。

父は心から佳代という娘を気に入り、ぜひとも嫁に迎えたい、と考えたのだろう。そうとしか虎之助には思えなかった。

父が病に倒れていなければ、佳代は酒乱の男の嫁になることもなく、山吹屋も立ち直っていたかもしれない。そう思うと、やりきれなさが胸を締めつけた。

人の死とは、否応なく周りの者の生き方を変えていく。地震によって多くの者が命を奪われ、その身内が路頭に立たされ、己の生き方を見失いかけているのだった。

亀島町《かめじまちょう》の川岸《かし》通《どお》りには、早くも夕暮れが落ちて寒さが一段と増してきた。道を行く人々も自ずと早足になっていた。

「――旦那さんてば、待ってくださいよ」

聞き覚えのある若い声に呼び止められて、虎之助は後ろを振り返った。見ると、馴染みとなった大神宮の小僧だった。

手に折りたたんだ紙を持って振り廻し、小走りに駆けてくる。つい三日前にも虎之助はあの小僧に手紙を託し、佳代のもとへ届けるよう使いを頼んだ。その子が、今は別の手紙を持っていた。虎之助は小僧のもとへ走った。

「おい、その手紙は――」

「つい今し方、あのお方がうちに見えまして、これを……」

佳代が手紙をあずけていったらしい。奪うようにつかみ取って、中を開いた。

――明朝七ツ半にお待ちしております――

虎之助は手紙を握りしめて駆けだした。つい今し方、と小僧は言った。今から追えば、店へ戻る佳代に追いつくことができるかもしれない。

おまえは何を話そうというのか。そう問いかけるもう一人の自分がいた。追いかけたところで、人の妻という佳代の立場は変わらず、それを問い詰めることもできなかった。けれど、佳代が手紙を託してくれた。

人をかき分けるようにして、数寄屋町への道を急いだ。夕暮れ時でもまだ独り歩きの女は多かった。だが、後ろ姿で見分けはついた。

いた——。

新場橋《しんばばし》を渡った先に、急ぎ足で道の端を行く佳代の背中が見えた。いつも控えめに面《おもて》を伏せ、小股《こまた》に通りを歩いていく。

虎之助は一気にその横を走り抜けて、佳代の前へと廻り込んだ。

「あ……」

真っ正面から風を受けたかのように、佳代が足を止めて身を引いた。驚きよりも戸惑いが目に走り抜けた。期せずして思う人に会えたという喜びのようなものは見えなかった。虎之助は精一杯に頬を和ませて言った。

「たった今、勤めを終えて戻って参りました」

「あ、はい……」

佳代の声は、風に揺れる木の葉さながらに震えていた。なぜ追いかけてきたのか。わざわざ人前で呼び止めるとは、どういうつもりだろう。何かを恐れるような素振りに見えてならなかった。

そうか――。この人は、慎み深さゆえに、控えめな態度でいたわけではなかったのだと知った。まだ夫がいるという自分の身をどこかで恐れていたのだろう。人の妻でありながら、虎之助という男の前で、無邪気に微笑んでいられるはずもなかった。

急いで言葉を探し、虎之助は言った。

「こんなふうに、見苦しくも追いかけてしまい、申し訳ありません。しかし、会えたならどうしても伝えておきたいと思っていたことがありました」

「――はい」

ようやく声から震えが消えた。が、佳代はそれとなく虎之助の背のほうへ目をやっていた。数寄屋町に近いこともあり、人目を恐れているのだった。そう思わせたことが心苦しく、言葉がすんなりとのどをついて出てこなかった。

「あの……見代殿から聞きました。江戸市中が苦しんでいる時であるから、山吹屋も施《せ》行《ぎょう》を行うべき、そう言われたとのこと。まこと佳代殿らしき心ばえである、と感じ入りました」

「え……」

びくりと肩が震えて、佳代の身が固まった。

「わたくしが……」

「はい。見代殿が誇らしげに、まるで自慢でもするように——」

「見代が言ったのですね」

溜《た》めていた息をそっと吐くような言い方だった。

佳代は何を驚いているのか。わけもわからず見ていると、やにわに激しく首が振られた。と思う間もなく、佳代の身が躍り上がるようになり、虎之助の横を一目散に走り抜けた。

「あ……」

人の妻の名を大声で呼ぶわけにもいかず、虎之助は手を伸ばしかけた。が、佳代は脇目もふらず、影を振り切るほどの勢いで夕暮れの道を駆けていった。

何が佳代を走らせるにいたったのか。まったく見当がつかなかった。

虎之助は一人で立ちつくし、ただ消えゆく後ろ姿を見送った。


心を置き忘れたような思いで、八丁堀の我が家に帰り着いた。いつものように母と姉に出迎えられて、卓袱台の前へと座らされた。

「お帰り。今日も新八と一緒じゃなかったのかい」

「ええ……松五郎と、ちょっと調べに廻ってもらっています」

佳代のことが気がかりだったため、迂闊《うかつ》にも正直に答えていた。すると、たちまち真木が目を輝かせた。

「何かあったのかい。一から話してごらんなさい」

言い訳するのも面倒なので、問われるままに語っていった。どうせ飯もろくにのどを通りそうにない。頭の隅では、走り去る佳代の姿が何度もよぎり、言葉に詰まりながらも母たちに子細を伝えていった。

すると、真木が向かいに腰を下ろして真顔になった。

「ちょっと待ちなさい、虎や。その田圃で焼かれた骨の背丈ってのは、いかほどだったのかい」

「いや、そこまでは……」

「何やってんだい、おまえは。今すぐ確かめに戻りなさい」

「でも、母上、焼かれた亡骸の背丈がどうしたっていうんですか」

横で箸《はし》を並べはじめた初音が問いかけた。

「おまえも寝ぼけたことをお言いでないよ。姉弟《きようだい》そろって勘の鈍い子たちだよ、まったく」

問答無用に誹《そし》られて、初音が少し考え込むような顔になった。若菜が口元に運びかけた盃《さかずき》を下ろして首を傾けた。

「何だか母上の話を聞いてると、その骨が誰のものだったのか、もう見当がついてるみたいだけど……」

「だから、それを早く確かめたほうがいいって言ってるんだよ」

話の先が見えなかった。骨の主に当てがある、というわけなのか。

今は大地震のあとで、巷《ちまた》には死人があふれていた。本所の回向院《えこういん》では身寄りのない亡骸を一手に引き受け、手厚く葬ってやってもいるのだ。たとえ身寄りがあったとしても、寺に始末を頼めば、いくばくかの金はかかる。それを惜しんで、勝手に亡骸を焼く者があったとしても、おかしくはない時だった。

「待てよ……」

虎之助は胸に浮かび上がった答えに、声を詰まらせた。つい最近、亡骸がひとつ、深川の長桂寺《ちようけいじ》から奪われていた。

「もしや母上は、今日亀戸《かめいど》で見つかった骨が、偽の細君に奪われていった益蔵《ますぞう》のものだとでも……」

「やっと思い当たるとは、呑気《のんき》にもほどがあるね」

「でも、母上。確かに益蔵の亡骸は何者かが奪っていきましたよ。それを田圃の中で焼くのでは、何のために奪っていったのか……」

「ああ、情けない。お父上が生きておられたなら、どれほど嘆くだろうかね。虎や、その首の上についてるのは、ただ髷を結うためにあるんじゃないよ。もっと頭を使って、よぉく考えてみなさいな」

二人の姉も、虚を突かれたような顔で真木を見ていた。

「いいかい。おまえは言ってたよね。新吉原近くの寺には、焼け死んだ遊女が次々と運ばれてきて、今じゃ投げ込み寺と呼ばれるようになっている、と」

「ええ、もちろん、本当のことなので……」

「亀戸からそう遠くもない回向院でも、身寄りのない遺体は引き受けている。その中にまぎれ込ませてしまえば、遺体の始末はできるんだよ。じゃなきゃ、どこかの寺に投げ込んでもよかったはずだ。ところが、花や線香を手向《たむ》けておきながら、焼いた骨はそのまんま。いくら月番の名主が気づいて駆けつけたとしても、身内なら、骨をそのまま残して逃げるだろうかね。てことは、とりあえず線香は上げたんで、あとのことは知ったこっちゃないって踏ん切れる者の仕業だろうね」

確かに、そう思えてくる。身内が火葬の手間と代金を惜しんだとしても、骨はどうにかして持って帰りそうなものである。

身内の仕業とは思いにくい。

しかし、なぜ赤の他人の亡骸を焼いたわけなのか。

人別の書き付けを掏《す》り取ってまでして妻になりすまし、奪っていったのである。その益蔵の亡骸には、焼いて始末すべきと思えるような傷や入れ墨はなかった。

「もう、本当に焦《じ》れったいね」

真木が堪《たま》りかねたように、掌で卓袱台をたたきつけた。弾んだお椀を押さえるために、おすえが手を伸ばす。

腰を浮かせた真木が、虎之助を睨み据えて高らかに言った。

「いいかい。見つかった骨の背丈が益蔵とそっくり同じだったなら、とにかくつべこべ言わずに、結城屋の主人から手代、すべてまとめて奉行所に引っ立てるんだよ。わかったかい」

六

のどをふさがれでもしたように息が詰まった。荒い喘《あえ》ぎに胸が痛んだ。足がぬかるみに埋まるようで、何度も倒れそうになった。

「あんたまで、どこに行ってたんだい」

おぼつかない足取りで店に戻ると、ふきが口をとがらせて奥から走り出てきた。夕方になって急に思い立ったように家を出た佳代のあとを追っていたのだ、と本当のことを口にはできず、見代はただ頭を下げてふきの前を通りすぎた。

小言が追いかけてきたが、急な段梯子《だんばしご》を上って二階の四畳間へ引っ込み、冷えた畳に腰を下ろした。今はまた二人で使うことになった部屋であり、ここに座っていたのでは、いずれ佳代が戻ってくる。

姉を待って何を言うつもりなのか、見代は自分でもわからなかった。

今は会いたくない気持ちのほうが強い。それでも、ここで待たねばならない、と思い詰める気負いがあった。

半刻《はんとき》ほど前、姉は母に断り、一人で家を出ていった。小松町《こまつちょう》に住む八百善《やおぜん》のおくにに、紅と白粉《おしろい》を分けてやる約束をしたのだという。おくにの住まいは梁《はり》が折れて天井が落ち、今も狭い庭に小屋を建てての暮らしがつづき、ろくな身嗜みもできずにいた。

約束があったのは確かだろうが、佳代の足取りには、妙に浮つくようなところが見えた。葵屋から戻ってきた当初は、世間の目をさけて家に閉じこもっていたくせに、地震の前から何かと一人で家を空けることが多くなっていた。

疑心はぬぐえぬ染みとなって、見代の胸に広がった。母の目を盗んで裏口から家を抜け出し、小走りに小松町へ急いだ。

胸騒ぎは当たった。思ったとおりに、佳代は八百善でおくにに紅と白粉の入った巾着を手渡したものの、すぐに小松町を離れたのだ。そのまま新場橋を渡ると、姉はひたすら東へ向かった。霊岸島《れいがんじま》の大神宮まで足を伸ばすと、そこの小僧に一通の手紙を託したのである。

その後、すぐに佳代は一人で西へと戻り、小僧のほうは南の八丁堀へ走っていった。見代は息を詰めて、小僧のあとを追った。弾むような足取りで駆けていた小僧が、ふいに地蔵橋《じぞうばし》の近くで手を振り、ある人を呼び止めた。見代は痛む胸を押さえて、棒立ちとなった。

小僧に呼びかけられて振り返ったのは、黒羽織に着流し姿の大きな男だった。

夕暮れの町が光を失い、闇の中に一人で放り出されたような寄る辺なさに襲われた。

けれど、答えはとっくに見えていたのだ。地震のあと山吹屋に現れた大田虎之助は、ろくすっぽ見代に目を向けず、いつも店の中を気にしていた。そこに恋する人が待っているかのような上の空で……。

虎之助の天真爛漫《らんまん》すぎる姿を前に、見代は身を焦《こ》がしつつも懸命に笑顔を取り繕ってきた。

もしかしたら虎之助のほうも、一度は嫁として迎える話があった人のことを、いまだ気にかけていたのかもしれない。

そもそも姉の代わりに妹を娶《めと》らせようという、なし崩しのような縁談のほうがまちがいだったのだ。虎之助を惹《ひ》きつける女としての艶やかさが、見代に欠けていたわけではない。そう信じたいがためにも、虎之助を恨んだりしてはならない、と見代は思った。

そして自分も、家と店を助けるために嫁いでいった姉を逆恨みするような女ではない。だから懸命に笑った。虎之助に負けない無邪気さを装い、無理してでも微笑みを貫きとおした。笑いながら、いつも心は涙を堪《こら》えていた。

目の前にちらつきそうになる二人の姿を振り払って、見代は深く息を吸った。家を出る前まで、半襟を縫い直していた襦袢《じゆばん》が、火鉢《ひばち》の横にたたまれていた。わけもなくそれをつかみ、部屋の隅へ投げつけた。

佳代と二人、空にかかる虹《にじ》を追いかけて迷子になった幼い日のことが思い出された。姉の手をひたすら握り、見代は半泣きになって懸命に歩きとおした。姉は絶対に涙を見せなかった。自分が泣いたのでは、妹が取り乱して歩けなくなる。そう思い詰めたかのような強さで見代の手を握って引いた。姉をただ信じていられた日々が懐かしく、胸が痛んだ。

——佳代の代わりに、おまえが町方同心のもとへ嫁いでくれるな。

そう言われて見代は、いきなり崖《がけ》の縁に立たされたような不安を覚えた。両親はこのところ、姉が嫁いだ葵屋に店そのものを託そうと考えている節があった。そのためにもまず、町方役人と縁戚になって多くの信用を得ておきたい。商家の末娘として気ままな暮らしを許されてきたのが一転、息の詰まる武家のしきたりに縛られる日々が待つ……。見代は布団の中で、泣いた。

ところが、顔合わせの席で会った虎之助は、呑気な商家のぼんちを思わせる人のよさで、二人の姉と母親にいくらからかわれようと笑っていた。役人の身を誇るどころか、猫背になって周りの者を気遣える人だった。

この人ならば、きっと自分を優しく守ってくれる。落ち着きある日々を送れるだろう。そう心を決めたとたん、なぜか縁談は流れた。先方が、山吹屋の悪い噂を聞きつけたらしく、役人の身分を使って店の借金について調べはじめたのだと教えられた。

噂ではなく事実なのだから、正直に告げる手もあったはずなのに、下手人を探るような振る舞いをする一家を信じることはできない——そう母が言いだしたのだった。

姉が戻ってきたことも、どこかで尾を引いていたのかもしれない。縁が切れたのでは、葵屋に店を託すという窮余の策も難しくなる。そこで、やはり妹に婿を迎えるしか、急場を乗り切る手はない……。店を守るための手立てとしか、二人の娘を見ていなかった。ところが、姉はまだ夫と別れてもいないのに、最初に嫁げと言われた男と、いつのまにか文を交わし合う仲となっていた。

実は佳代のほうも、虎之助に思いを残したまま嫁いでいったのだろうか。話はすぐに流れたので、二人は顔を合わせてもいない。おそらく姉は葵屋へ嫁ぎ、そこで夫となった男の不甲斐《ふがい》なさを知り、我が身を儚《はかな》んだのだ。もし、あの時の話が流れていなければ……。妹ではなく、この自分が町方役人の嫁になっていたかもしれない。

そう考えてみると、縁談を断りに出向く使い役を自ら買って出たのも、どこかで虎之助と顔を合わせる機会を待っていたためではなかったか、と思えるのだった。

姉の本意はどこにあるのか……。酒に溺《おぼ》れて手を上げた亭主への当てつけから、虎之助に近づこうとしたわけか。どちらにしても、姉の代わりを命じられて嫁に行こうとしていた自分一人がいい笑い物になっていた。

湧き出ずる憤りを静めようと肩で息をついていると、階《きざはし》を踏み抜こうとするような足音が駆け上がってきた。

音を立てて襖が開いた。そこには、見代をそっくり写したかのように、肩で荒く息をくり返す佳代が、今にも泣きだしそうな顔で立っていた。

「見代、あんたって子は……」

姉の目に大粒の涙が浮かび、次々とこぼれ落ちていった。つかつかと見代の前に歩むなり、くずおれるように膝をついて右手を上げた。目をつぶる間もなく頬を力任せにはたかれて、見代は壁の前に手をついた。

「あんた、そんなにあたしを葵屋へ戻したかったのかい」

悲鳴のような姉の声が、掌につづいて見代の頬をはたきつけた。

「皆が苦しんでる時だから、うちも施行をすべき。情けは人のためではない。必ず評判となって戻ってくる。そう言って、父さんを説き伏せたのは、あんただったわよね。それなのに、虎之助様にはあたしが言いだしたと告げたそうじゃないか」

なぜ姉が知っているのだろう。手紙を小僧から受け取った虎之助が、家に戻る姉を追いかけたのか……。

「どうしてそんな嘘をついたんだい。正直に言ってみなさい」

口が裂けても言えなかった。店の評判なんかは考えてもいなかった。ただ、このまま姉が夫と別れたのでは、虎之助の心がもっと傾いてゆく。姉は夫ある身で、葵屋へ戻るのが筋なのだ。蔵に置かれた品々を施行として振る舞えば、店はさらに追い詰められる。そうなれば、評判の大店《おおだな》である葵屋との縁を切るわけには、まずいかなくなる。そう信じて、渋る父を見代は説き伏せた。

無理を押し通して決めさせた施行を、手柄として語るような真似はできなかった。胸の片隅で疚《やま》しく思っていたため、すべて姉の手柄だと、つい口にしていた。自分が父を説き伏せたのだと虎之助に告げたのでは、腹の底に秘めた謀《はかりごと》に気づかれかねない。罪を隠すため、心にもない嘘をついていた。

見代が施行にこだわったわけを、姉はもとより怪しんでいたのだ。自分を葵屋へ戻したいがために言いだしたのではないか、と。心にもない嘘から姉にすべてを見抜かれていたのだから、まさに身から出た錆《さび》だった。

「いつもあんたばかり、いい思いをして……。冗談じゃないよ」

佳代が畳の目に爪《つめ》を立て、身を絞るようにして声を押し出した。

姉には、店を守るために、決められた人と夫婦になる定めが待っていた。そうわかっていたから、見代はすべてを譲ってきたつもりだ。けれど、ずっと気ままを許されてきた見代への妬《ねた》みを、姉は胸に焼きつけてきたのだった。恋心を抱くことさえ、姉は許されずにきた。

「あたしは知ってるよ。あんた、因幡町《いなばちよう》の弥介《やすけ》に身を任せたろ。あれほど、あんな男に惚れるなと言いおいたのに」

そこまで知られていたとは……。

見代はたたかれた左頬より、えぐられた胸の痛みに負けて顔を伏せた。

弥介は、譜代名門の大名家にも品を卸す漆器問屋の三男坊で、日本橋界隈《かいわい》では名の知られた遊び人だった。佳代が嫁に行く前、あの男にだけは近づくなと言われて、見代は驚きに言葉をなくした。幼馴染みと出かけた芝居小屋で弥介に声をかけられ、すっかりその気になっていたからだった。

　佳代は、弥介の悪い噂を並べ立てた。自分が意に染まぬ嫁入りをするので、妹の恋路を邪魔立てすべく、意地の悪い見方をしていると思えてならなかった。姉に多くを譲ってきたのだから、これからは自分で自分のことは決めていく。見代は姉を驚かせてやりたいとの思いもあって、弥介に入れあげた。

　姉の苦言は馬鹿馬鹿しいほど見事に的中し、見代は遊ばれたあげくに捨てられた。はじめての恋は、夕方の虹のように、あっけなく消えた。弥介は、美人として噂に聞こえた薬問屋の娘の婿となり、赤坂新町《あかさかしんまち》へ越していった。

　母もおそらく、何かしらを気づいていたのだろう。もしかしたら、町で噂が立っていたのか。このままだと、見代にいい婿を取るのは難しくなる。それならいっそ、武家に送り出してやったほうが、娘のため……。店のほうは、葵屋に嫁いだ佳代がきっと助けてくれる。母には、そういう思いもあったのだろう。だから一度は潰れた話に頼ろうとした。

　見代も、虎之助と会い、次第に心惹かれていった。気の優しい侍で、この人とならば幸せをつかめるかも、と夢を描くようになった。悪い噂が広まる前に、武家へ嫁ぐことで我が身を守れる気もした。次の恋を重ね見ていた。

　でも、姉がこの家に戻り、虎之助との縁談は流れた。

　姉さえいなくなれば、虎之助は振り向いてくれるのではないか。本当なら、自分が嫁ぐはずだったのに……。どうして姉が奪っていこうとするのだ。勝手な思いにすがって、姉を葵屋へ戻そうとしたのだから、本当にひどい女だった。

見代は確かに、弥介という軽はずみ者に捨てられた。けれど、一度は恋というものに溺れることができた。女の喜びのひとつを知った。それに引き替え、姉は恋することさえ許されずにきた……。

姉はただ恋をしてみたかったのかもしれない。

嫁いだ先に、夢想していたような恋は待っていなかった。だから、一度は夫婦になりかけた虎之助に思いを託そうとした……。

声を押し殺して泣く姉を見ていられずに、見代は黙って部屋から去ろうとした。するとまた段梯子を上がる足音が聞こえ、人影が襖の奥に現れた。

「ごめんよ、佳代……。母さんが悪かったよ。許しておくれ」

ふきが、摺り足で部屋にすべり込んでくるなり、佳代の横に座った。段梯子の下で、今の話を聞いていたようだった。母の声もくぐもって聞こえた。

「女として、あたしがおまえの気持ちをもっと酌んでやらなきゃならなかったんだよね。そんなに嫌なら、もう葵屋には戻らなくたっていいさ。あたしが話をつけに行ってこよう」

「でも……」

「お金のことは、気にしなくていいよ。あとは父さんと何とかするから……」

ふきが佳代の肩を抱いて言った。姉の泣き声が大きくなった。

見代は居たたまれずに畳を押して立ち上がった。姉はこのまま家にいることとなる。それはすなわち、大田虎之助と姉の仲がさらにつづくことでもあるのだろう。縁談に振り廻された自分が惨めに思えた。酒癖の悪い夫のもとへ戻そうと図った妹を、姉はきっと許さないだろう。商家の次女に生まれたことを、はじめて恨んだ。どちらかが男に生まれていれば、家も店も自分たちも、すべてが救われたのに……。

段梯子を下りていくと、手代の安兵衛《やすべえ》が困ったような顔で待ち受けていた。

「――おかみさんと佳代お嬢さんにお客様がお見えになっております」

見代は短く言いおき、柱の陰から店先をのぞいた。

「取り込み中だよ」

帳場机を置いた小上がりに、見覚えのある男の背中があった。大田虎之助によく似た猫背でも、比べものにならないほどの貧弱さを漂わせた小さな背だった。

決して小男ではないのだが、気の弱さが背を丸まらせている。そのくせ、酒が入るや、やたらと気が大きくなって、妻にも手を上げる男――。

佳代の夫、葵屋の孝造《こうぞう》だった。

父は今日も番頭と買い付けに出ており留守だった。娘の夫が訪ねてきたとなれば、母が顔を出さないわけにはいかない。

見代は母を呼び、奥の間へ孝造を通そうとした。が、現れたふきの顔を見るなり、孝造は小上がりから退いて、土間に膝と手をついたのだった。

「このとおりです。おれを許してください。心を入れ替えてやり直すつもりですので、どうかお佳代と会わせていただけないでしょうか」

店の前の表通りには、まだいくらか人の行き来があったが、孝造は誰に見られるのも厭《いと》わぬかのように、額を土間にこすりつけるほど頭を下げて言った。

「おれには、お佳代しかいないんです。このとおりです」

見代は、店と奥の間を分ける柱の陰に身を隠した。

後ろの段梯子がわずかに軋《きし》みを立てた。振り返ると、階の上に姉の足元が見えていた。

「頭を上げてくださいな、孝造さん。実をいうと、あたしのほうから葵屋さんに出向いて話をしなきゃと思ってたところでしてね」

「もう酒はきっぱりとやめます。嘘じゃありません」

ふきの声の響きから先行きを危ぶんだようで、孝造は面を上げずにつづけて言った。

「恥ずかしい話、おれは酒に逃げてました。一代であそこまで店を大きくした親父《おやじ》には、どうあがいたって敵いっこない。番頭も手代も、妻になってくれたお佳代までも、おれをできそこないの二代目と見ているような気がしてならなかった……」

人は、ありのままの自分の姿を認めたくない時がある。今の見代自身がそうであり、孝造の痛みが他人事《ひとごと》とは思えなかった。

「正直に申し上げます。実は、うちの親父が倒れました。歳《とし》が歳だってのに、地震のあとで仕入れが思うようにならないからと、自ら走り廻っていたからなんです。要するに、息子のおれが頼りないため、親父を休ませてやることができなかったわけで……」

「道造《みちぞう》さんは——そんなに悪いんですか」

ふきが小上がりに座り込んで尋ねると、ようやく孝造の頭が少し上がった。

「親父のことですから、大丈夫だなんて言ってますが、医者の診立てじゃ、今養生しておかないと取り返しのつかないことになる、と。もう親父に無理はさせられません。そのためにも、お佳代に帰ってきてもらいたいんです」

「待ってくださいよ。孝造さん、あんた、うちの佳代を手代か何かのように思ってるんじゃないでしょうね」

「誓って、ちがいます。おれ一人じゃ、どうにも心細くて……。番頭や手代も、おれを信じてくれるわけがないと……。だから、せめてお佳代に支えてもらいたくて……」

段梯子がまたわずかに軋みを立てた。後ろをうかがってみたが、見代の立つところからでは、姉の顔は見えなかった。

「惚れた女に、そばで見ててもらいたいんです。金でもらい受けたような妻に見えても、おれはお佳代に心から惚れてました。だから、おれがどれほどの男なのか……。もちろん、親父にはとても近づけないでしょう。けど、心を入れ替えてやり直すつもりです。手ひどい仕打ちをしておきながら、図々《ずうずう》しい話に聞こえるでしょうが、お佳代がいてくれたなら、おれはやり直せると思うんです。甘いことを言ってるのかもしれません。でも、おれの口から、お佳代に謝らせてください。このとおりです」

姉にとっては、親から命じられた縁組だった。けれど、この孝造にとっては、望んでいた嫁が佳代であったらしい。

後ろから背を押されて、見代は柱に肩をぶつけた。段梯子を駆け下りてきた佳代が、板の間を抜けて店先へと駆けていった。

佳代はそのまま小上がりに座る母さえ通り越して、草履もつっかけずに土間へ走り下りた。そのまま孝造の前に座り込んだ。

「頭を上げてください。謝らなきゃならないのは、あたしのほうなんですから」

佳代が叫ぶように言うなり、孝造の横に手をついて頭を下げた。

「お佳代……」

茫然《ぼうぜん》とした声が孝造から放たれた。

「すみません……。ある人と夫婦になりかけていて、その流れた話に思いを残しながら嫁いでいったあたしが悪かったんです」

「佳代。あんた何を言いだすんだい」

母が驚きに腰を浮かせた。見代はすがりついた柱を強く抱きしめた。

「ろくに話したこともない人でした……。いいえ、そういう人だから、勝手にいい人だと思いをつのらせていただけなのかもしれません」

「よしなさい、佳代」

「こうして頭を下げたところで許されるとは思っていません。あたしは……その人と深い仲になりました。ただ思いを遂げてみたい一心で……」

「お佳代……」

「今になって、やっとわかった気がします。心を置いてきたようなあたしが悪いんだと。あたしはあなたを何ひとつ支えようとしませんでした……。親に言われたから嫁に来たのだと、どこかで居直っていたんでしょう。殴られても当然の女でした……」

頭を下げる佳代を前に、孝造が静かに頷き返した。そして、探し当てたものを見つめるような目になって、言った。

「いいや。そいつはちがうよ。おまえが悪いんじゃない。うちの親父が先走りして、おまえを金で買うようにして嫁にしちまった。それでも、おまえは親父に優しくしてくれたろ。居直るどころか、店の者にもわけへだてなく、いつも声をかけてくれてたじゃねえか。おれは果報者だと思ってたよ。けど、肝心のおれに甲斐性がなくて、おまえを包み込んでやれなかった。地震のあとで苦しい時だから言ってるんじゃない。おれはおまえの優しさを頼って、身をあずけるばかりだった。今さら遅いと言いたいだろうが、本当にそう思うんだよ」

虎之助とは比べものにもならない孝造の躰が、なぜか少し大きく見えた。小さく丸まって頭を下げる姉を包むように、孝造がその肩に手を置いた。

「お佳代、頼む。帰ってきてくれ。おれには、おまえしかいない」

「孝造さん。無茶を言わないでくださいよ」

ふきが姉に救いの手を差し伸べるように言った。

「おれは無茶なことを言ってるかな。ただ思いの丈を口にしただけなんだよ」

孝造はふきに答えず、まだ頭を下げつづける佳代に言っていた。

「何度だって言わせてもらう。やり直させてくれないか、お佳代」

土間にうずくまったまま、姉が静かに泣きだした。伏せられたままの顔を手で覆うと、その声はたちまち振り絞るように大きくなった。

姉は恋を知らずに生きてきた。けれど、人に恋心を与えられる人であったのだ、と見代は知った。その生き方を、はじめて尊いものであるようにも思えるのだった。

七

大地震のあと、江戸の町には夜が早く訪れるようになった。物騒な噂が市中を駆け巡り、人々は遊びを控えて出歩かなくなっているためだった。

木戸の閉まる四ツにはまだ早いが、神田界隈の通りを行き交う者は数えるほどで、夜廻りの拍子木が遠く聞こえた。立ち込める宵闇も深みを増した。

虎之助はいまだ半信半疑のまま、庭に置かれた納屋の引き戸から外の様子をうかがった。表通りに面した店と、中庭をはさんで建てられた屋敷との間には、三つの土蔵が並び、わずかな月明かりに白い壁が浮かんで見えた。どれも土壁は割れ、そのひとつは屋根が大きく傾いたままだった。

納屋から三つの土蔵までは五間（九メートル）もなく、人が近づけばすぐにでもわかる。

暗い納屋にひそんで、一刻半はすぎたろうか。率いてきた中間は六人。底冷えに耐えかねて小便を瓶《かめ》に溜めていたため、蓋《ふた》を押しのけて漂う嫌な臭いがずっと鼻をついていた。隣に控える新八は、しきりに鼻を押さえ、くしゃみを堪えているようだった。こんな窮屈さと臭いに耐えるくらいなら、松五郎の手下と町人姿で通りを流し歩いていたほうがよかったと悔やんでいるにちがいなかった。

本当に下手人は現れるだろうか……。

はやり立つ真木に背を押されるようにして、虎之助は再び深川の大番屋へ走った。田圃で見つかった骨の背丈は中間が書き留めており、その書き付けと益蔵の亡骸のものとを比べさせたのである。すると、母が睨んだとおり、ほぼ同じとわかった。

そうはいうものの、結城屋の主人から手代まで、男すべてを引っ立てるとは、あまりにも無理な注文に思えたが、奉行所で子細を打ち明けると、年番与力の後藤銀太夫《ごとうぎんだゆう》は頬をひと撫でしてから胸を張るようにして言った。

「さすが、仏の大龍の奥方様よ。我々とは目のつけどころがちがうわい。よいか、虎之助。直ちに中間を率いて、結城屋へ向かうのじゃ」

「では、男らをすべてしょっ引けと……」

「いかにも筋は通っておろうが」

その口ぶりから、以前にも母の見立てによって手柄を上げたことがあったようにも思われた。それにしても、まったく罪もない結城屋の主人らを大番屋に連れていくとは、いささか大事すぎる。

が、年番与力の指図とあっては仕方なかった。鎖帷子《くさりかたびら》に鉢巻き姿で十手を握り、ぞろぞろと刺股《さすまた》や六尺棒を担いだ中間を率いて、神田多町《かんだたちょう》の結城屋へ駆けつけた。

突如、捕物姿の役人が押しかけたのだから、主人とその身内は卒倒せんばかりになって驚いた。

「おとなしくしたがえば、手荒な真似はせぬ。そのほうらに取引代金踏み倒しの疑いがかけられておる。ちょっとした話の食いちがいであろうが、調べぬわけにはいかぬのだ」

店の表に集まってきた町衆に聞かせるため、大声で告げたあと、虎之助はわけもわからずおののく主人の耳元に近寄ってささやいた。

「安心せよ。形ばかりの調べであり、手荒な真似は絶対にせぬ。残した身内のことも案ずるな。我らがこの店を守ることになっておる。明日には、奉行所への力添えをしてくれたことで、褒美が出るはずぞ。あとは奉行所に任せておけ」

そうこっそり告げると、結城屋の主人はますます怪訝《けげん》な目つきになったものの、どうにか大番屋行きを承諾してくれた。

一同を茅場町《かやばちょう》の大番屋へ連れていったあと、虎之助たちは再び神田多町へ急いだ。が、今度は捕物姿ではない。虎之助も黒羽織を脱いで、町人姿になった。籠《かご》長持に刀や御用提灯《ぢょうちん》、三尺棒に鎖竜咜《りゅうた》、引縄といった捕物道具一式をしまい込み、裏路地の長屋から板塀を越えて結城屋の庭へと抜けた。先に結城屋の身内に事情を伝えに来ていた新八が出迎え、この納屋にそろって身を隠したのである。

「本当に来ますかね」

痺《しび》れを切らしたように、新八が小声で言った。

虎之助にも不安はぬぐえなかった。理屈は通っていそうに思えるが、突飛な当て推量にしか思えないのも事実だった。焼かれた骨が本当に益蔵のものであるのか、拠《よ》り所《どころ》はないのである。

「――こう考えてごらんよ、虎や。どうして下手人は、人別の書き付けを盗んでまでして、益蔵の亡骸を奪っていかなきゃならなかったのか。そして、もし焼かれた骨が益蔵のものであったなら、奪った亡骸をなぜわざわざ田圃で焼くような面倒なことをしたのか」

真木は落ち着き払って虎之助にそう言った。あの時の母には、すべての先が見えていたとしか思えなかった。

「益蔵の亡骸には、目立った傷も、おかしな入れ墨もなかった。そうだったよね」

「はい……」

「つまり、亡骸を残しておいたら、下手人の素姓がばれる、といった心配はなかったわけだよ。それでも、益蔵の亡骸は何としても奪っていかなけりゃならなかったんだろうね。橋のたもとに残しておいたのは、地震が起きたため、やむなくそうしたまでで、下手人にとっては災難以外の何ものでもなかった。で――どうにか益蔵の亡骸を取り戻したあと、今度は田圃の中で焼く必用があった」

「しかし、どうしてわざわざ……」

　席を立った真木は、焼魚を一尾、皿に載せて持ってくると、虎之助の前へ押し出した。黒焦げで、とても美味《おい》しそうには見えない代物だった。

「ご覧よ。よく焼いてしまえば、外見はこの有様だ。ましてや骨だけになろうものなら、亡骸のどこに傷がついていようと、わからないだろ」

「待ってください、母上。今になって、頭の傷を隠してどうなるんですか」

「本当に鈍いね、おまえって子は。益蔵の亡骸は見つけられてしまい、町方役人が頭の傷を見たことぐらい、下手人だって知ってたはずだろ。てことは、ほかの傷を隠したかったに決まってるじゃないか」

　しかし、益蔵の遺体に目立った傷はなかったのである。

「わかったわよ、母上。下手人は、あとでまた益蔵の亡骸を傷つけたってわけなのね」

そこで手をたたいて声を上げたのは、頬をほんのりと赤く染めた若菜だった。横で初音がすぐに相づちを打った。

「なるほどね。益蔵は、下手人らの手で、腹でも裂かれていたのね。その皿の上の小鯵《こあじ》と同じように」

言われて虎之助は、こんがりと焼けた小さな鯵をまじまじと見た。腸《わた》を取るために、魚の腹は裂かれている。

驚きに目を戻すと、真木が微笑とともに言った。

「おおかた益蔵は、下手人の前で何かを口の中に入れて、呑み込んじまったんだろうね。だから亡骸を奪い、そいつを腹の中から取り戻しておきたかった。ほかに亡骸を傷つけなきゃならないわけがあるなら、教えてほしいね」

まったく思いつかなかった。まだ頭が空廻りしていて、そもそも考えはまとまらない。

真木が大きく口を開けて、何かを呑み込むような真似をしてから、先をつづけた。

「小判一枚を呑み込んだぐらいで、町方役人を騙《だま》そうという危ない橋を渡るとも思えないし、よほど下手人にとっては大切な物だったんだろうね。となれば、何を呑み込んだのかは、だいたい見当がつくだろ」

下手人にとって、どうしても取り戻しておかねばならなかった物……。

首をひねる虎之助を横目に、若菜がまた、ぱんと手をたたいた。

「わかった、わかった。鍵《かぎ》ね、きっと」

「ほう、おまえたちのほうが、いい読みをしてるじゃないか。――益蔵が鍵を呑み込んでいたとなれば、筋は通るんだよ。いいかい、虎や。益蔵が身内に引き取られて荼毘《だび》に付されてごらんよ。骨の間から、どこかの鍵が出てくるところだったんだからね」

「でも、どこの鍵なんですか……」

「あきれた問い返しをするんじゃないよ、虎や。その鍵を人に知られたら大事になるから、亡骸を奪っていったんじゃないか」

虎之助が腕を組むと、今度は初音が得意げな顔になって言った。

「あ――母上、もしかしたら結城屋の鍵かしらね」

眼差しで問われた真木が、淡々と応じる。

「決まってるじゃないの。益蔵の身内が鍵を見て、覚えがまったくないとなったら、勤め先の結城屋にまず相談へ行くだろうよ。そうなったら、下手人にとっては困ることとなる。だから、益蔵の亡骸を奪っていき、腹をかっさばいて鍵を取り戻した。で、その傷を隠すために田圃で焼いた。そこまでは、いいね」

真木に睨まれて、虎之助は泡を食らいながらも頷き返した。迫られたから応じたまでで、頭のほうは話の成り行きにまだ追いついていなかった。

手を振り廻しながら、真木が悠然と話をつづけた。

「では――どうして結城屋の鍵を見つけられたら困るのか。何しろ益蔵は結城屋に雇われているんだから、たとえ鍵を持っていたとしてもおかしくはない。もしかしたら、その鍵を使って、結城屋の土蔵辺りから何かを盗もうと企てていたのかもしれないからね。けれど、たとえ土蔵の鍵が亡骸の腹の中から見つかったにしても、盗みをあきらめればいいことだし、そもそも結城屋の手代である益蔵を殺すわけがわからなくなってしまう……」

それはそうだ。益蔵に手引きしてもらって盗みをやったほうが早いのだ。鍵はすでにあったのだから、楽な仕事だったろう。たとえ最初から益蔵を亡き者にするつもりでいたとしても、盗みの前に機嫌を損ねたりしたのでは、厄介なことになるだけだった。

「いいかい。下手人がこれから盗みをしようと企てていたのなら、何も町方役人を騙すという危ない橋を渡ってまでして、益蔵の腹から鍵を取り戻すほどのことはなかったとしか思えないんだよ。けれど、益蔵は殺されて、腹をさばかれた。つまり、下手人はどうしても鍵を手に入れておきたかった。まるで、もう盗みは行われていて、その稼ぎを取り戻すために、どうしても鍵が入り用だったかのようじゃないかい」

結城屋から盗み出すのではなく、もうすでに盗みは行われていた……。

その意味を考える間もなく、頬を上気させる若菜に腕をつつかれた。

「ねえねえ、虎や。結城屋の近くで押し込みがあったとか言ってなかったかしら」

虎之助は気圧《けお》される思いで頷いた。近くの両替商が襲われて、大金が奪われた、と結城屋の主人が言っていたはずである。呑気に酒を飲んでいながらも、よく覚えているものだ。

つづいて初音が身を乗り出した。

「そうそう。ほら、小判ってのは重いじゃないの。抱えて逃げるのは大変なんで、近くの結城屋の蔵にでも隠しておいたんじゃないかしらね」

「いいね、初音も町廻りになれるよ。覚えてないかい。益蔵は仕事に精を出してるとかで、一人で宿直《とのい》を務めてたらしいだろ」

あ、と声が洩れた。すべては母の前で、虎之助自身が語っていたことだった。

若菜が酒臭い息を吐いて唸った。

「考えたわねえ……。益蔵が宿直を買って出た晩に両替商を襲い、奪った千両箱をひとまず結城屋の土蔵か何かに隠しておく。あとはその隠した金をいつ持ち出すか、だった。ところが、益蔵との間で揉《も》め事が起こり――」

「下手人は端《はな》から益蔵に金を分けてやる気なんか、なかったんでしょうね。そのことに勘づいた益蔵は、殺される寸前に無理してでも鍵を呑み込んだ……」

二人の姉が目を見交わし合って、得々と話をつづける。虎之助はただ声もなく見やるのみだった。

「そうそう、姉さん。地震のあとは物騒だとかで、結城屋は若い衆を雇ってたものね。なるほどなあ……。鍵を取り戻せても、結城屋には多くの張り番が雇われていたので、下手人は隠した千両箱をなかなか取り戻しに行けなかった。だから番頭から手代まで、すべてをしょっ引けだなんて無茶なことを言ったわけね、母さんは」

若菜に感心されて、真木は顔の前で手を振った。

「無茶なもんですかい。店から男がいなくなれば、下手人はやっと結城屋に忍び込めそうだと思うでしょうよ。そのために、奉行所が大袈裟に人を送って、引っ捕らえる真似事をしておくのさ。そうすりゃ下手人どもは今しかないと、取り戻した鍵を使って、益蔵が隠した金を必ず見つけに来るだろうよ」

母はさほど得意がるでもなく、何十年もこなしてきた当たり前の手順を語るかのように平然と言ってのけた。

父が評判の町廻りであった裏には、母の力もあったのかもしれない。だから父も毎日、母にせつかれながらも、仕事の話を詳しく語っていたのだ。そこに二人の姉も加わり、それぞれ意見を闘わせていたものと思われる。知らぬは虎之助ばかりだったのである。

枯れ葉を踏みしだくような物音が近くで鳴り、虎之助は我に返った。

十手を握り、息を詰めた。後ろに控えた男どもが、ゆっくりと身を起こしはじめる。

来た——。

引き戸の隙間《すきま》からのぞく庭の先に、黒い人影がよぎった。その数、三人。虎之助たちと同じく、裏の長屋のほうから忍び込んできたらしい。

三つの人影は、崩れかけた土蔵のほうへ忍んでいった。すべては母が睨んだとおりだった。土蔵のどこかに鍵のかかる扉があり、その中に盗み取った金が隠されていたと見える。

三人の姿が、土蔵の陰に消えた。

虎之助は意を決して、引き戸を開けた。闇を敷き詰めたような庭に飛び出すなり、力の限りに呼子《よびこ》を吹いた。これを合図に、町を流していた松五郎と手下が結城屋の庭に飛び込んでくる。納屋を走り出た新八と中間が、虎之助を追い越して土蔵へ走る。

虎之助は意気揚々と歩みながら、叫んだ。

「御用だ。神妙にしやがれ。もう逃げられやしねえぞ」

不意をつかれた三人組は、たちまち庭の隅へ追い詰められた。一人が果敢に向かってきたが、新八の放った鎖に足を搦《から》め捕られて地を転がった。

松五郎が手下を引き連れて庭に乗り込んできた時には、三人とも早縄で縛りつけたあとだった。

「旦那、お手柄、おめでとうございやす」

松五郎が膝をついて誉め上げてくれたが、虎之助は背中がこそばゆくてならなかった。その言葉は、家にいる母が受けるべきものだった。

三人の盗賊を引き立てて結城屋の店先に出ると、表通りが騒がしくなっていた。捕物見物に多くの町衆が集まっていて、時ならぬ拍手が湧いた。松五郎が十手をかざし、道を埋める人々を押し分けていった。

「おらおら、下がった、下がった。臨時市中廻り同心、大田虎之助様が見事三人組の盗賊を引っ捕らえたぞ。さあ、皆の者、道をあけよ」

その名を町方に轟《とどろ》かせるためとわかるが、人の提灯で明かりを取るような面はゆさがあった。虎之助は背を丸めて松五郎を追った。

「おい、あまり大きな声を出すな」

「大旦那もさぞやお喜びでしょうよ。ささ、もっと胸を張ってくださいな」

松五郎が人垣の前で振り向き、微笑みかけてきた。縛られた盗賊を前にして、集まる人々の間からまた歓声が湧いた。照れ臭くてならず、胸を張るどころか、ますます猫背になる。と――。

左の腰上に、なぜか鋭い痛みが走り抜けた。何が起きたのか、わからなかった。力が一気に吸い取られていき、虎之助は前かがみになって膝をついた。群衆の中から叫びが上がる。

「旦那……」

新八が血相を変えて走り寄ってきた。が、焼き鏝《ごて》をねじ込まれたような痛みが鋭さを増し、急に顔前を頭巾《ずきん》で覆われたかのごとく夜の闇に取り巻かれた。

息が詰まり、あとはもう何もわからなくなった。

八

「何やってんだい、おまえは……。手柄を立てて鼻高々で歩いてるから、背中が隙だらけになってたんだろうよ、きっと」

痛みに呻《うめ》きながら目を開けると、怒ったような真木の顔が待ち受けていた。その目がわずかに潤んでいたように見えたのは、おそらく気のせいだったろう。

「ほら、いつまで寝た振りしてるの。しゃんとして起きたらどうなんだい」

「無理を言わないでくださいな。普通のお人であったなら、命をなくしていたところだったのですよ」

脇で聞こえた声に目を巡らせると、少し離れた右手のほうに十徳《じっとく》を羽織った医者がいて、半笑いの顔で真木を見ていた。

そこは、見慣れた我が家の寝室だった。いつのまに運ばれてきたのか。松五郎と新八が必死に呼びかける声はうっすらと覚えているが、その後のことは何も思い出せない。

「端からわたしは、かすり傷だって信じてましたよ。何しろこの子は、人一倍面の皮も、腹を取り巻く肉だって、分厚いときてるんですから。ねえ、虎や」

どうやら人より肉付きがよかったために、傷が浅くすんで命拾いをしたようだった。

そうはいっても、晒《さらし》で締めつけられた左腰の辺りには、今も鈍い痛みがいつ果てるともしれない除夜の鐘のようにつづいていた。

あの場にいたわけでもない真木では埒《らち》が明かないため、医者に頼んで松五郎を枕元に呼んでもらった。

「お元気そうで何よりです」

松五郎は珍しく控えめな身振りで部屋に入ってくると、とぼけた言い方をして笑いかけてきた。

「どこが元気なものか。一から話してくれるかい」

滅多に見せない神妙そうな顔つきに変わり、松五郎は昨夜の顚末《てんまつ》を話してくれた。

急に倒れた虎之助に駆け寄ると、左の腰に一本の匕首《あいくち》が突き刺さっていた。その場に寝かせて医者を呼ぶ間、松五郎の手下と新八が、群がる町衆の間を駆け巡った。が、虎之助に近づいた者は誰も見ておらず、人波の中から匕首を投げつけたらしいとわかった。

時刻は四ツ前で木戸はまだ閉まっておらず、辺りの番太《ばんた》や書役に怪しい者を見なかったかと尋ねても、はかばかしい答えは得られなかったという。

「すみません。あっしの目配りが足りなかったばっかりに……」

「おれも気を抜いていたよ。あの暗さに、町衆もずいぶんと集まっていたからな。人波にまぎれちまえば、あっという間に逃げおおせたろうよ」

「やつらの頭目が、近くにひそんでやがったんでしょうね。今朝から大番屋で吟味方の旦那が、三人組を問い詰めてまさあ。じきに白状するでしょうよ」

「今何刻《なんどき》だい」

「そろそろ八ツ半（午後三時）か、と」

障子に当たる陽射しの加減から、午《ひる》ころかと思っていたが、もう夕べが近いとは驚きだった。怪我のために、ずいぶんと寝入っていたらしい。

「まだやつらは、白状してないわけだな」

「どうも、そのようでして……。三人ともに、頭目などいなかった、と言うばかりでして。口裏を合わせる暇なんかなかったはずなのにと、吟味方の旦那も首を傾《かし》げていやした」

「両替商の押し込みについては吐いたんだな」

「はい……。やつらは賭場《とば》で益蔵と知り合ったそうです。真木様のお見立てどおり、千両箱を抱えて逃げるのは難儀なので、結城屋の土蔵ん中に、益蔵が隠す手はずになっていたとか。で、その五日後の夜、こっそり運び出そうと打ち合わせてたそうですが、土壇場になって益蔵が分け前を多く寄越せと言ってきたため、揉み合いになったと――」

益蔵は反物を届けた帰りに、盗賊仲間の一人が住む家に立ち寄ったという。揉み合いの中で益蔵は鍵を呑み込み、それを見て怒った仲間が殴りつけたところ、柱の角に頭をぶつけて、それっきり動かなくなった。

家の中で腹を切りさばくわけにもいかず、益蔵が背負ってきた籠に押し込み、亡骸をどこかに隠そうと持ち出したところ――大地震が襲ったのである。

死人を担いで逃げることもできず、仕方なく橋のたもとの藪の中に籠を隠した。が、翌朝になって橋に戻ると、もう籠は見つけられたあとだった。そこで、馴染みの女を使って一芝居を打ち、益蔵の亡骸を奪ったのである。

鍵は、土蔵の中に作られた隠し小部屋のものだった。主人立ち会いのもと、中を探ると、反物に包まれた小判がしめて八百六十枚、見つかっていた。

「ほう……。つまり三人組は、盗みのほぼすべてを打ち明けておきながら、あの近くに身を隠していたと思われる頭目についてのみ、口を割っていないというわけだな」

「旦那、何か別の心当たりでも――」

虎之助の口ぶりから見当をつけたらしく、松五郎が咬みつき犬の目に戻って見つめてきた。

天井の節穴を見上げながら、虎之助は言った。

「頼めるかな、松五郎。門前廻りを務めている伯父上を、ここに呼んでもらえないだろうか」

「おうおう、よくぞ生きてたもんだ。あっぱれ、あっぱれ。真木殿も泣いて喜んどったぞ。今ごろ匕首を投げつけた下手人は、地団駄踏んで悔しがっておろうな」

植島正吾は時を置かずに駆けつけてきた。枕元に腰を下ろすなり、布団の上の虎之助を見下ろして、豪快に笑い飛ばした。

虎之助は、松五郎が廊下の先に座るのを目の端でとらえてから、傷の痛みを堪えながら静かに語りだした。

「わざわざお出《い》でいただき恐縮です。ぜひとも伯父上と話しておきたいと思い、お越しいただいた次第にございます」

「何だ何だ、遺言なら、ちょっと気が早すぎるぞ。大丈夫、酒も煙草も女遊びもせぬおぬしなら、絶対にこのおれより長生きするさ」

植島の軽口につき合っていたのでは話が進まなかった。虎之助は聞き流して目をそらし、口火を切った。

「わたしは臨時の市中廻りを仰せつかったばかりの新米で、人に命をつけ狙《ねら》われるほどの大それた仕事にかかわったような覚えはありません」

「いやいや、女じゃないのか、女。おれも痛い目に遭ったことがあるからな」

「ただし——ひとつだけ、そこにいる松五郎にも告げず、ひそかに調べていたことがありました。それが、父と庄内屋のつながりです」

「ほう……」

植島の口元から笑みが消え、唇が固く引き結ばれた。両手で膝頭の辺りを盛んに撫で回しはじめた。

「町会所の籾蔵に備えた囲い米が、実は帳面に記されていた数より、少しばかり多くなっていたことがわかっております。しかも、その帳面は、父が墨壺を蹴り飛ばしたために読めなくなり、すべて父が書き直したものだったのです。そして父は、庄内屋という米問屋を贔屓にして、囲い米の仕入れにも加えていた……」

「それで庄内屋のことを、おれに……」

「わたしは父を信じておりましたが、気がかりでならず、伯父上にだけ相談をさせていただきました。そこまではよろしいでしょうか」

「何がよろしいのかわからんが、先がまだあるようだな」

「はい――。そこで話は、わたしが刺されたことに戻ります。わたしにはひとつ、どうしても解《げ》せないことがありました。昨晩、何者かに結城屋の前で匕首を投げつけられたわけですが……。その下手人は、わたしがその時分、結城屋にいると、どこから知ることができたのでしょうか」

「何々……どういうことだ」

　植島が面輪を固めて前かがみになった。

「昨夜の捕物は内密に進められたもので、町の者は一切知らなかったはずなのです。わたしたち奉行所の者は、ずっと納屋の中に身を隠しておりました。となると、わたしが結城屋にひそんでいることを知る者は、ほとんどいなかったはずなのです。つまり、わたしが命を狙われたのではなく、たまたま捕物があると知って集まった者の中に、同心を恨む者がいた、ということだったのでしょうか」

「待て待て。おまえが捕らえたという盗人の仲間が、店の前にひそんでいたのではなかったのか。そうであれば、おまえという同心が刺されたことにも、筋が通るはずぞ」

ひとまず虎之助は頷いた。そして次に、小さく首を振ってから、先をつづけた。

「しかしながら、捕らえた三人組の男どもは、押し込みと益蔵殺しの一件をすべて白状しておきながら、仲間はほかにいなかった、と言うばかりなのです。吟味方も、口裏を合わせたとは思いにくい、と感心するほどでして」

「そりゃ、おかしな話だな。たまたま捕物に来た同心を狙って匕首を投げつけた馬鹿がいたってことになっちまうな……」

「いえ、それも少しおかしいのです」

「何が、おかしい」

植島が身を引き、腕組みを解いて虎之助を見下ろした。

「夕べの捕物は内密に進めねばならなかったため、わたしは黒羽織の着流し姿ではありませんでした」

「何々……」

「つまり、たまたま見かけた同心を狙っての仕業ではあり得ないのです。わたしは、そこにいる松五郎や新八と変わらぬ出で立ちでした。つまり、下手人は、わたしという男を知っていて、しかも、結城屋の前に現れることをあらかじめ承知していたとしか思えないのです」

植島が小さく息をついて目を閉じ、動かなくなった。

虎之助は静かにつづけた。

「下手人は、わたしという男を狙ってきたとしか思えない。そして、わたしが結城屋の庭にひそんでいたことを知り、盗賊を捕らえた暁には、必ず結城屋の店前に現れると知り、待っていたのです」

「その先は、言うな」

植島が目を見開き、虎之助の眼前に、広げた手を押しつけてきた。その後ろで松五郎が腰を浮かすのが見えた。

「わかったぞ。おぬしがおれを呼び出したわけが……」

虎之助は無言で頷き返した。

植島が、じろりと脅しつけるような目になり、言った。

「おまえは、こう言いたいのであろう。大田虎之助の命を狙った下手人は、同じ南町奉行所の者でなければならない。与力や同心であれば、捕物出役に誰が出たかを聞くことができ、結城屋の前でおまえを待ち受けられる。そして、このおれはただ一人、龍之助殿と庄内屋とかいう米問屋が深い仲にあったことを、おぬしから聞かされていた」

しかも、虎之助はこの植島から、父が町会所掛りに移った本当のわけを知らされてもいた。父は、植島正吾の義父であり舅でもある植島金吾に頼まれて、町廻りから身を退いたのだった。七分積金を元の姿に戻すために。

しかし、それは口実にすぎず、本当はもっと切実なわけがあったとすれば、どうなるか……。

植島正吾が口の苦みを押し出すかのように、のど元をひくつかせながらも先をつづけた。

「父上を信じていたおぬしは、囲い米をくすねるために、わざと墨壺を倒して帳面を書き換えたのではない、と考えた。もしかすると、舅からあとを託されたのは、不法を隠してほしい、と泣きつかれたからではなかったのか。つまり、囲い米の量をごまかし、転売していたのは、おぬしの父上ではなく、祖父――おれの義父のほうだった……。妻の父親が犯した罪であれば、龍之助殿なら不法に目をつぶって、隠そうとしてもおかしくはない。龍之助殿は、舅の尻《しり》ぬぐいのために奔走していたのではなかったか。そして、その不法について打ち明けた相手は、舅殿の家を継いだ男であり、義父が犯した罪を知られてはならぬと思い詰めるあまり、おぬしの命を奪うことを考えた。奉行所では結城屋での捕物のことが語られており、それを聞きつけて、ひそかに神田多町へ駆けつけた。捕物騒ぎのさなかであれば、どさくさまぎれに近づき、匕首を背に突き立てることもできる。――馬鹿者が」

膝立ちになった植島が、どんと足を踏み鳴らした。

後ろで松五郎が十手を振り上げにかかる。が、虎之助は慌てて手を差し向け、松五郎に待ったをかけた。

それを横目で確かめてから、植島がさらに怒鳴った。

「あきれた男よ、おぬしというやつは……。もしおれが本当に下手人であったとすれば、この場で斬《き》り殺されていたかもしれぬぞ。いいや、真木殿を通じて土産を送り、毒を盛るという手もあったであろうな、口封じのために」

「はい――。しかし、伯父上はわたしの横に座っても、刀に手をかけはしませんでしたし、土産も持ってきてはくれませんでした」

虎之助が笑いながら言うと、植島がまた眉と目を吊《つ》り上げた。

「当たり前であろうが。おれがおまえを殺そうと企てるなら、そもそも匕首などという柔《やわ》なものを使うか。余分な肉にさえぎられるのが落ちと、わかっておるからな」

「伯父上。わたしが尋ねたことを、そのままそっくり誰かに話されましたね」

そう考えねば、命を狙われたことに理屈が通らなかった。それを確かめるため、この場に植島を呼んでもらったのである。

膝立ちになっていた植島が、どすんと音を立てて尻から畳に座り込んだ。

「子細を知らなかったとはいえ、早まったことをした。当時のことを、おれも調べてみるかと思い、話をしに行ったんだ」

「その人とは……」

「おぬしも、少しは見当がついておるであろうが。――もう一人の、義理の弟だよ」

植島家の三姉妹は、二人が町方同心のもとへ嫁ぎ、次女のみが勘定所の与力の妻となっていた。

近藤晋平――。

植島はこうも言っていた。義父は近藤にも手を借りて、七分積金の建て直しに踏ん張っていた、と。つまり近藤晋平も、植島金吾とともに、勘定方の掛りとして町会所に勤めていたのである。

「まさか、あの生真面目な男が……。しかし、やつしかいないであろうな」

「伯父上。勘定所に勤める者では、わたしが捕物に出たことを知りようがないはずです……」

「うちの奉行所の町会所掛りと組んで、米を転売していたに決まっておるだろうが」

植島は決めつけて言い、膝頭を悔しげにたたきつけた。

「米が多くなっていたのは、おぬしの父上が、買い足しておったのだろうな。つまり転売は、あくまで米を借りたにすぎない。だから、利子をつけて返しておいた。そうとでもしておかないと、いくら身内の犯した罪でも、すべてを見逃したのでは、町方の者にすまない。いかにも大田殿らしいやり方に思える」

虎之助にも頷けた。囲い米は、町入用という町方の金を使って買い付けたものである。ただ帳面を書き換えて数を合わせておいたのでは、転売という町方を裏切る罪は消えたことにならない。

父は利子をつけて余分に買い戻し、籾蔵に納めておいたのである。それをひそかに行うため、庄内屋を囲い米の取引に加えたのだとすれば、すべての筋は通る。

米を買い戻す金は、植島金吾と父で何とか用立てたにちがいない。松五郎にも金を渡してやらねばならず、ずいぶんと金の工面は大変だったろう。ところが、帳面のすべてを書き直す前に、今度は父が病に倒れた。そして、米俵の数の合わない蔵がいくつか残されてしまった。

「あの馬鹿。うちの義父と、おぬしの父上の世話になっておきながら……」

「伯父上、あとの始末はお願いできますでしょうか」

急に覇気を削《そ》がれたかのようになった植島を見上げて、虎之助は言った。

「わたしはこのとおり、当分奉行所へは出られそうにありません。頼めるのは、伯父上のほかにおりませぬ」

「うむ……。あの大馬鹿者を引っ捕らえて、仲間を白状させてやる」

植島が刀に手をかけ、片膝立ちになった。虎之助は慌てて手を差し向けた。

「伯父上。手荒な真似はいけません。下手に騒ぎを大きくすれば、南町奉行所の恥となって広まりましょう」

「おぬし……。穏便にすませろ、という気なのか」

気は確かか、と問い詰められた。後ろで松五郎も驚き顔になっていた。

虎之助は二人を見て、静かに頷き返した。

「大地震のあとで、町方は拠り所をなくしております。そのさなかに、奉行所内でひと悶着《もんちゃく》があったと広まれば、町の者は誰を頼ってよいものか戸惑うこととなりましょう。

奉行である池田《いけだ》様の進退にも及びかねません。どうか伯父上のお力で、ぜひとも穏便に事を運んでいただきたいのです」

「おぬしを殺そうとした者を許せと……」

「いいえ。許すのではありません。地震のほとぼりが冷めたなら、罪を償ってもらいたいと考えております。ただ、今は市中の安寧《あんねい》を先んずる時と信じるのです」

少し話しすぎたのかもしれない。また傷の痛みがぶり返していた。

植島が再び刀に手をかけ、跳ねるように腰を上げた。

「よし来た。おぬしの心意気、おれがしかと受け取ったぞ。この伯父にすべて任せておけ」

覇気のみなぎる笑顔を見せるなり、植島正吾は裾《すそ》を乱す勢いで廊下へ駆けだしていった。

九

翌日の夕刻になって、どこで手に入れたのか、鰻《うなぎ》と卵を手土産に、植島正吾が見舞いに訪れた。

「いやいや、こんな時でも、あるところにはあるものだな。さるお大名の下っ端を脅しつけて、ようやくこれだけ引き出せたぞ。たぶん毒は入ってないから、安心して食え」

どこまで本気なのか、実に危なっかしい話を笑いにまぎらわせて語ったあと、植島はにわかに頰の笑みを消した。

「あの馬鹿……。おれが叱りつけに行く前に、もう素直に白状しておったわい。おぬしが刺されたと聞きつけて、目の玉が飛び出るほどに驚き、上役のところへ飛んでいったそうだ。ほんのでき心で囲い米を転売したというから、我らが案ずるほどの悪人ではなかったということだ。もとは佐知殿の薬代を手に入れるためというから、泣かせるじゃねえか」

しんみりと情のこもった声で言い、植島までが猫背になった。

勘定方の町会所掛りとなった近藤晋平は、少しの間だけ籾蔵の米を借りるつもりで、転売という不法に手を染めたのだった。古米を新米に買い換える際、奉行所方の掛りの目を盗んでその数をごまかして書き入れ、妻の薬代にしていたのである。

「悪いことはできないもので、我ら奉行所の掛りに気づかれてしまい、ずるずると深みにはまることとなったらしい」

「やはり、我々奉行所の身内に……」

「おぬしも名前ぐらい聞いたことはあろう。石沢光四郎という古参の同心ぞ」

虎之助はその名を聞き、やりきれなさに息が詰まった。向柳原に出かけた際、買い付け当番の同心として、虎之助の前で実に深々とした一礼を見せた男だった。しかも石沢は、父龍之助が墨壺を蹴り飛ばした一件を打ち明けてもくれていた。

父の不始末を面白おかしく語ってみせながら、あの男は内心で、虎之助が訪ねてきたわけを根深く疑っていたのだ。そして、身内の同心が米の転売に気づいたかもしれない、と近藤晋平から耳打ちされ、このままでは悪事が暴かれると危ぶんで虎之助の命を狙った……。

「石沢は勤めを解かれて、奉行所あずかりとなった。いずれ内密に、目付からの処罰が下される。近藤のほうは、進んで罪を打ち明けたことで、給米を減らされるのみで、何とか放免されるという話だった。お縄を解かれたなら、まずおぬしと真木殿に頭を下げに行くと言っていたから、少しは温かい目で見てやってくれぬか。このとおりだ」

妻の妹の夫だった男のために、植島正吾は自ら頭を下げてみせた。虎之助にとっても、伯父であった人なのである。

植島が顔を戻し、小さく息を洩らした。

「あいつはほとほと、おぬしの脇腹の肉の厚さに感謝しておったぞ。下手をしていたなら、人殺しの仲間になるところであったのだからな」

伯父の笑い声が、腰の痛みに心地よく響いた。

その三日後、医者も目をむくほどの回復ぶりで、虎之助は布団から起き出すことができた。鈍い痛みはつづいていたが、いつまでも寝ているわけにはいかなかった。

「おまえ、何考えてるんだい」

「そんな躰じゃ、足手まといになるよ」

仕事に出ると言って支度をはじめた虎之助に、姉二人があきれたように声をかけてきた。

「なあに、わたしはただ見廻るだけでいいんです。今だって松五郎たちがうまくやってくれてますから。奉行所の同心がこれくらいの怪我で臥《ふ》せっていたんじゃ、町の者に笑われますよ」

「よく言った。おまえも少しは町廻りとしての心得と覚悟ってものが身についてきたようじゃないかい。行ってきな。――ほら、初音、火打ち石を持ってきなさい」

廊下の先に立った真木が、毅然《きぜん》として言い放った。母のひと言で、初音が神棚の前へ走り、若菜が草履を並べにかかった。

清めの火に送り出されて、虎之助は五日ぶりの勤めに出かけた。

迎えに来た松五郎と新八が肩を貸そうとしたが、一人で歩きたいと思い、その手を断った。昨日までの冷たい雨が上がり、柔らかな陽射しが江戸の市中に降りそそいでいた。

この分では、春のような暖かさになりそうだった。

休んでいたこの四日の間にも、通り筋には家々の柱が雨後の筍《たけのこ》に負けじと建ち並ぶようになっていた。永代橋を越えていくと、焼け野だった大地はもう雄々しく町として息づきはじめているのが、目で確かめられた。

「なあ、松五郎。おまえ、父が馴染みの庄内屋を使って、町会所で何かやろうとしてたことに、勘づいていたんだよな」

「いいえ、滅相もありやせん」

大きく首を振ってきたが、目は咬みつき犬の鋭さを宿したままで、じっと虎之助の顔をうかがっていた。

「嘘を言うな。父に女でもいたのかとおれが尋ねた時、慌てて話をすり替えたろ」

「さあ、そうでしたかね」

長く父についていた松五郎は、急に町廻りから身を退いたことを訝《いぶか》しんでいたのだろう。父のほうは、舅から頼まれた尻ぬぐいの件を松五郎にも語らず、それまでの礼にと金を手渡してやっていた。勘の鋭い松五郎がそばにいたのでは、庄内屋を急に引き立てたわけを知られかねない、と考えたのだ。

父のその振る舞いに、松五郎はきな臭いものを感じたはずだ。けれど、恩ある父を信じようとしてくれた。

「ありがとよ。おれが臨時の市中廻りになると聞きつけて飛んできてくれたのは、父の悪い噂をおれの耳に入れたくなかったからだよな」

「何を言ってるんです。旦那が頼りなく思えたからに決まってるじゃねえですか」

やっと咬みつき犬の頬に笑みが浮かんだ。

大地震が起きたとなれば、お救い米が町に施される。しかも虎之助は、向柳原の籾蔵を守るために町会所へも出向いていた。このままだと、父が庄内屋を引き立て、囲い米に深くかかわっていた事実を、虎之助が知ることになる。が、仏と呼ばれた父の仕事ぶりは、誰より松五郎自身が知っていた。ここは、大田龍之助の名を汚さぬためにも、その息子について働くべき時。そう考えたすえに、松五郎は駆けつけてくれたのだった。

「もうしばらく手を借りるぞ」

「しばらくなんて、おかしなこと言わないでくださいな。旦那はこの先も、町方を背負っていくお方なんですから」

「そうですよ。真木様という、心強い知恵袋もついておられるじゃないですか」

後ろで話を聞いていた新八が、横に並ぶようにして笑みを向けてきた。

本当に母が父の知恵袋であったのか、今も信じられない気持ちはあった。これから毎晩しつこく話を訊かれるのかと思うと、正直気も滅入るが、親孝行としてあきらめるほかないだろう。

富岡八幡宮から海辺新町へ廻って、お救い小屋へ顔を出すと、馴染みの当番名主とその身内が集まってきた。

「大虎の旦那、ご無事で何よりでした」

「あたしゃ、旦那のために毎日、八幡様にお祈りしてたんですからね」

「そうそう、佐吉《さきち》が通ってるって聞いて、おつるさんも仲間に加わったんだよな」

「嫌だね、よしとくれよ。死んだ亭主が聞いたら、焼《や》き餅《もち》焼くじゃないか」

炊き出し場に笑いが弾《はじ》けた。わずかずつでも、集まる人々の中に、笑顔が見えはじめている。

虎之助は辺りを見廻し、佐吉を探した。人の群がる炊き出し場から一人離れるように、鍋を洗う後ろ姿があった。心の傷はまだ癒《い》えてはいないのだろう。そういう者が、この江戸市中には数多《あまた》いる。

虎之助は、そっと佐吉の後ろに歩み寄った。

「あ、旦那……お帰りなさいませ」

「いいって、頭なんか下げんでくれ。それより、例の米俵の一件、謎《なぞ》が解けたぞ。おまえを見込んで打ち明けるが、内密にしてもらえると助かるよ」

驚く佐吉に、奉行所の同心までが罪を犯していた顚末を正直に伝えた。むろんのこと、虎之助の伯父に当たる者が手を貸していた事実も告げた。

「どうしてそこまで、あっしに……」

「何言っている。元はといえば、おまえが見つけてくれたことだろ。嘘をつけるものか」

虎之助が放った言葉の意味を思案でもするように、佐吉はお救い小屋の前で無邪気に遊ぶ子どもたちのほうを見やっていた。

「仕事が見つかったなら、いつでもここを離れていいぞ。当番名主には、おれから念をふくめておこう」

「いいえ、あっしはまだ、ここに……」

やけに思い詰めた目で、佐吉が言い返してきた。

「そうか……。好きにしていいぞ。ここで働くのも悪くはないさ。少なくともこのお救い小屋には、おまえを頼りとする者が、まだ八百人からいるんだものな」

「はい。ありがとうございます」

佐吉はここに残り、傷ついた者らとともに何かを見つけたがっているのだと思えた。焦ることはなかった。一歩ずつでも足場を固めていけばいいのだ。町も、人も——。そして、そのために奉行所がわずかながらも手を貸していく。

「旦那……」

新八が駆けてきて、小声で呼んだ。振り向いた虎之助に目配せを寄越してくる。その方角を見て、虎之助は息を呑んだ。

海辺新町の潰れた家々の前に、見代が一人で立っていたのである。

なぜ、この場に見代が……。

驚きながらも歩み寄ると、見代が小さく頭を下げてきた。どこか頼りなげで、心細そうな顔に見えた。

「すみません。こんなところにお邪魔して」

またひとつお辞儀をしてから顔を戻した見代は、先ほどの儚《はかな》げな様子が夢でもあったかのように、いつもの無垢《むく》な笑顔に戻っていた。

「八丁堀のお宅を訪ねたところ、お母様にここだろうと教えていただきました」

「では、わざわざ見舞いに来てくださったのですか……」

「はい。姉の使いで参りました」

虎之助はつい腰を伸ばしかけて、またぶり返した痛みに顔をゆがませた。

佳代から手紙をもらっておきながら、匕首で刺されたため、大神宮の境内へ行けずにいた。手紙をもらって追いかけた虎之助の前で、急に色をなして駆け去ったわけも気がかりなままだった。しかし、なぜ見代が、佳代の使いでわざわざ見舞いに来てくれたのか。

見代は笑みを頰に残したまま、虎之助を見上げた。

「姉は先日、四谷の葵屋へ戻りました。それを虎之助様にお伝えしておいてくれ、と――」

走り去る佳代の後ろ姿が思い出された。胸の裡《うち》が揺れ動き、足元がふらつきかけた。なぜ今になって、夫のもとへ戻ると決めたのだろう。酒に溺れていた亭主が、大地の揺れで目が醒《さ》めたとでもいうのか。

「姉は、山吹屋を守るために戻ったのではありません。地震のあとの辛い時だから、縁ある者で支え合うべきであると……。そう言っておりました」

虎之助は、眼差しを寄せる見代から目をそらした。

佳代はまだ迷いをどこかに残していたらしい。夫婦の間には、何かしらの絆《きずな》が結ばれるものなのだろう。切れたようでありながら、佳代はその細い糸の端を握りしめていたようだった。

仲たがいをしていた身内が、地震を機に手を取り合うようになったという話を、このお救い小屋でもよく聞いた。人は一人では生きられない。ともに道を歩むことで、絆は深まっていく。

それでも、追いかけて本心を問いただしたい思いはあった。けれど、佳代は心を決めたのである。夫とやり直す道を選んだ。地震に見舞われて多くの者が苦しむ今だから、佳代はそう決めたようにも思えるのだった。

儚い思いが、ひとつ消えた。が、失った恋に気落ちできるだけ、自分はまだ恵まれていた。そう言い聞かせて、潰れたままの家が目立つ町並みに目を向けた。生きて、あがいて、泣いて、苦しみ、立ち直ろうとする人々に囲まれていた。

「ほら、母ちゃん、見てよ、虹だよ」

どこかで子どもが叫んでいた。

「あ……」

目の前で空を振り仰いだ見代が、小さく声を洩らした。町の人々も足を止め、青々とした空を見上げていた。

小名木川の向こうに広がる本所の町並みの上に、うっすらと淡い七色の帯が浮かんで見えた。

昨日までの雨が上がり、町は温気《うんき》をはらんでいる。そこに春を思わせる陽射しが降りそそぎ、冬場には滅多に見ることのできない虹が架かろうとしていた。

いや、雨上がりの温気のせいではない、と虎之助は思った。日々の暮らしを取り戻そうと、懸命に生きる人々の熱気が寄り集まり、虹という夢を描きだしたのだった。

隣で見代が祈りを捧《ささ》げるかのように胸の前で手を握りしめた。その目に、うっすらと涙が光っていた。見上げる虹に、何か大切な思い出でもあるように思えた。

見代を真似て、虎之助も胸の中でひそかに祈った。別れを言えなかった佳代の、この先の幸いを――。そして、江戸の町の雄々しき立ち直りを――。

「旦那、大番屋からの報せが入りました」

松五郎の声が近づいてきた。また何か騒動が起こったらしい。ゆっくりと虹を見上げている暇も、町方同心にはないのだった。

「見代殿。これにて失礼させていただきます」

「はい。どうかお気をつけて――」

見代の励ましを背に受けて、虎之助は痛みを堪えてゆっくりと走りだした。

心に傷はあろうと、足は動いた。今はひたすら走りつづける時だった。

解　説

吉野 仁

ときは幕末、各地に大地震が発生し、大混乱となった。世に言う安政の大地震。そのなかで、もっとも被害甚大だったのは、安政二年十月二日（一八五五年十一月十一日）の夜半に起きた安政江戸地震にほかならない。

ペリー率いる黒船が浦賀沖に姿を現したのは嘉永六年（一八五三年）。安政江戸地震は、そのわずか二年後の出来事である。直下型でマグニチュード7近くあったと推定されている大型地震。町方においては四千をこえる者が亡くなったという記録が残っており、武家屋敷を含めた死者の総数は、推定によると八千から一万近くとされている。倒壊または焼失した家屋は一万以上にのぼった。すでに百万をこえる人口を擁していた江戸の町は、またたくまに大混乱に陥った。

実は、その前年にも東海地震と南海地震という巨大地震が立て続けに発生し、さらに翌年の一八五六年にも八戸沖地震が起きている。この時期、日本列島は揺れに揺れていたのである。

本作『猫背の虎』は、その大地震に見舞われた江戸を舞台とし、幕末動乱の最中における若き同心の活躍ぶりを追う時代小説だ。同時に、さまざまなジャンルの要素を含んだ一級の娯楽小説でもある。

本作の魅力として、まずは愛すべき主人公の姿があるだろう。大田虎之助、二十四歳。南町奉行所に勤める当番方の同心で、身の丈六尺近い大男だ。江戸時代の人の平均身長は、男でおよそ一五五cmだったとされている。六尺はおよそ一八二cmだから、たいていの人よりもまるごと頭ひとつ大きい勘定となる。鴨居に頭をぶつけてしまうほどだ。

猫背なのは、ひとつに身長から来ているのだろうが、物語を読むにつれ、気が強く口の減らない女性たち、母の真木、そして出戻りの姉、初音と若菜、あわせて三人に囲まれ暮らしているからではないかと思わずにおれない。そして、仏の大龍として町衆からも慕われた父の龍之助は、三年前の冬に亡くなっていた。何の役にも就いていない虎之助はまだ下っ端の同心にすぎず、そうした立場がなお彼の背を丸くさせていたにちがいない。

だが、突如起こった大地震により混乱した江戸の町を治めるべく、虎之助は本所深川の市中見廻り役を命じられた。あくまで臨時の臨時とはいえ、十手を手にすることとなったのだ。猫背の虎がその真の魅力を発揮するのはこれからである。すなわち、これは若き主人公の成長小説でもあるのだ。

また、本作は連作集のような形式を取っている。章ごとに話の主役となる人物が登場し、謎めいた事件や奇妙な出来事が巻き起こる。虎之助がいかにそれを解決するかが読みどころになっているわけだ。いわゆる捕物帖としての展開のみならず、人情噺としての趣きが色濃く表れているあたりも本作の妙である。くわえて全編を通じ、虎之助が思いを寄せる佳代との切ない恋愛模様や父に関する疑惑と謎をめぐるミステリーとしての趣向を含んでいる。

読み進めて目を引くのは、当時のさまざまな社会状況が作中に見てとれるところだ。奉行所による救援活動をはじめ、本所深川あたりの被害が甚大だったことや新吉原の惨状などが克明に描かれている。震源地や地形の問題が作用したためか、ごく近隣の地域でも被害に大きな差があったようだし、火災などによる二次災害も多かったのだろう。そんな江戸の町の治安を主人公がいかに守っていくか、その様子が活き活きと描かれているあたりも注目である。

そして、章ごとの主役となる人物の背景事情も興味深い。新吉原の遊女かえで、読売の書き手である与一郎など、それぞれの胸のうちが描かれ、ときに心情に迫る場面が少なくない。決して立派な英雄ではなくまだ若造にすぎない虎之助の奮闘ぶりを応援したくなるのも、他人の思いをくみとり、幸せな結果となるよう働きかける姿が胸を打つからだろう。

なにより本作は、幕末という歴史の動乱期に起きた安政江戸地震について、あらためて考えさせられた小説でもある。たしかに未曾有の大災害のために、さまざまな悲劇が巻き起こったが、その一方で、いわゆる復興景気が起こるなど、安政江戸地震は地面だけではなく社会そのものを前後左右に大きく揺り動かしていったのだ。黒船来航とあわせて、その動乱がのちの倒幕や明治維新へとつながった一面もあるだろう。もっとも「幕末」とはのちになって名付けられた歴史上の区分であり、そのときの江戸の人たちは、まさか十余年後に新しい国になるとは想像もしていなかったに違いない。裏を返せば、それだけ激しく動いた時代なのである。

もしもこの時代の江戸、とくに安政江戸地震に関心をいだいたのであれば、巻末に作者が参考文献として挙げた本などをぜひお読みいただきたい。鯰絵をめぐる考察をはじめ、興味深い事実を指摘した書物が多い。江戸を知ることは、江戸が舞台の時代小説を読むうえで、その愉しみを倍増させることでもあるのだ。

さて、読者のなかには、本作で初めて真保裕一による時代ものを手にした、という方もいるだろう。これまでも二〇〇八年には明智光秀を描いた『覇王の番人』、二〇一一年には細川政元を中心とした戦国もの『天魔ゆく空』という二作の歴史小説を発表している。だが、今回は歴史上の人物ではなく、江戸を舞台に、架空の人物を主人公にした娯楽小説を書き上げた。そのあたりの構想に関して、『猫背の虎　動乱始末』刊行記念インタビューでは、次のように述べていた。

「最初は別の話を書こうと思い、飯盛女（宿場の遊女）のことを調べていたんです。その中である資料を読み、『投げ込み寺』を知りました。安政地震で吉原が全焼し、遊女の死体が次々と寺に投げ込まれた、と」

どうやら、その資料を読んだことで構想が膨らみ、本作は生まれたようだ。興味のある方はぜひネット上の「青春と読書」サイト（http://seidoku.shueisha.co.jp/1204/try01_shinpo.html）をご覧いただきたい。

もともと書こうとしていた別の話というのも気になるが、主人公を使いっ走りの同心にしたのは、やはり「江戸の小役人」を描こうという企みからのようだ。

初期からの真保裕一ファンならば説明は不要だろうが、江戸川乱歩賞を受賞したデビュー作『連鎖』では厚生省・食品衛生監視員、第二作『取引』では、公正取引委員会審査官、第三作『震源』では気象庁地震火山研究官がそれぞれ主人公を務めた。そのため、これらを合わせて〈小役人シリーズ〉と呼ばれていたのだ。こうした漢字二文字のタイトルは、作者が影響を受けた英国冒険サスペンス作家のディック・フランシスによる〈競馬シリーズ〉にならったものである。小役人が主人公ながら、ミステリーやサスペンスの面白さが凝縮されており、『震源』ではスケールの大きな冒険サスペンスが展開されていた。

駆け出しの同心を主人公にした本作は、派手な活劇こそ少ないものの、背景となっている社会そのものが大波乱を迎えている。未曾有の災害を受け、大勢の困った人たちがあちこちで助けを待っている。幕府の中心にいたり、奉行所で裁いたり指図したりするような大物よりも、現場で働く小役人こそが必要とされるのだ。だからこそ、その奮闘ぶりが光ってくる。なるほど、真保裕一が大地震に見舞われた江戸を舞台に『猫背の虎』を描いたのも納得だ。

近年の真保裕一は、『アマルフィ』にはじまり『天使の報酬』『アンダルシア』と続く、〈外交官・黒田康作シリーズ〉、もしくは『アンダーカバー　秘密調査』など、イタリアもしくは海外各地を舞台にすえた国際的なスケールのスリラーを書き続けている。二〇一五年には『レオナルドの扉』というレオナルド・ダ・ヴィンチが遺した秘密のノートをめぐる歴史冒険ものを発表した。イタリアの小さな村で暮らす若き時計職人が主人公だ。

『連鎖』『ホワイトアウト』『奪取』など、初期の頃はあくまで現代日本を舞台にした冒険サスペンスやミステリーにこだわっていたようだが、いまやその枠を捨て去り、自身の持ち味や得意技を最大限に引き出しつつ、時間も空間もこえたエンターテインメントを生み出そうとしているように思える。

歴史上の有名な人物に焦点を当てた歴史小説ではなく、今回、初めて江戸ものに挑戦したのも、デビューから二十年をこえ、時代小説というフィクションで円熟した腕前をふるおうとしたのだろうか。単に謎や事件を解決する話にとどまらず、ほのぼのとしたユーモアや切ない思いなど、読み手にさまざまな感情をもたらす物語作りの巧みさは、ますます磨きがかかっている。

さて、こうなると虎之助のその後が気になってしょうがない。出来ることなら、いかに奉行所で出世していくか、明治の時代までを生きのびるのか、そんな活躍を読んでみたいものである。もっともこのまま万年小役人の道を歩む可能性も捨てきれない。ぜひ続編を期待したいところだ。

（よしの・じん　文芸評論家）

参考文献

『安政江戸地震』　野口武彦　ちくま学芸文庫
『地震の社会史』　北原糸子　講談社学術文庫
『大地動乱の時代』　石橋克彦　岩波新書
『大都市が震えた日』　永沢道雄　朝日ソノラマ
『安政吉原繁盛記』　若水俊　角川学芸出版
『江戸の大変　かわら版〈天の巻〉』　稲垣史生監修　平凡社

本作品は二〇一二年四月、集英社より刊行された
『猫背の虎　動乱始末』を改題したものです。

初出誌　「小説すばる」
二〇一一年十一月号〜二〇一二年三月号

真保裕一の本

ボーダーライン

天使のような笑顔で人を殺す若者、安田信吾。自らの命を賭けて信吾を捜しに渡米した父親。ロスで働く探偵・永岡の長い旅が始まった……。重層的なテーマが響き合う傑作長篇。

集英社文庫

真保裕一の本

誘拐の果実（上・下）

病院長の孫娘が誘拐された。犯人の要求は、病院に身を隠す財界の大物の命。挑戦か陰謀か？悪魔のゲームの幕開けか!? 前代未聞の人質救出作戦が始まるなか、第二の誘拐事件が!?

集英社文庫

真保裕一の本

エーゲ海の頂に立つ

山岳冒険小説の名手がエーゲ海の美しいクレタ島でトレッキングに初挑戦。光り輝く島の頂で作者が見たものは？　文庫版特別書き下ろしエッセイ7本と著者自らが撮影した写真を収録。

集英社文庫

集英社文庫　目録（日本文学）

小路幸也　オール・マイ・ラビング　東京バンドワゴン
小路幸也　オブ・ラ・ディ　オブ・ラ・ダ　東京バンドワゴン
小路幸也　レディ・マドンナ　東京バンドワゴン
小路幸也　フロム・ミー・トゥ・ユー　東京バンドワゴン
城島明彦　新版　ソニーを踏み台にした男たち
城島明彦　新版　ソニー燃ゆ
白石一郎　南海放浪記
白河三兎　私を知らないで
白河三兎　もしもし、還る。
白澤卓二　100歳までずっと若く生きる食べ方
城山三郎　臨3311に乗れ
辛　永清　安閑園の食卓　私の台南物語
新宮正春　陰の絵図(上)(下)
新宮正春　島原軍記　海鳴りの城(上)(下)
辛酸なめ子　消費セラピー
新庄　耕　狭小邸宅
神埜明美　相棒はドM刑事《デカ》　〜女刑事・海月の受難〜
神埜明美　相棒はドM刑事《デカ》2　〜事件はいつもアブノーマル〜
真保裕一　ボーダーライン
真保裕一　誘拐の果実(上)(下)
真保裕一　エーゲ海の頂に立つ
真保裕一　猫背の虎　大江戸動乱始末
水晶玉子　昆虫&花占い　自分がわかる、他人がわかる
周防正行　シコふんじゃった。
杉本苑子　春日局
杉森久英　天皇の料理番(上)(下)
鈴木　遥　ミドリさんとカラクリ屋敷
瀬尾まいこ　おしまいのデート
瀬川貴次　波に舞ふ舞ふ　平清盛
瀬川貴次　ばけもの好む中将　平安不思議めぐり
瀬川貴次　闇に歌えば　文化庁特殊文化財課事件ファイル
瀬川貴次　ばけもの好む中将　弐　姑獲鳥《うぶめ》と牛鬼
瀬川貴次　ばけもの好む中将　参　天狗の神隠し
瀬川貴次　ばけもの好む中将　四　踊る大菩薩寺院
関川夏央　昭和時代回想
関川夏央　石ころだって役に立つ
関川夏央　新装版　ソウルの練習問題
関川夏央　「世界」とはいやなものである　東アジア現代史の旅
関川夏央　現代短歌そのこころみ
関川夏央　女流　林芙美子と有吉佐和子
関川夏央　おじさんはなぜ時代小説が好きか
関口　尚　プリズムの夏
関口　尚　君に舞い降りる白
関口　尚　空をつかむまで
関口　尚　ナツイロ
関口　尚　はとの神様
瀬戸内寂聴　私小説
瀬戸内寂聴　女人源氏物語全5巻

集英社文庫　目録（日本文学）

瀬戸内寂聴　あきらめない人生
瀬戸内寂聴　愛のまわりに
瀬戸内寂聴　寂聴生きる知恵
瀬戸内寂聴　いま、愛と自由を
瀬戸内寂聴　一筋の道
瀬戸内寂聴　寂庵浄福
瀬戸内寂聴　寂聴巡礼
瀬戸内寂聴　晴美と寂聴のすべて1（一九二二～一九七五年）
瀬戸内寂聴　晴美と寂聴のすべて2（一九七六～一九九八年）
瀬戸内寂聴　わたしの源氏物語
瀬戸内寂聴　寂聴源氏塾
瀬戸内寂聴　寂聴仏教塾
瀬戸内寂聴　まだもっと、もっと　晴美と寂聴のすべて・続
瀬戸内寂聴　わたしの蜻蛉日記
瀬戸内寂聴　寂聴辻説法
瀬戸内寂聴　ひとりでも生きられる

曽野綾子　アラブのこころ
曽野綾子　人びとの中の私
曽野綾子　辛うじて「私」である日々
曽野綾子　狂王ヘロデ
曽野綾子　観月観世　或る世紀末の物語
デビット・ゾペティ　いちげんさん
平安寿子　恋愛嫌い
平安寿子　風に顔をあげて
高樹のぶ子　ゆめぐに影法師
高倉健　あなたに褒《ほ》められたくて
高倉健　南極のペンギン
高嶋哲夫　トルーマン・レター
高嶋哲夫　M8《エムエイト》
高嶋哲夫　TSUNAMI　津波
高嶋哲夫　原発クライシス
高嶋哲夫　東京大洪水

高嶋哲夫　震災キャラバン
高嶋哲夫　いじめへの反旗
高杉良　管理職降格
高杉良　小説　会社再建
高杉良　欲望産業（上）（下）
高野秀行　幻獣ムベンベを追え
高野秀行　巨流アマゾンを遡《さかのぼ》れ
高野秀行　ワセダ三畳青春記
高野秀行　怪しいシンドバッド
高野秀行　異国トーキョー漂流記
高野秀行　ミャンマーの柳生一族
高野秀行　アヘン王国潜入記
高野秀行　怪魚ウモッカ格闘記　インドへの道
高野秀行　神に頼って走れ！　自転車爆走日本南下旅日記
高野秀行　アジア新聞屋台村
高野秀行　腰痛探検家

集英社文庫　目録（日本文学）

高野秀行　辺境中毒！
高野秀行　世にも奇妙なマラソン大会
高野秀行　またやぶけの夕焼け
髙橋治　冬の炎(上)(下)
高橋一清　編集者魂　私の出会った芥川賞・直木賞作家たち
高橋克彦　完四郎広目手控
高橋克彦　天狗殺し　完四郎広目手控Ⅱ
高橋克彦　いじん幽霊　完四郎広目手控Ⅲ
高橋克彦　文明怪化　完四郎広目手控Ⅳ
高橋克彦　不惑剣　完四郎広目手控Ⅴ
高橋源一郎　あ・だ・る・と
高橋源一郎　ミヤザワケンジ・グレーテストヒッツ
高橋源一郎　競馬漂流記　では、また、世界のどこかの観客席で
高橋千劔破　江戸の旅人　大名から逃亡者まで30人の旅
高橋三千綱　霊感淑女
高橋三千綱　空の剣　男谷精一郎の孤独
高橋義夫　佐々木小次郎
高見澤たか子　「終の住みか」のつくり方
高村光太郎　レモン哀歌─高村光太郎詩集
竹内真　粗《そ》忽《こっ》拳《けん》銃《じゅう》
竹内真　カレーライフ
武田鉄矢　母に捧げるバラード
武田鉄矢　母に捧げるラストバラード
武田晴人　談合の経済学
竹田真砂子　牛《うし》込《ごめ》御《ご》門《もん》余《よ》時《じ》
竹田真砂子　あとより恋の責めくれば　御家人大田南畝
竹西寛子　蘭　竹西寛子自選短篇集
嶽本野ばら　エミリー
嶽本野ばら　十四歳の遠距離恋愛
多湖輝　四十過ぎたら「頭が固くなる」はウソ
太宰治　人間失格
太宰治　走れメロス
太宰治　斜陽
多田富雄　柳澤桂子　露の身ながら　往復書簡 いのちへの対話
多田富雄　寡黙なる巨人
多田富雄　春楡の木陰で
多田容子　柳生平定記
多田容子　諸刃の燕
伊達一行　妖言集
田中慎弥　共喰い
田中慎弥　田中慎弥の掌劇場
田中啓文　異形《いぎょう》家の食卓
田中啓文　ハナシがちがう！　笑酔亭梅寿謎解噺
田中啓文　ハナシにならん！　笑酔亭梅寿謎解噺2
田中啓文　ハナシがはずむ！　笑酔亭梅寿謎解噺3
田中啓文　ハナシがうごく！　笑酔亭梅寿謎解噺4
田中啓文　茶坊主漫遊記
田中啓文　鍋奉行犯科帳

集英社文庫

猫背《ねこぜ》の虎《とら》 大江戸動乱始末《おおえどどうらんしまつ》

2015年10月25日　第1刷　定価はカバーに表示してあります。

著　者　真保裕一《しんぽゆういち》

発行者　村田登志江

発行所　株式会社　集英社
東京都千代田区一ツ橋2-5-10　〒101-8050
電話　【編集部】03-3230-6095
【読者係】03-3230-6080
【販売部】03-3230-6393（書店専用）

印　刷　凸版印刷株式会社

製　本　凸版印刷株式会社

フォーマットデザイン　アリヤマデザインストア　マークデザイン　居山浩二

本書の一部あるいは全部を無断で複写複製することは、法律で認められた場合を除き、著作権の侵害となります。また、業者など、読者本人以外による本書のデジタル化は、いかなる場合でも一切認められませんのでご注意下さい。

造本には十分注意しておりますが、乱丁・落丁（本のページ順序の間違いや抜け落ち）の場合はお取り替え致します。ご購入先を明記のうえ集英社読者係宛にお送り下さい。送料は小社で負担致します。但し、古書店で購入されたものについてはお取り替え出来ません。

© Yuichi Shimpo 2015　Printed in Japan
ISBN978-4-08-745368-3 C0193